文庫 NV
311〉

ピルグリム
〔1〕
名前のない男たち

テリー・ヘイズ
山中朝晶訳

早川書房
7415

I AM PILGRIM

by

Terry Hayes

Translated by
Tomoaki Yamanaka
First published 2014 in Japan by
HAYAKAWA PUBLISHING, INC.
This book is published in Japan by
arrangement with
LEONEDO LTD.
c/o WILLIAM MORRIS ENDEAVOR ENTERTAINMENT LLC.
through TUTTLE-MORI AGENCY, INC., TOKYO.

見知らぬ外国で活動するスパイ以上に、絶えず名状しがたい恐怖にさいなまれる者はいない。

——『鏡の国の戦争』ジョン・ル・カレ

こうした薄汚い都会を行く推理小説の探偵は、汚れに染まらず、堕落していない、恐れを知らない人間でなければならない。

——「むだのない殺しの美学」レイモンド・チャンドラー

ピルグリム〔1〕　名前のない男たち

目　次

ピルグリム〔1〕名前のない男たち

登場人物

わたし……………………………………諜報員
ベン・ブラッドリー………………ニューヨーク市警の警部補
マーシー……………………………ベンの妻
ビル・マードック…………………わたしの養父
グレース……………………………わたしの養母
〈バトルボイ〉……………………ハッカー
レイチェル…………………………〈バトルボイ〉の恋人
バシャール・トラス………………シリア先端医学研究所副所長
〈サラセン〉………………………テロリスト

第一部

1

わたしには終生忘れがたい場所がある。熱風が吹きすさぶモスクワの赤の広場。エイト・マイル・ロード（デトロイトの市内と郊外を隔てる境界とされる通り）沿いの、治安が悪い地区にあった母の寝室。養父母の家の果てしなく続く美しい庭園。わたしを殺そうとする男が待ちかまえている、〝死の劇場〟と称された遺跡。

　だが、最も記憶に焼きついているのは、ニューヨークのエレベーターのないビルの一室だ。すりきれたカーテン、安っぽい家具、覚醒剤（ティナ）やその他のドラッグでいっぱいのテーブル。ベッドのかたわらにはハンドバッグ、デンタルフロスほどの大きさしかない黒い下着、六インチのピンヒールのジミーチュウの靴が置き去りにされている。持ち主と同様、どれも本来ここにあったものではない。持ち主の女は裸で浴槽に浸かっていた。喉をかき切られ、顔をうつぶせにしている。浴槽は硫酸でいっぱいだ。どこのスーパーマーケットでも売っている排水管洗浄剤のなかに、この成分が含まれている。

空になった洗浄剤の容器が二十本ほど床に転がっている。いわゆる〝パイプクリーナー〟だ。わたしは周囲の人間に気づかれないように容器を一本ずつ調べた。どれも値札がついたままだ。犯人は不審に思われないように、全部ちがう店で購入していた。わたしはいつも、用意周到な犯人には賛嘆の念を禁じえない。

現場は混沌とし、耳をつんざくばかりの喧騒に包まれていた。警察の無線ががなり、検視官の助手が手伝ってくれと叫び、ヒスパニックの女が嗚咽している。たとえ被害者が天涯孤独でも、こうした現場では必ず誰かがむせび泣いているようだ。

浴槽の若い女は判別不可能だった。硫酸に三日も浸かっていたので、顔形がわからなくなってしまったのだ。それもまた計画ずみだったのだろう。彼女を殺した人間は、遺体の両手に電話帳をくくりつけて重しにしていた。硫酸は彼女の指紋だけでなく、その下の骨まで溶かしていた。ニューヨーク市警の科学捜査班の連中が幸運に恵まれ、遺体と一致する歯型を見つけられないかぎり、身元の特定には相当な時間がかかるだろう。

こうした犯行現場では、悪霊がまだ壁にしがみついているような気がし、心はどこかに逃げ場を求めるものだ。顔のない若い女から、わたしはジョン・レノンとポール・マッカートニーが作った昔の名曲を連想した。『エリナー・リグビー』という、身寄りのない女の歌だ。わたしは心のなかで、この被害者をエリナーと呼んでいた。犯行現場の捜査員はそれぞれ忙しく動きまわっていたが、その誰もがエリナーはセックスの最中に殺されたものと考えていた。マットレスはずれ動き、シーツはからみあい、ベッドサイドのテーブルには乾いて茶色になった頸動脈からの血しぶきが飛び散っている。なかには、男が挿入しながら女の喉をかき切ったと想像している輩もいた。気が滅入ることに、その想像どおりだった可能性は多分にある。彼女がどのような死にかたをしたにせよ、しいて救いを挙げるとすれば、女はほとんど最後の瞬間まで、事態に気づかなかっただろうということだ。

ティナ、つまりメタンフェタミンのおかげで、彼女は気づかずにすんだにちがいない。この麻薬は気分を昂揚させ、性欲を増進させるので、不吉な予感などといったものはつゆほども覚えないのだ。この薬が効いているあいだ、大半の人間が考えるのは相手を見つけ、セックスを楽しむことだけだ。

空になった二個のティナの包みの隣には、ホテルのバスルームによくある、小さなシャンプーの容器みたいなものが置いてある。ラベルは何も貼っておらず、透明な液体がはいっていた。おそらくガンマヒドロキシ酪酸（GHB）だろう。最近はインターネットの闇サイトで出まわっている。ロヒプノールに替わってデートレイプ薬として使われるようになった。ディスコやクラブにはこの薬物が蔓延している。妄想症を促すティナの作用を薄めるため、クラブの客がGHBを飲み物に混ぜ、小さなグラスで一気にあおるのだ。しかし、GHBには副作用がある。性欲がさらに募り、抑えが利かなくなるのだ。街では簡単にやれ（イージーレイ）る薬と呼ばれ、媚薬として使われている。ジミーチュウの靴を脱ぎ捨て、黒いミニスカートを下ろして、エリナーは空高く舞い上がるような気分だったにちがいない。

ひしめく捜査関係者たちのあいだを縫って歩きながら、わたしはベッドの前で立ち止まった。値の張る上着とともに、過去の重荷も背負ったわたしの素性を知る者はここには誰もいない。周囲の喧騒を締め出し、彼女が一糸まとわぬ姿で男にまたがっているところを思い描く。まだ二十代前半の女は肉感的な身体で、行為に没頭していただろう。薬が強烈なオルガスムを引き起こし、メタンフェタミンのおかげで体温は急激に上がり、豊胸手術をして大きくなった胸が揺れ、心拍数と呼吸は押し寄せる欲望と薬物の作用で上昇する一方だ。憑りつかれたようにあえぎ、濡れた舌はそれ自体が生き物のように動きまわって、下になった男の口を求める。現代のセックスはこれほどまでにエスカレートしているのだ。

窓の外に並ぶバーのネオンサインが、流行のスタイルにカットしてブロンドに染めた髪を照らし、パネライのダイバーズウォッチをきらめかせただろう。もちろん本物のパネライではないが、物は悪くない。わたしはこの手の女を知っている。いや、誰でも知っているだろう。ミラノに新規出店したプラダの巨大な店舗や、ソーホーのクラブの外にできる行列を見れば、同じような女がいる。あるいはモンテーニュ通りの人気のカフェで、低脂肪のラテを飲んでいるかもしれない。娯楽雑誌の《ピープル》をニュース週刊誌と思いこみ、背中に入れた漢字の刺青を反体制のシンボルと勘違いしているような女だ。

わたしの脳裏で、殺人犯の手が女の胸をつかみ、宝石をはめこんだ乳首のピアスに触れる。男は指にピアスを挟んで引っ張り、彼女を引き寄せる。女は耳をつんざくばかりの声をあげる。全身が感じやすくなり、とりわけ乳首は鋭敏だ。だが、彼女はそれでもよかった。荒々しくされるということは、それだけ彼女が求められているからにちがいないのだ。男の上で腰を動かすと、ベッドの枕板が壁にぶち当たり、彼女は部屋の扉に目をやって、鍵とチェーンがかかっているかどうか確かめたかもしれない。この界隈では最低限、扉には鍵をかけなければならない。

扉の内側には非常時の避難経路が記されている。ここはホテルだが、リッツ・カールトンとは似ても似つかなかった。名前はイーストサイド・イン。放浪者、バックパックの旅行者、打ちひしがれた人間、その他誰でも、一泊二十ドルで泊めてくれる。滞在期間は自由だ。一日でも、一カ月でも、この先一生でも。必要なのは二種類の身分証だけで、どちらかひとつに写真がはいっていればよい。

八九号室に宿泊していた男は、長期の滞在客だったようだ。書き物机にはビールの六缶セット、さらに半分空いた強い酒のボトルが四本と、朝食用のシリアルの箱。ナイトスタンドにはステレオとCDが数枚。わたしはタイトルを一瞥した。少なくとも、音楽の趣味はいいようだ。だが、クローゼットは空だった。彼は服だけを持ち、遺体を硫酸の浴槽に放置して溶かし、ホテルを出たのだろうか。クローゼットの裏はゴミの山だった。読み捨てられた新聞、空になった殺虫スプレー、コーヒーの染みがついた壁掛けカレンダー。わたしはカレンダーを手に取ってみた。どの月も古代遺跡の白黒写真だ。コロッセウム、ギリシャの神殿、夜のケルスス図書館。とても芸術的だ。しかし、どの月にも予定は書かれておらず、まっさらだった。コーヒーのコースター以外に使い道はなかったらしい。わたしはカレンダーを戻した。

わたしは身体の向きを変え、習慣で条件反射的に、指をナイトスタンドに滑らせてみた。妙なことに埃がついていない。書き物机、ベッドの枕板、ステレオも同じだった。殺人犯はあらゆる場所の指紋を拭い取っていた。それ自体は珍しいことではなかったが、嗅いだ覚えのあるにおいがして、指を鼻に近づけたところで様相は一変した。これは集中治療室などで感染症予防に使われる殺菌スプレーのにおいだ。バクテリアだけではなく、汗、皮膚、髪の毛などのDNAサンプルも損なってしまう。室内にくまなく殺菌スプレーを散布し、壁や絨毯にもかければ、ニューヨーク市警の科学捜査班が掃除機で証拠を採取しても無意味になるのだ。

わたしは直感した。これは巷によくある、金やドラッグやセックスがらみの犯罪ではない。もっと非凡な要素がある殺人だ。

2

誰もが知っているわけではなく、おそらく関心すら持っていないことだが、科学捜査の第一原則は《ロカールの交換原理》、すなわち〝犯人と犯行現場のあいだの接触には必ずなんらかの痕跡が残る〟というものだ。しかし喧騒の室内にいたわたしは、ロカール教授が果たして八九号室のような現場に遭遇したことがあるかどうか、疑問に思った。殺人犯が手を触れたものはすべて硫酸の浴槽に浸かっているか、拭い取られたか、業務用殺菌剤でびしょ濡れにされているかだ。ほぼ確実に、犯人の細胞も小胞も残っていない。

昨年、わたしは最新の捜査技術に関するきわめて難解な著書を出版した。その本の〝新たな地平〟と題した章のなかで、わたしはこのように書いた。これまでの人生で、殺菌スプレーを使った事件に遭遇したことは一度しかなく、それはチェコ共和国で諜報機関のエージェント、つまり外国のスパイが巧妙な手口で殺害された事件だった、と。その事件と一致しているというのは、決して吉兆ではなかった。チェコの事件は今日まで未解決なのだ。八九号室に逗留していた犯人は、明らかにやるべきことを心得ている。わたしも相応の敬意を払って調べることにした。

犯人の男は几帳面な人物ではないようだ。ゴミが散乱しており、ベッドの隣にはピザの空き箱が転がっている。通りかかったところで、わたしは思い当たった。まさしくそこが、凶器のありかだったのだ。宅配ピザのおまけについているピザカッターならいかにも自然で、エリナーは気づきさえしなかったかもしれない。

女がベッドに横たわり、もつれあったシーツの上で男の下腹部に手を伸ばすところを思い浮かべる。女は男の肩、胸にキスし、唇が身体を這い下りる。男が知っていたかどうかはわからないが、GHBの副作用のひとつは咽頭反射を抑制することだ。そうすれば、七インチ、八インチ、十インチの〝巨砲〟でも飲みこめる。この麻薬を最も簡単に入手できる場所がゲイ・サウナなのは、まさしくそれゆえだ。あるいはポルノ映画の撮影現場でも、容易に手にはいるだろう。

わたしの脳裏で、男の両手が女をつかむ。男は女をあおむけにし、胸の両側に膝を突く。女は、男が口に性器をくわえさせようとしているものと思っていたが、男の右手がなにげなくベッドの端に伸びた。女から見えないところで、男の指がピザの箱の蓋を探り、目当てのものに触れた。安物だが新品のカッターだ。目的には充分使える。

陰から見ていた人間がいたとしたら、女の背中が弓なりになり、唇からうめき声が漏れる様子から、男が女の口に挿入したと思っただろう。だが、実際にはちがった。薬の作用で爛々と光る女の目には、恐怖がよぎった。男の左手が口をきつくふさぎ、力ずくで頭をのけぞらせ、女の喉をさらけ出したのだ。彼女はもがき、腕を使おうとしたが、それを予期していた男は女の胸にまたがったまま、膝を使って上腕を押さえつけた。なぜわたしにそんなことがわかるのか？　浴槽に浸かった遺体に二ヵ所のあざがあったからだ。女にはどうすることもできなかった。男の右手が視界にはいってくる。その手にあったものを見てエリナーは悲鳴をあげようとし、激しく身もだえして、逃れようとあがいた。ピザカッターののこぎり状の刃が、露わになった喉元めがけて一閃する。刃は深く突き刺さり——。

ベッドサイドのテーブルに血しぶきが飛び散った。脳に血液を送る動脈が完全に切断されたため、事は一瞬のうちに終わったはずだ。エリナーは致命傷を与えられ、喉元から音をたてて血を流した。最後の瞬間には、自らが殺されるところを見ていただろう。彼女は死ぬほかになく、一刻も早く苦しみが終わることだけを願ったにちがいない。男はこのように女を殺した。女に挿入したまま殺したわけではなかったのだ。それもまた、せめてもの救いだったかもしれない。

犯人は浴槽に硫酸を入れ、その途中で、着ていたにちがいない血まみれの白いシャツを脱いだ。浴槽のエリナーの遺体の下から、シャツの断片と凶器のピザカッターが見つかったのだ。ピザカッターは長さ四インチ、黒いプラスチック製の柄がついた、低賃金で長時間労働の中国の工場で大量生産されている代物だ。

脳裏に浮かぶ鮮やかな光景に気を取られていたわたしは、手が乱暴に肩に置かれたのにほとんど気づかなかった。わたしはそれに気づいた瞬間、相手の腕をへし折りそうな勢いで払いのけた。以前の仕事の名残だ。相手はわたしにどいてもらおうとしたのだが、怪訝そうにこちらを見て、そっけなく詫びを言った。科学捜査班の班長だ。男三人に女一人を率いている。彼らは紫外線ランプと、ファーストブルーB染料のはいった皿を用意して、マットレスに精液が残っていないかどうか調べようとしていた。連中はまだ殺菌スプレーが使われたことを知らず、わたしもそのことを教えていない。もしかしたら、殺人犯はベッドの一部に殺菌剤をかけ忘れていたかもしれない。しかし、もしそのとおりだったとしても、イーストサイド・インのようなホテルの性質上、まだ売春婦がストッキングをはいていた時代からこの部屋で性行為をしてきた、おびただしい男たちの精液が検出されるにちがいない。

わたしは彼らの邪魔にならない場所によけながらも、気はそぞろだった。あらゆる点を整理しなおそうとしたのは、この室内、この状況そのものに、なにかしら腑に落ちないところがあったからだ。理由はわからないものの、事件の筋書きのどこかがまちがっているような気がしてならない。わたしは周囲を見わたし、目にはいるものを再検討したが、まちがいは見つけられなかった。さっき、夜が更ける前に見たものだったのかもしれない。わたしは、この部屋に足を踏み入れたときの様子を心のなかで再現してみた。

何がちがっていたのか？　わたしは潜在意識に降り、最初の印象を思い出そうとした。それは凄惨な現場の状況とは無関係で、一見ささいなことだが、実はきわめて重要なことだ。それに触れることさえできれば……すぐそこまで来ているのだが……それは記憶の片隅に横たわっている言葉だ。わたしは自分の著書に書いたことを思い出した――思いこみや先入観を問いなおさなければ、必ず足下をすくわれる、と。そこでわたしは気づいた。

わたしがこの部屋に足を踏み入れたとき、目にはいったものは、書き物机に載っていたビールの六缶セット、冷蔵庫にはいっていた牛乳、テレビの横にあった数枚のＤＶＤのタイトル、ゴミ箱の内側を覆っていた袋だった。そしてわたしが受けた印象は、とりわけ意識していなかったものの、〝女性的〟という言葉だった。わたしは八九号室で起きたことを正確に把握していたが、ひとつだけ、もっとも重要な点をまちがえていた。ここに逗留していたのは、若い男ではなかったのだ。エリナーと性行為をし、彼女の喉をかき切ったのは、裸の男ではなかった。彼女の容貌を硫酸に浸けて破壊し、部屋じゅうに殺菌スプレーをまき散らしたのは、悪賢い男ではなかった。

犯人は女だったのだ。

3

わたしはこれまでの仕事柄、多くの権力者と接する機会があったが、出会ったなかで真の権威の持ち主といえるのは一人だけだ。ささやき声で、相手を一喝できるような男である。その男がいま廊下に現われ、わたしのほうに近づいてきて、科学捜査班に作業の一時中断を命じた。捜査員が硫酸に触れて火傷しないうちに消防署が除去したがっているのだ。「ビニールの手袋は脱がないほうがいい」彼は忠告した。「廊下で仲良くお医者さんごっこができるだろう」科学捜査班の連中以外の全員が、どっと笑った。

声の主はベン・ブラッドリー。殺人課の警部補で、犯行現場の責任者だ。いましがたまで事務所の前で、このいかがわしいホテルの支配人を捜していた。彼は長身の黒人で――ホテルの経営者ではなく、ブラッドリーのことだ――五十代初め、大きな手をしており、ジーンズの裾を折り返している。最近、ブラッドリーの妻は新しいジーンズを買うように勧めたが、無駄な試みに終わった。彼の妻はいまのジーンズを見て、スタインベックの小説の登場人物、すなわち中西部から来た放浪者を連想するらしい。

殺人事件の捜査にかかわるほかの人々と同様、彼もまた科学捜査班の専門家たちには好意を抱いていなかった。その理由は第一に、こうした業務は数年前から外部委託されるようになり、不当に高い給与をむさぼっている連中がおそろいで、〝法生物学鑑定社〟などと背中に大書された、こぎれいな白いつなぎの服を着て現場を闊歩していることだ。第二に、これがブラッドリーにはとりわけ面白くないのだが、科学捜査をもてはやすテレビドラマがヒットし、この分野の連中が自分たちを重要人物だと思いこむようになったことだ。「やれやれ」最近、彼は悪態をついていた。「この国には、テレビ番組の登場人物気取りじゃない人間はいないのか？」

重要人物気取りの連中が鑑定用具をしまうのを見ながら、彼はわたしの姿を認めた。じっと壁にもたれ、黙って見ているわたしは、それまでずっと傍観者として生きてきたように見えたかもしれない。しかしブラッドリーは、あちこちから捜査員たちに呼ばれても取りあわず、まっすぐわたしに近づいてきた。彼と握手はしない。なぜかはわからないが、われわれにふさわしい流儀とは思えないのだ。彼とわたしが友人なのかどうかも定かではない。わたしはつねに、どんな人間とも打ち解けることができない立場に身を置いてきたので、この点を判断することはできないだろう。ただし、われわれが互いに敬意を払っていることだけは言っておく。

「来てくれてありがとう」彼は言った。

わたしはうなずき、裾を折り返したジーンズと黒の作業用ブーツという彼のいでたちを見た。血や汚物にまみれた犯行現場を歩くにはうってつけだ。

「どうやってここまで来た？　トラクターに乗ってきたのか？」わたしは訊いた。

彼は笑わなかった。ブラッドリーが笑うことはほとんどなく、これほど表情の変わらない人間はめったにいない。ただしそれは、彼にユーモアのセンスがないという意味ではない。

「ひととおり見る時間はあったか、レイモン？」彼は静かに言った。

わたしの名前がレイモンではないことは、彼も知っている。しかし彼はまた、最近までわたしがアメリカで最も厳重に秘匿されている諜報機関の一員だったことも知っており、おそらくそのために、レイモン・ガルシアに言及したのだろう。レイモンはFBI捜査官だったが、国家機密をロシアに売り渡すときに素性を隠そうとして、際限のないトラブルに巻きこまれた。おまけに、盗んだ書類を入れたゴミ袋を自分の指紋でべたべたにしていた。レイモンはほぼまちがいなく、歴史上もっとも無能な秘密工作員だったのだ（レイモン・ガルシアは、ロシアのスパイを二十年以上続けていた元FBI幹部ロバート・ハンセンのコードネーム）。このとおり、ブラッドリーにはなかなかユーモアのセンスがある。

「ああ、だいたいは見た」わたしは言った。「このゴミ溜めに住んでいた人間のことは、何かわかったのか？　彼女は第一容疑者だろう？」

感情を隠すのに長けているブラッドリーも、目によぎる驚きの色は隠せなかった——女だって？

してやったりだ。レイモンの反撃は、思いがけなかっただろう。

それでも、ブラッドリーは冷静な警官そのものだった。「そいつは面白い、レイモン」彼は、わたしが本当に何か手がかりを見つけたのか、それともはったりをかけているのかを見極めようとしていた。「どうしてそう思う？」

わたしは、ここにいた人間がビールの六缶セットを書き物机に放置しておいて、牛乳を冷蔵庫に入れていた点を指摘した。「そんなことをする男がいるか？　たいがいの男はビールのほうを冷やして、牛乳を腐らせるだろう。それから、ＤＶＤのタイトルを見ろ。恋愛コメディーばかりで、アクション映画はひとつもない。それに、ほかの部屋を見てみるとわかるが」わたしは続けた。「この汚らしいホテルで、ゴミ箱の内側にわざわざ袋をセットしている男が何人いると思う？　これは女がやることだ。本来こういうところに滞在するような人間ではないだろう。その女がどんな役回りだったのかはわからないが」

彼はわたしの言葉を反芻し、視線を受け止めたが、この説をどう考えているのかはうかがい知れなかった。わたしが尋ねる暇もなく、消防署の危険物用ドラム缶の陰から、男女二人の若い刑事が現われた。二人はブラッドリーの前に走り出た。

「有力な手がかりが得られました、ベン！」女性の刑事が言った。「この部屋の宿泊客は――」

ブラッドリーは静かにうなずいた。「ああ、わかってる。女だったんだろう――わたしがまだ知らない情報を教えてほしいな。その女がどうした？」

どうやらわたしの説を受け入れたようだ。二人の刑事が目を見張った。いったいどうしてわかったのか？　夜が明けるころには、彼らのボスにまつわる伝説がまたひとつ増えているだろう。では、わたしはどう思っていたか？　まったく恥知らずな野郎だと思っていた。まばたきひとつせず、さも自分だけで考えついたような顔をするとは。わたしは吹き出しかけた。

ブラッドリーがこちらを一瞥したとき、彼も笑い返してくれるかと思ったが、それははかない望みだった。眠たげな目が一瞬光ったように見えたが、彼は二人の刑事に注意を戻した。「で、きみたちはどうして女だとわかったんだ？」

「宿泊台帳と客室の関連書類を押収したんです」男性の刑事が答えた。名札にコナー・ノリスと記されている。

ブラッドリーはにわかに興味を引かれた。「支配人からか？　あの雲隠れした野郎を捕まえて、事務所の鍵を開けさせたんだな？」

ノリスは首を振った。「支配人の男には、四件の薬物所持容疑で逮捕状が出ています。きっといまごろはメキシコに逃亡している最中でしょう。実は、ここにいるアルバレスが」彼は女性の相棒を示した。「上階の客に窃盗容疑で指名手配されている男がいると気づいたのです」彼はそのあとどう続けたものかためらい、相棒を見た。アルバレスは肩をすくめ、思い切った様子で白状した。「わたしはその窃盗犯に、支配人室と金庫の鍵を開けてくれたら、見逃してやってもいいと持ちかけたんです」

彼女はそわそわしてブラッドリーをうかがった。これは処分の対象になるのだろうか、と。

上司の表情からは何もわからなかった。彼は声を一段と落とし、いっそう穏やかな口調で訊いた。「それで？」

「鍵は全部で八カ所ありましたが、窃盗犯の男は一分足らずで全部開けてくれました」彼女は言った。「道理で、この街に安全なものは何ひとつないわけですね」

「女の関連書類は？」ブラッドリーは訊いた。

「領収証がありました。一年以上、ここに滞在しています」ノリスが言った。「現金払いで、電話はつないでいません。テレビのたぐいもいっさいなしです。追跡されるのを恐れていたんでしょう」

ブラッドリーはうなずいた。まさしく、彼の考えどおりだ。「ほかの宿泊客は最近、その女を見かけたのか？」

「三、四日前です。確かなところは誰も覚えていませんでしたが」ノリスが答える。

ブラッドリーは小声で言った。「デートの相手を殺した直後に行方を晦ましたんだろう。

身分証はあったんだろうな？」

アルバレスがメモを確認した。「フロリダ州の運転免許証と学生証か何かです。免許証には写真がついていましたが、もう片方にはありませんでした」彼女は言った。「どちらも本物と見てまちがいないでしょう」

「とにかく確認はしておけ」ブラッドリーは言った。

「ピーターセンに渡しました」ノリスが言ったのは、もう一人の若い刑事のことだ。「いま、彼が確認しているところです」

ブラッドリーはうなずいた。「窃盗犯かほかの客で、女について何か知っているやつはいないか？」

二人は首を振った。「誰も知りませんでした。部屋に出入りするところを見ただけです」ノリスが言った。「窃盗犯によると、女は二十代前半で、身長は五フィート八インチほど、すばらしいスタイルだそうです」

ブラッドリーはやれやれという表情を浮かべた。「そいつの〝すばらしさ〟の基準は、脚が二本あるということかもしれんぞ」

ノリスはにやりとしたが、アルバレスは笑わなかった。彼女は、窃盗犯と取引したことについてブラッドリーに何を言われるか気になってしかたがなかったのだ。どうせ怒るのなら、早く怒ってほしい。しかし彼女は、職務に徹した。「一一四号室の自称女優によると、この部屋に泊まっていた若い女はいつも見かけを変えていたそうです。ある日にはマリリン・モンロー、別の日にはロック歌手のマリリン・マンソン。同じ日に両方のマリリンに姿を変えることもあったようです。それから、ドリュー・バリモアにブリトニー・スピアーズ、デイム・エドナ、k・d・ラング――」

「そいつは本当か？」ブラッドリーが訊いた。若い刑事たちはうなずき、さらに女優や歌手の名前を列挙した。「早くモンタージュ写真を見たいものだな」彼は言いながら、殺人事件捜査の常道は通用しそうにないと感じた。「ほかには？」刑事たちは首を振り、報告を終えた。

「ここの客から、さらに訊きこみを続けてくれ。逮捕状の出ていない連中にも当たってみろ。あと三人ぐらい捕まるかもしれんぞ」

ブラッドリーは刑事たちを下がらせ、部屋の隅にわたしを連れていき、心配事の種になりそうな話を切り出した。

「こういうものを見たことはあるか？」彼は訊きながらビニール手袋を嵌め、クローゼットの棚の奥から金属製の箱を取り出した。カーキ色の箱はとても薄く、わたしは気づきもしなかった。ブラッドリーはそれを開けようとしたところで、アルバレスとノリスに目を向けた。二人の刑事は、危険物用のポンプを収納している消防士たちのあいだを縫って部屋を出ようとしている。

「おい、きみたち！」ブラッドリーが呼んだ。二人が振り返る。「窃盗犯のことは——うまくやったな」

アルバレスが見るからにほっとした表情を浮かべ、二人の刑事は了解の印に手を上げ、笑みを浮かべた。ブラッドリーが部下に心服されるのは当然だ。

わたしは金属製の箱をよく眺めた。アタッシェ・ケースに似ており、製造番号が白い数字で側面に印刷されている。明らかに軍用品だが、こうしたものを見た記憶は薄れかけていた。「野戦用の医療キットか？」わたしは確信のないままに言った。

「近いな」ブラッドリーは言った。「歯科治療用だ」箱を開け、中身を見せる。軍用の歯科器具がひとそろい、発泡プラスチックの上に並んで収まっていた。プライヤー、探針、抜歯鉗子。

わたしは彼を見つめた。「女は被害者の歯を抜いたのか？」

「すべて抜いた。しかし、一本も見つかっていない。きっと捨てたんだろう。もしかしたら、トイレに流したのかもしれん。それで配管を壊して調べている」

「歯が抜かれたのは、被害者が殺される前だったのか、あとだったのか？」

ブラッドリーはわたしが言わんとしていることに気づいた。「いいや、拷問したわけではない。検視官はすでに、被害者の口のなかを調べている。被害者の死後、遺体の身元を特定されるのを避けるために抜いたと見てまちがいないようだ。だから、わたしはきみに立ち寄ってほしいと頼んだのさ。きみの本に、歯科がらみの殺人事件の話が載っていたのを思い出したんだ。あの話がアメリカでの出来事だったら、願わくは同一犯じゃないことを——」

「あれとは無関係だ。スウェーデンでの事件だからね」わたしは言った。「外科手術用のハンマーで、被害者の歯のブリッジと下顎を壊した話だな。身元特定を避けるためだったのは同じだろう。だが鉗子で歯を全部抜いたなんて、聞いたことがない」

「その最初の例を、いま目の当たりにしているわけだ」ブラッドリーは答えた。

「たいした創意工夫だな」わたしは言った。「文明の進歩はとどまるところを知らないというわけか」

人間性に対する絶望感はさておき、わたしはこの犯人にますます感銘を受けたことを白状せざるを得ない。三十二本の歯を死人から引き抜くのは簡単ではなかったはずだ。この殺人犯は明らかに、ひとつ重要なことを理解している。それは、人を殺そうと決意する人間の大半が見落とすことだ。すなわち、殺人を犯したがゆえに逮捕された人間はいない。彼らはただ、きちんとした計画を立てなかったから逮捕されたのだ、ということを。

わたしは金属製の箱を示して言った。「民間人がどこでこんなものを？」

ブラッドリーは肩をすくめた。「どこだってかまわんさ。さっき国防総省（ペンタゴン）に電話して、知りあいに資料室を調べてもらった。この医療キットには四万ケースの余剰品があった。

過去数年で、陸軍はそれをサバイバル用品店に払い下げたんだ。追跡はしてみるが、入手先の特定は難しいだろう……」

声が尻すぼみになった。彼は迷宮で途方に暮れ、室内を見まわし、突破口を探っている。

「顔もわからない」彼は物静かに言った。「歯型もわからなければ、目撃者もいない。最悪なのは、動機もわからないことだ。きみはこの仕事に関して誰よりも詳しい。仮にわたしがきみに解決を依頼したら、オッズはどれぐらいになる？」

「いまの時点でか？　どこの賭け屋でも引き受けないだろうな」わたしは言った。「現場にはいったときには、アマチュアの仕業に思えた。どうせドラッグかセックスがらみの事件だろう、と。しかし、よく見てみるとまったくちがう。これほど徹底した犯行にはほとんど出くわしたことがない」それからわたしは、殺菌スプレーのことを告げた。もちろん、それはブラッドリーの聞きたい話ではなかった。

「そいつは心強いかぎりだ」彼は言った。無意識に親指と人差指をこすりあわせるしぐさから、わたしには彼がタバコを吸いたがっているのがわかった。ブラッドリーは一九九〇年代に禁煙したと言っているが、その後何度となく、タバコを吸いたいと思ったにちがいない。いまもまちがいなくそう思っているだろう。渇望をまぎらわそうとして、彼は口をひらいた。「わたしの問題をひとつ教えようか？　一度、マーシーから言われたんだが」マーシーは彼の妻だ。「わたしは被害者の立場に寄り添いすぎ、あげくの果てに自分が彼らの唯一の友人だと思いこんでしまうらしい」

「彼らの擁護者ということか？」わたしは訊いた。

「彼女もまさしくそう言っていた。それにわたしにはひとつ、絶対にできないことがある。マーシーは、わたしのそういうところだけが好きだと言っていたがね。わたしには、友人を見捨てることができないんだ」

死者の擁護者か、とわたしは思った。彼にとって、さらに悪い知らせがある。わたしに手伝えることがあればいいのだが、それは何もないのだ。これはわたしの担当の事件ではないし、わたしはまだ三十代だが、すでに引退しているのだから。

技術者が足早に部屋にはいり、東洋風の訛りで叫んだ。「ベン！」ブラッドリーが振り返る。「地下室に来てください！」

4

つなぎの作業服を着た三人の技術者たちが、古いレンガの壁を壊していた。フェイスマスクをしていても、彼らは壁の空洞から漂ってくる悪臭に窒息しそうだ。死体が見つかったわけではない。死体の腐臭には独特のにおいがある。しかし、長年積もった汚水、カビ、ネズミの糞便のにおいも相当なものだった。

ブラッドリーは不潔な地下室にはいり、壊された壁を照らす作業灯のまばゆい光の前で立ち止まった。わたしが彼やほかの捜査関係者のあとに続いてはいったとき、ちょうど東洋系の男ができたばかりの開口部を懐中電灯で照らしたところだった。彼は中国系アメリカ人で、同僚からブルースと呼ばれている。その理由は言うまでもないだろう。

内部では、やっつけ仕事で継ぎあわされた配管が迷路のように入り組んでいた。ブルースの説明によると、八九号室のバスルームに穴を開けて調べても、パイプのU字型の部分に引っかかっているものはなかったので、さらに踏みこんだ方法をとることにした。科学捜査班からファーストブルーB染料のはいったカプセルを拝借し、一パイントの水に混ぜて下水管に流したのだ。

染料がすべて流れ出るまで五分ほどかかった。それほど流れるのが遅いのは、地下室と八九号室のあいだに何かが詰まっているからではないかと考えられた。そしていま、詰まりの原因が見つかった。壁に隠され、違法工事で複雑に入り組んだ配管のなかに。

「頼むから、見つかったのは被害者の歯だと言ってくれ」ブラッドリーは言った。「犯人の女はトイレに歯を流したのか？」

ブルースは首を振り、パイプの右に曲がった箇所に懐中電灯を向けた。そこには、黒こげになってふやけた紙片が引っかかっていた。「パイプは八九号室から直接つながっています。この点は確認ずみです」彼はふやけた紙を示して言った。「おそらく犯人の女は、この紙を燃やしてトイレに流したんでしょう。証拠隠滅のためには妥当な行動でした。ただ、それが条例違反だということを女は知らなかったようですが」

ピンセットを使い、ブラッドリーはくしゃくしゃになった紙片を広げた。「レシートが数枚、地下鉄のメトロカードのかけら、映画のチケット」目にはいったものを声に出す。「証拠隠滅の最後の仕上げをしたようだ。見逃していたものをまとめて燃やしたんだろう」慎重な手つきで焼け残りをより分ける。「買い物メモ――筆跡鑑定に使えるかもしれん」

彼は手を止めた。ほかのものよりは焼け焦げていない紙片があったのだ。「七つの数字だな。手書きだ。9、0、2、5、2、3、4。だが、全部ではない。残りの数字は燃えてしまった」

ブラッドリーは紙片をかざしてその場の全員に見せたが、実際にはわたしに向かって話していることがわかった。諜報機関にいたというだけで、わたしがどんな暗号でも解読できると思っているかのようだ。半ば消えてしまった、七桁の数字。それが何を意味するのかはわからない。しかしわたしには、ひとつ強みがあった。わたしがかつて属していた諜報界の人間は、つねにこうした断片を扱っている。だからわたしは、わからないといって片づけるようなことはしなかった。

もちろん、周囲の誰もがいっせいにさまざまな推測を始めた。銀行の口座番号、クレジットカードの番号、郵便番号、IPアドレス、電話番号など。アルバレスが902という市外局番はないと言い、実際そのとおりだった。アメリカ国内にはない。

「確かにそうだ。だが、電話はカナダにもつながっている」若い刑事のピーターセンが彼女に言った。アメリカンフットボールのラインバッカーのような体格だ。「902はノヴァスコシアの局番だ。昔、祖父が農場を持っていた」

ブラッドリーは反応を示さなかった。わたしの意見を待っているのだ。わたしはかつての苦い経験から、確信が持てるまでは何も言うべきではないことを学んでいたので、肩をすくめるだけにした。それを見て、ブラッドリーもほかの全員も散っていった。

実はそのとき、わたしは壁掛けカレンダーのことを考えていた。最初に見たときから気になっていたのだ。裏に表示されていた値札を見ると、四十ドルだった。それも高級書店のリッツォーリで売っていたものだ。単に日付を知りたいだけだったら高すぎる買い物であり、しかもまったく使われた形跡がない。殺人犯が頭の切れる女であることは明らかだ。もしかしたら、あれは彼女にとってはカレンダーではなかったのかもしれない。犯人の女は、古代の遺跡に興味があったのではないか。

わたしが以前の仕事をしていた場所は大半がヨーロッパであり、長らくアジアには行っていないが、国際電話で使われるトルコの国番号は、確か90だったはずだ。あの国に一日でもいたことがあれば、地球上のどの地域よりも古代ギリシャ・ローマ時代の遺跡が多いことがわかるだろう。仮に90が国番号だとすれば、市外局番、電話番号の一部と続くはずだ。誰も気づかないうちに、わたしは人の群れから抜け出して地下室で最も静かな場所を選び、わたしの携帯電話の会社であるベライゾンに電話をかけた。トルコの市外局番を知りたかったのだ。

電話会社が呼び出しに応答するのを待ちながら、わたしは腕時計を見て、外では夜が明けているにちがいないことを知って愕然とした。隣室の停電を修理しようとしたホテルの管理人が、配線の確認のために八九号室の鍵を開けてから、十時間が経過しようとしている。その場の誰もが疲れの表情を浮かべているのも無理はない。

ようやくベライゾンのコールセンターにつながり、ひどい訛りの女が電話に出た。コールセンターはインドのムンバイにあるのかもしれない。わたしの記憶は正しかった。やはり、90はトルコの国番号だったのだ。「252という番号はあるだろうか？　市外局番か何かで」

「はい、県の市外局番です……ムーラ県というところのようです」彼女もうまく発音できないようだ。トルコは広い国だ。テキサス州より大きく、七千万の人口を擁している。しかし、県の名前はわたしにはどうでもよかった。わたしが礼を言い、通話を切ろうとしたときに彼女は言った。「お役に立つかどうかわかりませんが、その地方の主要な町のひとつはエーゲ海に面しているようです。ボドルムという町です」

その名前はわたしの身体を震わせた。何年経っても消えることのない恐怖が突き抜ける。

〝ボドルム〟と彼女は言った。その名前は、沖合の難破船から漂う破片さながらにわたしの心に打ち寄せた。「本当か？」わたしは乱れる思いと闘いながら言った。脳裏の片隅から、わたしはこの事件に客人として参加しているにすぎないという声が聞こえる。わたしはそのことに安堵した。もう、あの場所には二度とかかわりたくない。

わたしは八九号室に引き返した。先に戻っていたブラッドリーがわたしを見る。わたしは、確かに紙片の数字は電話番号の一部だと思われるが、カナダとは関係ないと思う、と言った。さらにカレンダーのことを説明すると、ブラッドリーは最初に見たときに同じ疑問を抱いた、と言った。

「ボドルム？　ボドルムってどこだ？」彼は訊いた。

「もう少し海外旅行をすべきだな。トルコだ。世界でも屈指の洗練された避暑地だよ」

「別にコニーアイランドだっていいじゃないか？」彼はまじめな顔で言った。

「惜しいけどちがうんだ」わたしは言いながら、豪華なヨットや優雅な別荘、丘陵にたたずむ小さなモスク、カプチーノに十ドルも取り、遊び人でにぎわう若者向けのカフェといった光景を思い出した。

「行ったことがあるのか？」ブラッドリーが訊いた。

わたしは首を振った。政府から口外しないように命じられているのだ。「いや、ない」嘘だった。「いったいなぜ、犯人はボドルムに電話をしたんだろう？」わたしは疑問を声に出し、話題を変えようとした。

ブラッドリーは肩をすくめた。これ以上憶測をめぐらすのは気が進まないようだ。それにどことなくそわそわしている。「あの大男もひと仕事してくれた」彼は部屋の向こう側にいるピーターセンをさして言った。「支配人室でアルバレスが見つけたのは学生証じゃなかった。もちろん偽名だが、ニューヨーク公共図書館の利用者カードだったんだ」

「そいつは収穫だったな」わたしはおざなりに言った。「犯人は本好きってわけか」

「そうでもない」彼は答えた。「データベースによると、この一年間で借りたのは一冊だけだ」言葉を止め、わたしを凝視する。「きみが書いた本だ」

わたしは言葉を失い、彼を見つめ返した。なるほど、だからそわそわしていたのか。

「犯人の女がわたしの本を読んでいた、と？」かろうじて言葉を絞り出す。

「読んでいただけじゃない。研究していたというべきだろう」彼は答えた。「きみ自身、これほど徹底した犯行にはほとんど出くわしたことがないと言っていた。その謎がいま解けたわけだ。歯型はわからなくなり、殺菌スプレーを使われた。どれもきみの本に書かれていたことだ。そうだろう？」

わたしは脳天を殴られたような気がした。「犯人の女は別々の事例から手口を集め、マニュアルとして使ったんだな。相手の殺しかた、証拠隠滅のしかたの」

「そのとおりだ」ベン・ブラッドリーは言い、めったにないことに、笑みを浮かべた。「どうやらわたしが追う犯人は、きみのいわば分身らしいな。つまり、世界で最優秀の犯人だ。おかげさまでね、ありがとう」

5

率直に言わせてもらえば、わたしは捜査技術に関するその本をかなりぼかして書いた。それはいわば、出版界の常識に挑戦する試みだった。〝巻を措く能わず〟どころか、一度置いたら二度と手に取る気にならないような本だ。

しかし、読者層に想定したひと握りの職業人には、驚天動地の衝撃を与える。内容は犯罪捜査の技術、科学、信頼性に照らして、本当かどうか目を疑うようなものだ。だがよく読んでみると、いかなる懐疑論者でも兜を脱がざるを得ないだろう。わたしが引用した事例はどれも状況や動機が奇妙ではあるが、鑑識眼を備えた捜査関係者なら嘘と本物との見分けがついたからだ。

出版の翌日から、一流の捜査関係者や研究者の内輪でおびただしい疑問が飛び交った。この本に書かれている事件の内容を誰も聞いたことがないのは、いったいどうしたわけだ？　当然、関係者の実名は伏せられていたが、わたしの本は彼らの目に、異星人からのメッセージのように映った。彼らのさらに重要な疑問は、誰がこの本を書いたのかということだった。

わたしは誰からも、著者が自分であることを知られたくなかった。かつて従事していた仕事柄、わたしには多くの敵がいるため、ある朝エンジンをかけたとたん、吹き飛ばされて宇宙の藻屑になるような目には遭いたくなかったのだ。それでわたしは読者から自分の経歴や素性を突き止められないように、偽名で出版した。最近、シカゴで死んだ男の名前だ。ひとつだけ確かなのは、わたしは金や名誉のためにこの本を書いたのではないことだ。

わたしが解決してきたのはどれも、人類の創意工夫の限界に挑むような犯罪ばかりだった。したがってこの著書は、第一線で犯罪捜査に携わる人々に寄与するはずだ。わたしは自らにそう言い聞かせて、この本を出版した。ある程度まではそのとおりだった。しかし心の奥には、それ以外の思いもあった。引退した時点ではまだ若く、名前や身分を偽らなくてもすむ長い人生が目の前に広がっているはずだった。それでわたしは、以前の仕事の総決算として、訣別の辞のつもりでこの本を書いたのだ。

ほぼ十年間にわたり、わたしはアメリカで最も秘密のベールに包まれた課報機関の一員だった。その組織の存在さえ、知っている人間はごくわずかだ。この組織はアメリカ課報コミュニティ（課報機関で構成される組織）の警察任務を担っており、隠密工作に携わる者たちを監視する機関として機能してきた。ある意味において、われわれの存在は中世の復活だった。われわれは、敵側の内通者を見つけるネズミ捕りだったのだ。

アメリカの十六に及ぶ諜報機関――ほかにも名前のない組織がある――に、いったいどれだけの人々が雇われているのかは機密情報だが、差し支えない範囲で言えば、われわれの管轄範囲にはいる人数は十万以上にのぼる。これだけの規模の人数ともなれば、われわれが捜査する犯罪もあらゆる領域にまたがる。裏切りや腐敗、殺人やレイプ、薬物の売買や窃盗。一般の警察との唯一のちがいは、犯人がことごとく、世界で第一級の能力の持ち主であることだ。

この高度な機密任務に携わるエリート集団が生まれたのは、ジョン・F・ケネディ政権の発足当初だった。中央情報局（CIA）によるとりわけ忌まわしいスキャンダル――その詳細はいまだに秘密とされている――のあと大統領は、諜報コミュニティといえども一般社会と同じく、そこにいる人間はもろいものだとの判断に達したようだった。いまでは、ますますもろくなっているかもしれない。

正常な状況であれば、こうした陰の世界の取り締まりにあたるのはＦＢＩだ。しかし、ジョン・エドガー・フーヴァーが長官として絶対的な権力を振るっていた当時のＦＢＩは、とても正常な状況とはいえなかった。彼に諜報員を取り締まる権限を与えるのは、たとえて言えば、サダム・フセインに兵器工場をゆだねるようなものだったのだ。このような理由から、ケネディ兄弟は新たな組織を創設し、その任務の性質上、前例のないほどの権限を与えた。大統領令により、この組織は議会の監督を受けることのない、大統領に直属する三組織の一角になったのだ。ほかのふたつがどんな組織なのかは訊かないでほしい。ふたつとも、法律上は存在していないことになっている。

最高機密の情報も入手できる人々がまとう得体のしれない空気に、諜報関係者は当初警戒感を抱き、これほどの重大な任務をきのうきょうできたばかりの組織にできるわけがないとけなしていた。口さがない連中は、新組織を〈第十一空挺師団〉というあだ名で呼びはじめた。無謀な突撃を敢行する部隊、という意味だ。この組織が成功すると思っている人間はほとんどいなかったが、しだいにその名声が高まるにつれ、揶揄する声は影をひそめた。

まるで申しあわせたように、関係者のあいだで当初のあだ名が使われなくなり、代わって畏敬の念をこめた名前が使われだした。〈機関〉という単純な名称だ。わたしは大言壮語をするつもりはまったくないが、この組織にいた者の大半は最高度に優秀な人材だった。それもそのはずだ。〈機関〉の標的は、世界で暗躍する選り抜きの秘密工作員なのだから。諜報界の男女は何年もかけて訓練を積み、巧みに嘘をつき相手を煙に巻く技術、証拠を残さずに逃走する技術、あらゆるものに手を触れながら指紋をいっさい残さない方法に熟達する。したがって、彼らを追跡するにはそれをしのぐ技量を身につけていなければならない。獲物よりつねに一歩先んじなければならないというプレッシャーは並大抵のものではなく、ときには耐えがたいほどだ。〈機関〉での自殺率が、郵便局を別にすれば、ほかのいかなる政府機関よりも高いのはまったく不思議ではない。

ハーバード大学での最終年次で、わたしは気づかないうちに、このエリート集団にスカウトされていた。組織から偵察に訪れたのは、驚くほど短いスカートから形のよい脚を覗かせた快活な女で、ランド・コーポレーションの副社長と名乗っていた。彼女はハーバードでも有望と見こまれる卒業生に目をつけ、勧誘していた。

わたしは三年間医学部で、薬理学を専攻していた。単に専攻したのではなく、誰よりもこの分野に精通しようと努めた。平日は講義で理論を学び、週末には実践の機会を求めたのだ。ボストンのある医師を訪れ、線維筋痛症の症状について読みこんだ知識をもとに病気を装い、バイコジンという鎮痛剤（麻酔作用があり、依存性が高い）の処方箋を書くようその医師を説得したところで、わたしは雷に打たれたように気づいた。

もし、わたしのような症状の患者が実際にいたとしたら？　もしわたしが、さっきまで待合室で黙って観察していた患者たちの病気に――それが本当であれ、思いこみによるものであれ――医者の立場で対処しなければならないとしたら？

わたしが本当に興味を持っていたのは、人々を悩ませている痛みそのものではなく、彼らをそこに追いこんだ動機や原因のほうだったのだ。そのことに気づいたわたしは、医学部を中退し、心理学部に再入学して、次席で卒業した。

博士号を取得した直後、短いスカートをはいた女性が現われ、他の従業員の二倍の初任給から始めて、研究や昇進の機会が好きなだけ与えられる仕事があると勧誘してきた。その結果、わたしは半年にわたって論文を書き、アンケートの質問を考えたが、それらは読まれることも回答されることもなかった。実際のところ、わたしはランド社のために仕事をしていたのではなく、観察、選考、査定といったふるいにかけられていたのだ。突然、短いスカートの女は姿を消した。

代わって現われたのは、二人の男たちだった。二人ともこわもてだったが、それ以前にも以後にも会うことはなかった。わたしはヴァージニア州ラングレーにあるCIA本部に近接した工業地区に連れていかれ、特徴のない建物の、外部との連絡をすべて遮断した部屋に入れられた。彼らはわたしに、ここで聞いた内容の口外をいっさい禁じるという書類にサインさせてから、わたしが公式の名称すら存在しない極秘の諜報機関の一員にふさわしいかどうか検討されていると告げた。

わたしは彼らを見つめながら、なぜわたしが選考されたのかを自問した。しかし率直に考えてみれば、答えはおのずから明らかだった。わたしは秘密の世界にうってつけの人間だったのだ。頭脳明晰で、つねに孤独で、心の奥深くに傷を負っているのだから。

父はわたしが生まれる前に家を出て行き、二度と会うことはなかった。その数年後、母はデトロイトのエイト・マイル・ロード沿いにある自宅アパートメントの寝室で殺された。前にも言ったように、わたしが生涯忘れえない場所だ。

一人っ子だったわたしは、結局コネティカット州グレニッチの養父母に引き取られた。二十エーカーに及ぶ手入れの行き届いた芝生、高額な授業料の私立学校、知りうるかぎり、どこよりも静かな家。一見非の打ちどころのない家庭環境であり、ビル・マードックとグレース・マードックの夫妻は最善を尽くしてくれたと思うが、わたしは養父母が望むような息子にはなれなかった。

孤児はまず、生き残る方法を学ぶ。幼いうちから感情を隠すことを知り、心の痛みが耐えがたいほど募ったときには、頭のなかに洞穴を作り、そこに逃げこむ。わたしとしても、ビルとグレースが望むような子になろうと努めたのだが、その結果、かえって彼らから遠ざかってしまった。

ラングレーからほど近い建物の一室で、わたしは素性を変え、別の人格を装い、本当の気持ちを隠してきたことは、諜報界で活動するうえで理想的な訓練だったことに気づいた。

それ以降の歳月、わたしは無数の偽名で人知れず世界を駆けめぐってきた。その経験を踏まえたうえで言わせてもらうなら、これまで会った最優秀の諜報員はみな、組織に属するはるか以前から、二重生活を営むすべを学んできていた。

彼らのなかには、同性愛を嫌悪する世界のなかで秘密の性生活をしてきた男たち、郊外の住宅地の人妻と密通していた男たち、賭博師、薬物常用者、アルコール依存症患者、性的倒錯者といった人々がいた。彼らの任務がいかなるものだろうと、彼らはみな、周囲の世界に自分たちの幻影を本物だと信じこませてきたのだ。彼らにとって、また別の変装をして政府機関で働くのは難しいことではなかった。

目の前にいる二人のいかつい男たちは、わたしにそうした何かを感じたのだろう。彼らの質問はようやく、不法行為に関する事項まで来た。「過去のドラッグの経験について聞かせてもらおう」彼らは言った。

わたしは、誰かがビル・クリントンについて言っていたことを思い出した。クリントンは女に好き嫌いはなかった、という話だ。だがわたしは、ドラッグに好き嫌いはないと答えたとしても、あまり有益ではないと感じた。ドラッグに関する知識を話すことさえもしなかった。幸いなことに、ドラッグが手放せないような無軌道な生活に身をまかせたことはなかったのだ。わたしはそれを秘密の生活にし、独自のルールに従って隠していた。すなわち、一人きりのときにしかドラッグをやらない、酒場やクラブではやらない、パーティ・ドラッグに手を出すのは浅はかな連中であり、路上のマーケットからドラッグを調達するのは破滅への片道切符だというルールだ。

ここでそのルールが生きた。わたしは薬物所持で逮捕されたこともなければ、事情聴取されたこともなかった。これまで秘密の生活を誰にも知られなかったことは、諜報界で生きていけるという自信につながった。二人の男たちは質問を終えて立ち上がり、彼らからの提案を検討するのにどれぐらい時間が必要か訊いた。わたしはその場で、ペンがほしいと言った。

　こうしてわたしは、殺風景な工業地区の窓のない部屋で誓約書に署名し、諜報界に足を踏み入れた。そのために払うことになる犠牲の大きさが頭をよぎったかどうかは、覚えていない。しかしそのために、わたしは当たり前の生活を享受することができず、平穏な暮らしを誰かと分かちあうこともできなくなった。

6

四年間の訓練期間を経て、他人が見過ごしてしまうようなささいな危険の印を読み取り、常人なら死んでしまうような状況で生き抜く方法を学んだわたしは、組織内での評価を高めた。最初に配属された海外支局はベルリンで、赴任から半年経たないうちに、わたしは生まれて初めて、人を殺した。

〈機関〉が設立されて以来、ヨーロッパでの作戦は、組織の中枢をつかさどる諜報員がロンドンで指揮してきた。このポストに就いた歴代最初の人物は、高位の海軍将官であり、その名前は海戦史に刻まれている。その結果、彼は〈青の提督（アドミラル・オブ・ザ・ブルー）〉と名乗るようになり、これは全艦隊で第三位の指揮官を意味した。〈機関〉における彼の位置づけとまさに同じだ。その名称は引き継がれたが、時代を経て変化し、揶揄され、最終的には〈青の騎手（ライダー・オブ・ザ・ブルー）〉という呼称に落ち着いた（riderには〝追従者〟という意味もある）。

わたしがヨーロッパに赴任した当時は、非常に重要視されていた作戦をその役職者が指揮しており、彼がいずれワシントンに戻って〈機関〉全体のトップになることは確実視されていた。彼のお眼鏡にかなった局員が出世するのはまずまちがいなく、支局の誰もが彼の歓心を買おうと躍起になっていた。

こうした背景のなか、ベルリン支局はわたしを、八月初めのモスクワに送りこんだ。この危険きわまる大都会で、夏は最悪の季節だ。現地で活動していたアメリカの秘密機関で金融詐欺があったという通報があり、この件を捜査するのがわたしの任務だった。資金がなくなっていたのもさることながら、調査を進めた結果、突き止めた事実ははるかに深刻だった――アメリカ諜報機関の幹部がモスクワを訪れ、われわれにとって最重要なロシア人情報提供者の名前をロシア連邦保安庁(FSB)に売り渡そうとしていることがわかったのだ。FSBとは、KGBの役割と残酷さを引き継いだ機関である。

この尋常ならざる局面にぎりぎり間にあったわたしは、即断即決する必要に迫られていた。助言を仰いだり、相手の行動を先読みしたりする時間はなかったのだ。ロシア側の連絡担当者に会おうとしていた人間は、わたしと同じ組織の人間だった。そう、わたしが初めて殺したのはその男だった。

わたしは彼を射殺した。赤の広場で〈青の騎手〉を撃ち殺したのだ。大草原(ステップ)からの熱風が激しく吹きつけ、アジアのにおいと裏切りの臭気を運んでくる。誇るべきなのかどうかはわからないが、当時まだ若く未経験だったわたしは、冷徹に上司を殺害して職務を遂行した。

わたしは彼を尾行して赤の広場の南端にはいった。そこではメリーゴーランドがまわっていた。録音された音楽が大音量で流れている。ここなら銃声は聞こえないだろう。そう考えたわたしは、斜め後ろから近づいた。わたしがよく知っている男は、最後の瞬間に振り向いた。

相手によぎった困惑の色は、すぐに恐怖の表情に変わった。「エディ——」彼は言った。わたしの本名はエディではないが、他の諜報員と同様、最初にこの世界にはいったときから身元を変えていた。だが、そのおかげでまだしもためらわずにすんだのかもしれない。まるで引き金を引くのはわたし以外の人間のような気がしたのだ。

「どうしたんだ——ここで何をしている?」彼の南部訛りが、わたしはいつも好きだった。

わたしは、ただ首を振った。「ヴィスシャヤ・ミェーラ」わたしは言った。二人とも知っているKGB時代の言いまわしで、直訳すれば〝極刑〟という意味だ。具体的には、大口径の銃で後頭部を撃ち抜くことをさす。

わたしはすでに腰ポケットのなかの銃を握っていた。小型のPSM5・45。皮肉なことに旧ソ連で設計されたもので、ライターよりわずかに厚い程度のコンパクトな銃だ。つまり、仕立てのよいスーツのポケットに入れても、皺が寄っている程度にしか見えない。パニックに駆られた彼の目が、メリーゴーランドに乗っている子どもたちに向かう。おそらく、彼自身の二人の幼い子どもたちのことを考えていたのだろう。なぜこんなことになったのか、と思いながら。

銃をポケットから出さないまま、わたしは引き金を引いた。鋼芯を使った徹甲弾は、三十層のケブラー繊維と厚さ〇・五インチのチタン板を組みあわせた防弾チョッキでも貫通する。

メリーゴーランドの喧騒で、銃声は誰にも聞こえなかった。

銃弾は彼の胸に命中し、初速のスピードによって瞬時に心臓を麻痺させ、あっという間もなく絶命させた。予定どおりだ。わたしは腕を伸ばし、崩れ落ちる前に彼の身体を受け止め、片手で彼の額の汗をぬぐった。あたかも、友人が暑さで気を失ったかのように振る舞ったのだ。

わたしは彼を抱え、ぱたぱたと波打つ、使われていない日よけの陰でプラスチックのベンチに座らせて、十ヤード向こうの子どもたちを見守るロシア人の母親たちに、空を指さしながらたどたどしいロシア語で話しかけた。ひどい暑さですね、と言ったのだ。母親たちは笑みを浮かべていたが、内心ひそかに喜んでいたにちがいない。スラブ人は強靭で、アメリカ人は軟弱だということが改めてわかったのだから。「ええ、ひどい暑さですね、本当に」彼女らは口々に同情した。

わたしは〈青の騎手〉の上着を脱がせ、身体にかけて赤い銃創を隠した。ふたたび母親たちに向かい、タクシーを呼んで、また戻ってくると言った。

母親たちはうなずいたが、彼女らの関心はメリーゴーランドの子どもたちに向かっていた。彼女たちの誰一人として、わたしが彼のブリーフケースと財布を持ち去ったことに気づかなかったはずだ。わたしはクレムリン通りのタクシーへ足早に向かった。

彼の口から血が流れ出し、警察が呼ばれる前に、わたしは数マイル離れた宿泊先のホテルに戻っていた。ポケットの中身を取り出す暇はなかったので、彼の身元はほどなく特定されるだろう。

仕事でロンドンを訪れるたびに、わたしは彼の自宅で夕食をともにし、彼の子どもたちと何度も遊んでいた。小学校低学年の二人の娘だ。あと数分のうちにハムステッドの彼の自宅で電話が鳴りだし、娘たちは父親が死んだことを知らされるにちがいない。わたし自身の少年時代の経験から、こうした出来事が子どもたちにどのような影響を及ぼすかは、大半の人間よりはわかっているつもりだった。最初はまったく信じられず、死ぬとはどういうことなのか理解するのに苦闘し、パニックの波に襲われ、深い自暴自棄の穴に落ちこむのだ。いかに止めようとしても、娘たちの悲しむ姿が脳裏に鮮やかに浮かぶのを押しとどめることはできなかった。のみならず、彼女らの感情はまるで自分のもののように思えた。

わたしはベッドに座り、ブリーフケースの鍵をこじ開けた。中身を改め、調べる価値があると思われたものは、シャナイア・トゥェインのジャケットがついた音楽ＤＶＤだけだった。わたしのラップトップに挿入し、プログラムのアルゴリズムを探ってみる。デジタル化された音楽データに隠されていたのは、わが国に秘密情報を提供してきた十九人のロシア人の名前と機密ファイルだった。もしも〈青の騎手〉が連絡担当者と密会していたら、〝ヴィスシャヤ・ミェーラ〟は彼らの身に降りかかったのだ。

ファイルの中身を調べ、十九人の個人データに目を通しながら、わたしはロシア人情報提供者の子どもたちの名前を心に留めた。無意識のうちに、わたしは一種の損益計算書を作っていたのだ。片方の欄には十四人のロシア人の子どもたちがおり、もう片方の欄には〈青の騎手〉の二人の娘たちがいる。どう考えても、わたしの行動は妥当なものだったはずだ。しかし、それでも充分ではなかった。ロシア人たちの名前はあまりに抽象的で、〈青の騎手〉の子どもたちはあまりに現実的だった。

わたしは上着を手に取り、鞄を肩にかけて、PSM5・45拳銃をポケットに収めてゴーリキー公園近くの運動場に向かった。ファイルを読んで、ロシア人エージェントの妻たちが、午後になるとしばしばここへ子どもたちを連れてくることを知ったのだ。わたしはベンチに座り、ファイルに書かれていた容貌の特徴から、該当する九人の女たちを確認した。その子どもたちは確かに、海水浴ごっこをしながら砂の城を作って遊んでいる。

わたしは近づいて彼らを眺めた。子どもたちはきっと、手すりの向こうから見ている、上着に焦げた穴を作った見知らぬ男に気づきもしなかっただろう。無邪気に笑っている子どもたちの夏が、自らの少年時代より長く続くことをわたしは祈った。だが、こうしてロシア人の子どもたちを現実の存在として認識できても、彼らに与えたものを、わたしはそれだけ失っていくのだと思わずにはいられなかった。すなわち、わたしの無邪気さを。

年老いたような気がしながらも、どこか静かな心持ちで、わたしはタクシーの列に向かった。それに先立つ数時間前、〈青の騎手〉を殺してから急いでホテルの部屋へ戻る途中、わたしは暗号化された回線でワシントンを呼び出していた。その電話でわたしは、ＣＩＡが手配した脱出用の飛行機が、表向きはゼネラル・モーターズ役員用のプライベート・ジェットということにして、シェレメチェボ空港へ向かっていることを知った。

ロシアの官憲がすでにわたしを殺人犯と突き止めているのではないかと不安に駆られ、空港までの道のりは途方もなく長く感じられ、ようやく飛行機に乗りこんだときの安堵の念は言葉では言い表せなかった。しかし、ほっとしたのもつかの間だった。機内には四人の武装した男たちが乗っており、所属や名前は明らかにしなかったものの、見るからに特殊部隊の兵士のようだった。

彼らから渡された法律文書を見て、わたしは自分の身に、諜報機関のなかで最も重大な容疑がかけられていることを知った。殺人罪での緊急捜査だ。リーダーの男が、これからアメリカに向かうと告げた。

それから彼は、わたしの権利を読み上げると、わたしを逮捕した。

7

わたしの推測では、目的地はモンタナだった。飛行機の窓から見ると、丘陵地帯の切れ目から、アメリカの北西部であることがほぼ確信できた。それ以外に、場所を特定できるものは何もなかった。秘密の飛行場には標識のない掩蔽壕、地下の格納庫、どこまでも続く高圧電線のフェンスしかない。

飛行機は一晩中飛びつづけ、払暁に着陸した。そのときには、わたしの精神状態はかなりひどいものになっていた。脳裏で何度となく任務の一部始終を再生し、さまざまな疑念が膨れ上がってきたのだ。シャナイア・トゥウェインのＤＶＤにはいっていたロシア人エージェントのデータが偽物だったとしたらどうする？　何者かが〈青の騎手〉を陥れるために仕掛けたものだったら？　あるいは彼が、わたしの知らないおとり作戦を展開していたか、別の諜報機関の意を受けて、敵に大量の偽情報をばらまこうとしていたのだったら？ほかにも懸念はある。捜査担当者は、このＤＶＤを作ったのはわたしで、〈青の騎手〉がわたしを裏切者だと突き止めたと言いだすかもしれない。だからこそ、わたしは本部の了承を得ずに彼を殺害したのだ、と。

疑念の迷路の奥深くにはまりこんだわたしは、特殊部隊の兵士たちに追い立てられ、飛行機を降りてスモークガラスがついたSUVに乗った。ドアが自動でロックされ、車内のドアハンドルはすべて取りはずされていた。諜報界に足を踏み入れてから五年が経ち、モスクワでの狂おしい三日間を終えて、わたしはすべてを失う瀬戸際に立たされている。

車は二時間ほど走りつづけたが、高圧電線のフェンスは切れ目なく続いた。着いたのは、人里離れたところにたたずむランチハウスで、周囲の芝生は乾ききっていた。

わたしはここに監禁され、往来できるのはふた部屋だけで、尋問官以外の人間とのいっさいの接触を禁じられた。このランチハウスの別棟では十数人の科学捜査員たちが、わたしの行動と〈青の騎手〉の行動を徹底的に洗い直し、真実の手がかりを見極めようとしているにちがいない。尋問の方法もわかっていた。しかし、いくら実地演習を積んだとはいえ、現実に敵意に満ちた尋問官たちを前にするのとはわけがちがう。

四つのチームが交替でわたしを尋問した。いかなる主観も交えず、経験にもとづく事実として言うが、女性に尋問されるのは最悪だ。いや、見方によっては最高かもしれない。均整のとれた肉体に恵まれた女は、胸元をちらつかせて身を乗り出せば、相手は口を割ると思いこんでいる節がある。尋問官の女を、わたしは〝ワンダーブラ〟と命名した。それから何年もあと、同じ方法がグアンタナモ湾の収容所で用いられ、ムスリムすなわちイスラム教徒の被収容者に絶大な効果を発揮した。

その理由がわたしにはよくわかる。女の胸元を見せつけられた男の被疑者は、絶えざる不安から解放された世界を、快楽の世界を思い起こし、そこへ戻りたいと渇望するのだ。尋問官に協力しさえすれば、そこへ戻れる。わたしの経験から言えば、この方法は確かに効き目がある。昼夜の区別なく、細かい点を根掘り葉掘り訊かれ、矛盾点を責め立てられれば、骨の髄まで疲れてしまう。それが二週間も続けば、どんな世界でもいいから、ここではない世界に行きたいと切望するだろう。

ある夜更け、休憩なしの十二時間の尋問を終えたあとで、わたしはワンダーブラに尋ねた。「きみは、わたしがすべてを計画したと思っているのか？　計画的に、赤の広場の端で彼を撃った、と？　よりによって、赤の広場だぞ？　なぜわたしがそんなことを？」

「くだらない質問だわ」彼女は平板な口調で言った。

「ここの連中はどこできみを採用したんだ――おっぱい喫茶（フーターズ）か？」わたしは叫んだ。声を荒らげたのは初めてだ。それはまちがいだった。隠しカメラで様子を見ていたアナリストや心理学者のチームは、わたしが参りかけていることに気づいただろう。

わたしは一瞬、彼女が挑発に乗ってくるかと思ったが、相手はプロだった。彼女は平静な声を保ち、さらに身を乗り出してきた。シャツの胸元のボタンがぴんと張る。「胸は上げ底じゃないわ。念のために言っておきますけど、ブラとは無関係ですから。それで、メリーゴーランドではどんな音楽がかかっていたの?」

わたしは怒りの衝動をやり過ごした。「その質問にはもう答えた」

「もう一度答えて」

「『スメルズ・ライク・ティーン・スピリット』だ。本当だ。新生ロシアでは、なんでもありなのさ」

「その曲を以前に聴いたことは?」

「もちろん、ある。ニルヴァーナの曲だ」

「赤の広場を、あなたが下見をしたときに――?」

「下見なんかしていない。なんの計画も立てていなかったんだから」わたしは冷静な口調で答えたが、左のこめかみが痛くなってきた。

ようやく就寝を許されたとき、わたしは彼女が勝利を収めつつあると思った。たとえ潔白であっても、外界から隔絶した家に監禁され、世の中から消えたも同然の状態で自由を求めて悪戦苦闘しなければならないと思うと、意気阻喪させられる。

翌朝早くに目が覚めた。水曜日だと思っていたが、実際には土曜日だった。わたしはそれだけ錯乱していたのだ。寝室の扉の鍵が開けられ、管理人がその扉の裏に清潔な着替えをぶら下げた。彼は初めてわたしに話しかけ、いままでのように部屋の片隅に置かれた洗面器で身体を洗うのではなく、シャワーを使ってよいと言った。それが彼らの手であることはわかっていた。わたしを信用しはじめていると思いこませ、わたしが彼らを信用するように仕向けるのだ。しかしいまは、そのような心理学を意識できる段階をとっくに越えていた。フロイトがなんと言おうと、シャワーはシャワーなのだ。

管理人は隣接したバスルームの扉の鍵を開け、立ち去った。病院のような白い部屋で、天井や壁に設けられている環付きボルトが陰惨な用途を連想させたものの、そんなことは気にならなかった。わたしは髭を剃り、服を脱いで、シャワーを浴びた。身体を拭きながら、全身鏡に映る自分の裸体が目にはいり、はっとした。奇妙なことに、わたしは長年のあいだ、自分の姿を正視したことがなかったのだ。

このランチハウスにいた三週間ほどで二十ポンドは痩せていたので、これほどやつれた自分の顔を見るのは初めてだった。年老いたような顔を、まるで窓越しに自らの未来を覗いているかのように、わたしはまじまじと見た。決して醜い容貌ではない。背は高く、髪には白いものが混じっている。ヨーロッパの夏に経験した多大なストレスのおかげだ。

尋問のおかげで腰や臀部からは贅肉が落ち、身体は均整がとれていた。虚栄心に満ちた映画俳優とちがい、腹筋は割れていないが、毎日四十分、クラヴ・マガを続けてきたおかげで体軀は引きしまっている。このイスラエル式の護身術は、丸腰でも身を守れる方法として、一四〇丁目より北のニューヨークの麻薬密売人のあいだで重宝されている。わたしはいつも、危険を生業にしている者たちに役立つのであれば、自分にも充分役立つだろうと思っていた。しかしこのときは、数年後にこの技が、一人きりの絶望的な任務で役立つことになるとは知るよしもなかった。

鏡と向かいあい、目の前に映っている男の特徴を頭に刻みつつ、わたしはこの男が本当に好きなのだろうかと考えながら、この姿を見ているのは自分だけではないような気がしてきた。〝ワンダーブラ〟とその仲間たちが、鏡の向こう側に立ち、彼らなりの分析をしているかもしれないのだ。わたしはポルノ映画の男優にはなれそうにないが、裸を見られても恥ずかしい身体ではないつもりだ。怒りを覚えたのは、身体を見られることに対してではなく、自分の人生の隅々にまで侵入され、ありもしない証拠を際限なく詮索されることに対してだった。単に正義感だけにもとづいて人を殺したのではなく、裏の目的があるのではないかと思われていることに、わたしは心が折れそうになった。

クラヴ・マガの教官は、闘うときにほとんどの人間が犯す誤りは、相手の頭を全力で殴ることだと言う。そうすれば、最初に自分の拳の骨を折るからだ。まさにこのために、本当のプロは拳を握り、鉄床(かなとこ)に打ちつけるハンマーのように側面を使うのだ。

教官によれば、壮健な人間が拳の側面で攻撃すれば、破壊力は四ニュートン（質量一キロの物体に、一メートル毎秒毎秒の加速度を生じさせる力）以上になる。それだけの打撃を与えられた人間の顔がどうなるかは想像がつくだろう。あるいは鏡がどうなるかも。鏡は粉々に砕け散り、床に落ちた。だが、最も驚くべきだったのは、鏡の向こうの壁だ。そこはただの壁だった。マジックミラーのたぐいはいっさいなかったのだ。わたしは壁面を見つめ、鏡を壊したのは本当に自分だったのだろうかと思った。

シャワーを浴び、髭を剃って、寝室に戻り、清潔な衣服に着替えると、ベッドに座って待った。誰も来ない。扉をたたこうとしたところで、鍵が開けられていることに気づいた。これには驚いた。わたしはずいぶん信用されているようだ。いや、もしかしたらこれは超常現象で、この家にはわたし以外誰もおらず、何年も空き家だったのかもしれない。

廊下を通り、居間に足を踏み入れた。いままでに見たことがなかったが、わたしの尋問に携わっていた全員が一堂に会していた。全部で四十人近くの人間が、笑みを浮かべてわたしを見ている。この恐ろしい一瞬、わたしは彼らが拍手をしはじめるのではないかと思った。責任者とおぼしき、人の余った部分を寄せ集めて作ったような顔の男が、何やら聞き取れない言葉をつぶやいている。それから、〝ワンダーブラ〟が手を差し出し、これは単なる仕事だったので、悪く思わないでほしいと言った。

この女に仕返ししたいという思いが頭をかすめた。彼女がさんざんしてきた挑発に応えてやる。その思いは当然、性的な行為を含んでいたが、責任者の言葉がわたしを押しとどめた。わたしが考えているようなことは、合衆国大統領から直筆の手紙を送られた人間としてはふさわしくない。その手紙はテーブルに載せられ、わたしはその前に座って読んだ。鮮やかな青と金の紋章がはいった便箋には、徹底的な調査の結果、わたしの身の潔白が証明されたと書かれていた。大統領は『期待をはるかに上回る』勇気を発揮したことについて、わたしに礼を述べていた。『敵対的な環境下、援護を期待できず安全とはいえない状況で、ただちに行動を起こす必要に迫られた貴殿は、自分自身を顧みずに躊躇なく行動した』と手紙には書かれていた。大統領は、わたしの行動を広く世間一般に知らせることは不可能だが、個人的にも国の代表としても、わたしが果たした貢献に深く感謝すると綴っていた。文面のどこかで、『英雄』という言葉まで使っていた。

わたしはドアに向かった。全員の目がわたしに注がれているのを感じたが、そんなことにはかまわなかった。外に出て芝生に立ち、荒涼とした景色を眺める。手紙に書かれていた、『すべての嫌疑は晴れた』といったような言葉を思い浮かべていると、わたしのなかに鬱積していたさまざまな感情が解き放たれた。養父母のビルとグレースがこのことを知ったらどう思うだろう？　彼らのことをずっと拒んできたわたしを、二人は誇らしく思うだろうか？

長い砂利道を走ってくる車のタイヤの音が聞こえ、この家の前で停まったが、そんなことはどうでもよかった。デトロイトで死んだ、わたしと同じ鮮やかな青い目をした女性はわたしを誇らしく思うだろうか？　彼女がわたしを愛していたことはまちがいないが、奇妙なことに、わたしはその人のことをほとんど知らないのだ。もし、いま会って話すことができたら、彼女は実の母としてどう思うだろう？

　わたしはその場に立ちつづけ、吹きつける風に肩を丸めて感情の断片が渦を巻くのにまかせた。そのとき、ドアが開く音がした。振り向くと、責任者と〝ワンダーブラ〟がポーチに立っている。二人といっしょにいた年輩の男は、いま車で到着したばかりだ。その男のことは、わたしも何年も前から知っている。彼の名前は問題ではない。その名前が公にされたことはないのだから。彼は〈機関〉の長官だった。

　長官はゆっくりと階段を下り、わたしと並んで立った。「手紙は読んだかな？」彼は訊いた。わたしはうなずいた。長官はわたしの腕に手を添え、軽く力を入れた。感謝を表わす彼の流儀だ。きっと長官は自分が何を言っても、青と金の紋章入りの便箋と張りあうことはできないとわかっていただろう。

　彼はわたしの視線を追って荒涼とした景色を眺め、わたしが殺した男のことを話した。「最後の裏切りを別にすれば」長官は言った。「彼は優秀なエージェントだった――最優秀といってもよかった」

　わたしは彼を見つめた。「それなら、こういう言いかたもできるでしょうね」わたしは答えた。「原爆が落ちたのを別にすれば、八月六日はヒロシマにとっていい一日だったかもしれない」

「なんてことを言うんだ、エディ。わたしは今回の事態に、最善を尽くして対処しようとしているのだ。なんとか肯定的な側面を見出そうと——彼はわたしの友人だった」

「わたしの友人でもありました、長官」わたしは抑揚のない口調で言った。

「ああ、そうだったな。エディ」彼はいら立ちを抑えているようだった。大統領直筆の手紙は効果絶大だ。「あのとき現場にいたのが、わたしではなくきみでよかった。わたしが若かったころでも、同じことができたかどうかはわからない」

わたしは何も言わなかった。聞いた話によると、彼は自らの昇進に役立つと思えば、ディズニーランドに機関銃を持ちこむようなことでも平気でするらしい。

長官は風に向かって襟を立て、わたしにロンドンへ戻ってほしいと言った。「幹部に話は通してある。満場一致の決定だ。きみは新たな〈青の騎手〉に任命された」

わたしは無言のままじっと荒野を見据え、あの二人の幼女たちのことを思い、言いようのない悲しみを覚えた。このときわたしは二十九歳、史上最年少の〈青の騎手〉だった。

8

わたしが夜の便で到着したときのロンドンは、いままでに見たことがないほど美しかった。セント・ポール大聖堂や国会議事堂をはじめとした、権力の中枢の壮麗な建築群が、暗くなりかけた夕焼け空にそびえている。

昇進から二十時間も経たないうちに、わたしはロンドンに着いていた。ランチハウスがあった場所は、わたしの推測とはちがっていた。サウス・ダコタのブラック・ヒルズ（サウス・ダコタ州とワイオミング州の州境に位置する山地）だったのだ。思っていたよりさらに辺鄙なところだった。二時間ほど車に乗って最寄りの空港へ向かい、そこからプライベート・ジェットでニューヨークへ飛び、英国航空の国際線で大西洋を横断した。

使用年数三年のフォードのSUVがヒースロー空港で待っていた。ナンバーや特徴を特定されないよう、車体は泥まみれだ。わたしはこの車に乗り、メイフェアに向かった。日曜日の夜とあって交通量は比較的少なかったが、それでも車はのろのろとしか進まなかった。防弾仕様なので車体が重いのだ。

運転手がハンドルを切り、サウス・オードリー・ストリート近くの袋小路にはいると、瀟洒なタウンハウスの車庫の扉がひらいた。われわれがはいった地下車庫のある建物は、正面玄関の真鍮のプレートに〈バレアレス諸島投資信託ヨーロッパ本部〉と書かれている。その下の注意書きには、用件がある者は電話で予約するよう記されていた。しかし番号は表示されておらず、誰かが調べてもロンドンの電話帳には載っていない。言うまでもなく、電話する人間はいなかった。

わたしはエレベーターで地下から最上階に上がり、歴代の〈青の騎手〉が使ってきた部屋に足を踏み入れた。室内は広々としており、磨かれた木の床に白いソファが置かれているが、窓はなく、自然光ははいってこない。

このコンクリートで守られた建物の奥まった部屋から、わたしは前任者が張りめぐらせた欺瞞の網を解きほぐしにかかった。着任初日の夜遅く、わたしは電話会社さえも使われていることを知らない秘密の番号を呼び出し、暗号解読者、アナリスト、文書係、現場工作員からなる特別チームを結成した。

表向き、政府がいかなる声明を出そうと、あらゆる戦争がニュース取材班の照明の下、特派員の見守る前で行なわれるわけではない。その翌日から、新たな〈青の騎手〉に率いられた少人数の〝パルチザン〟が、ヨーロッパ全域でひそかな作戦を展開し、冷戦後のアメリカの諜報コミュニティにおける最も深刻な浸透工作との戦いを繰り広げた。

われわれが少なからぬ成功を収め、時間の経過とともに敵の屍が積み重なっても、わたしは安眠できなかった。ある晩、プラハで手がかりを追い求めていたわたしは、旧市街を何時間も歩きまわりながら、現在の方向性の見直しを自らに課した。周囲からは賞賛されているものの、わたし自身の基準では失敗と言わざるを得ない。一年八カ月にわたるたゆまぬ努力にもかかわらず、わたしはいまだに、ロシア人が取りこんだわれわれのエージェント、すなわち裏切者に、いかなる方法で報酬が渡されているのか解明できずにいた。資金の流れは依然として謎に包まれており、それを突き止められなければ、腐敗の広がりはわからずじまいなのだ。わたしは問題解決のため、持てる戦力を総動員しようと決めたが、結果的にはどれも無益だった。われわれに光明をもたらしてくれたのは、内気な法廷会計士と、たったひとつの思わぬ発見だった。

前任者のロンドンの自宅から押収された書類を、〈機関〉の文書庫に送る前にもう一度だけ改めてみたところ、その会計士が、小切手帳の裏に張りついていた手書きの買い物メモを見つけたのだ。紙を捨てようとしたところで、彼はそのメモが、宛先が空欄の宅配便の送り状の裏面を使っていることを知った。これは奇妙だった。これまでの調査では、この運送会社から口座引き落としがされた形跡はいっさいなかったのだ。興味を引かれた会計士は運送会社に問いあわせ、前任者の自宅の住所から発送された荷物の送料が、すべて現金で支払われていたことを知った。

発送された荷物のうち、われわれの興味を引いたのは一点だけだった。高価なキューバ産葉巻の箱がドバイでもひときわ贅沢なブルジュ・アル・アラブ・ホテルへ送られていたのだ。ほどなく、運送会社の送り状に記されていた受取人の名前は偽名だったことが判明し、ふつうならそこで行き止まりになるところだった。ところが、ここで思わぬ発見があった。会計士といっしょに仕事をしていた女性に元旅行代理店の店員がおり、彼女の指摘で、アラブ首長国連邦のホテルはすべて、宿泊客のパスポートのコピーを求めていることがわかった。

わたしは、国際刑事警察機構（インターポール）に派遣されたＦＢＩ特別捜査官を詐称してホテルに電話をかけ、支配人に協力を依頼して、小包が届いた日にホテルの一六〇八号室に泊まっていた客のパスポートの登録情報を教えてもらった。

宿泊客の名前は、クリストス・ニコライデスであることがわかった。クリストスはキリスト、ニコライデスはサンタクロースの由来になった聖ニコラスにちなんでいる。すばらしい名前だ。男の恥知らずの行ないからすれば、不釣りあいなほどに。

9

誰にも異論の余地がないことがひとつある。身長が並はずれていなければ、クリストスは美男子だっただろうということだ。オリーブ色の肌、豊かに波打つ黒髪、きれいな歯並びをもってしても、身長に比べて短すぎる脚は覆い隠せなかった。とはいえ、金があれば彼が好むような女たちとねんごろになるのに苦労はしないだろう。そして、クリストス・ニコライデスが金持ちなのはまちがいなかった。

警察のデータベースで検索した結果は、彼が相当な悪党であることを示していた。前科こそないものの、裏社会で生きてきた人間であり、三件の殺人事件に深くかかわり、他の複数の暴力事件との関連も疑われていた。三十一歳のギリシャ人で、ギリシャ北部のテッサロニキ郊外に住む、無学な両親の長男として生まれていた。ただし、無学だからといって愚かだということにはならない。実際、彼らは決して愚かではなかった。

それから数週間かけて彼の経歴を調べるにつれ、彼の家族はますます興味深い調査対象になった。兄弟、叔父、従兄弟(いとこ)の固い絆で結ばれた一族を統率するのは、クリストスの六十歳になる父親、パトロスだ。一族の絶対権力者である。アテネでの言いまわしによれば、パトロスは〝分厚い上着を着ている〟つまり多くの犯罪歴があるのだが、経済的に大成功していることもまた確かだった。バルカン半島を監視しているアメリカの人工衛星が撮影した写真を見ると、一族の住まいが驚くほど鮮明に写っていた。広大なラベンダー畑のただなかに、七軒の贅沢な家、プール、豪勢な厩舎が建ちならび、区画全体が高さ十二フィートの壁に囲まれて、スコーピオン短機関銃で武装したアルバニア人と思われる男たちが巡回していた。稼業が生花の卸売業であることを考えると、これは奇妙だ。もしかしたら、ギリシャ北部では花の盗難が一般に思われているより深刻な社会問題になっているのかもしれないが。

われわれは以下のような仮説を立てた。かつてのコロンビアのメデジン・カルテルと同様、彼らは生花のように鮮度が問われる商品を輸送する空輸網や道路網を利用して、はるかに多くの利益が見こめる商品を扱っている、という仮説だ。

それにしても、ギリシャの麻薬密売人がわたしの前任者といかなる関係にあり、彼はなぜ、中東の七つ星ホテルにいる麻薬密売人の長男のもとへ葉巻の箱を送ったのか？　わたしの前の〈青の騎手〉が麻薬常用者で、クリストスがその売人だったという可能性もあるが、その説は合理的ではない。ギリシャ人は卸売をしていたはずで、末端の小売にまで手を染めていたとは考えにくいのだ。

わたしは捜査全体が行き詰まったと感じ、危うく放り出すところだった。クリストスとわたしの前任者は悪人同士、馬が合っただけかもしれない。しかしその晩、幸運なことに、わたしはロンドンの陰鬱な夜を眠れずに過ごした。わたしは高級住宅地ベルグレーヴィアのアパートメントから家並みを眺め、二人の男たちがミシュランガイドで星をつけられたこの界隈のレストランで食事をしたかもしれないと思った。そのときだった。最も難しい問題の答えがひらめいたのは。

たとえばロシア人が、わがほうにひそむ裏切者のエージェントたちへの支払いに関与していなかったとしたらどうだろう？　彼らへの支払いは、クリストス・ニコライデスとその一族が担っていたのだ。なぜか？　それは、ニコライデスの一族がモスクワで麻薬密売を営んでおり、彼らは商売を黙認してもらう見返りに、金欠のロシア人に代わって支払いをしていたからだ。事業税というわけだ。

すなわち、ギリシャ人が彼らの不正な利得とマネーローンダリングの技術を使って、彼ら自身の口座から裏切者たちの口座に送金していた。ロシアの諜報機関はどこにも姿を現わさない。このような構図によって、高額の支払いを受けた〈青の騎手〉が、お礼に高価な葉巻の箱を支払人に送ったのだ。ドバイに休暇で滞在しているクリストス・ニコライデスに。

わたしはもう眠るどころではなくなり、その足で職場へ戻って、さらに精力的に捜査を進めた。ギリシャ政府の助力を得て、ニコライデス一族の地下金脈をたどったのだ。

捜査の過程でわたしはスイス、ジュネーブの閑静な通りへ行き着いた。この街の清潔さは世界でも名高いが、わたしが見出した一角ではとりわけあさましい取引が繰り広げられていた。

10

ジュネーブの金融街（カルチェ・ドゥ・バンク）の中心部に位置する建物の、石灰石でできたファサードの陰に、世界でもとりわけ謎に包まれたプライベート・バンク（主に富裕層を対象とした個人経営の銀行）がある。看板はないが、二百年の伝統を持つクレマン・リシュルーの本社はここであり、この銀行はアフリカの独裁者、無数の企業犯罪者、ドイツ第三帝国の高官の裕福な子孫を顧客に抱えている。

リシュルーの顧客にはギリシャのニコライデス一族もいた。そうであれば、やるべきことはひとつしかない。われわれはこの銀行を説得し、過去五年間にわたるニコライデス家の取引記録を開示してもらわなければならないのだ。その記録が入手できれば、クリストスがロシア諜報機関からの報酬を肩代わりしていたのかどうかがわかり、もしそうなら、報酬を受け取っていたアメリカ人の名前も突き止められるだろう。

もちろん、本来であれば法的な手続きによって申し立てをすべきところだが、そうすればリシュルーは当然、スイス政府の銀行法により、いかなる顧客情報の開示も禁じられていると回答するだろう。この法律があることで、スイスの銀行は独裁者や犯罪者に好んで利用されてきた。

そのためにわたしは、モナコを拠点とする弁護士を装ってこの銀行に接触し、パラグアイ軍に関係した秘密資金のことで相談したいと言ってアポイントメントをとり、本社の大理石の階段を踏みしめた。ブリーフケースには莫大な資金の存在をうかがわせる偽の書類をぎっしり詰め、わたしはまがいものの骨董品が並んだ会議室で、担当者が来るのを待っていた。

この面談は、わたしの職業人生のなかでも忘れがたい出来事になった。クリストス・ニコライデスのためではなく、ここで学んだ教訓のためだ。オーク材でできた扉がひらくとともに、わたしの授業が始まった。

率直に言って、わたしの仕事の大半は下水管をくぐり抜けるような代物だったが、その低い水準に照らしても、マルクス・ブーハーは特筆すべき相手だ。ジュネーブの厳格なカルヴァン派の教会で信徒伝道者を務めているにもかかわらず、こうした仕事をしている多くの人間と同様、汚い世界のにおいがぷんぷんする。五十代にしては、相当な成功を収めたように見えるだろう。ジュネーブで最も裕福な階層が集まるコロニー地区に、レマン湖を望める広大な土地を所有し、自家用車はベントリーだ。しかし、彼がいわば二塁からスタートしたことを考えると、これは大した成功とはいえない。彼の家族は、この銀行の最大の株主なのだ。

彼はこの会議室が〝アメリカ諜報機関並みの水準〟で防音措置を施されていると豪語したが、壁にかかった肖像画の額縁に隠しカメラが仕込まれていることは言わなかった。そのカメラは顧客の肩越しに向けられ、客が手にしている書類を録画するためのものだった。わたしはさりげなく椅子の向きを変えて、レンズから鞄しか映らないようにした。甘いな、とわたしは思った。

ブーハーが偽の骨董品の列をゆっくり歩いている。きっと内心では、これほど巨額の資金を扱ったら手数料がいくら稼げるか皮算用をしているだろう。わたしは腕時計を見た。一時まであと三分。ほとんど昼食時だ。

ニコライデス家にとっては不運なことに、彼らはリシュルーへ多額の資金を預けるときに、ひとつ大きな点を見落としていた。ブーハーの一人娘もまた、銀行業に足を踏み入れたことだ。二十三歳で、さほどの男性経験や社会経験もないまま、彼女はこの業界でさらに有名な土地で働いている。クレディ・スイスの香港支店だ。

ふたたび腕時計を見る。一時まであと二分。わたしは顔を近づけ、ブーハーに静かな口調で話しかけた。「わたしの知りあいには、パラグアイ軍の人間など誰一人いない」

彼はあっけにとられたようにわたしを見た。それから笑いだした。アメリカ流のジョークだと思ったのだろう。しかしわたしは、そうではないことを知らせた。

わたしは彼にクリストスのフルネーム、彼の口座番号と思われる数字を伝え、彼とその家族、関係企業の過去五年間にわたる取引記録を見せてほしいと言った。心の暗い奥底で、わたしは自分の見立てが正しいことを念じていた。さもなければ、この行為には高い代償がともなうことになる。とはいえ、いまさら引き返すわけにはいかなかった。

ブーハーは立ち上がり、当然ながら憤りをみなぎらせて、怒鳴り散らした。身分を偽ってここへはいってくるとは何事だ、きみが持ってきた書類など、見た瞬間に偽物だとわかった、スイスの銀行家がそんな情報を開示すると思っているのはアメリカ人しかいないし、そもそもそんな情報はない、と。彼がわたしにつかつかと近づいてくる。どうやらわたしは、多くの独裁者や大量殺戮者が得られなかった、奇妙な名誉にあずかることになりそうだ。スイスの銀行から突き出されるという名誉に。

一時ちょうどになった。彼は立ち止まり、自分の机に目をやった。彼の私用の携帯電話が振動している。彼はその番号が近親者しか知らないものと思いこんでいた。わたしは無言で、彼が発信者の番号を確かめるのを見た。ブーハーはあとで出ようと決め、わたしに向きなおって、つかみかからんばかりの形相で見下ろした。

「香港は夜の八時だ」わたしは椅子に座ったまま身動きせず、指一本でも触れられたら相手の腕をへし折る体勢を整えて言った。

「なんの話だ？」彼は怪訝そうな顔で言い返した。

「香港では」わたしはゆっくり言った。「もう遅い時間だということだ」

わたしの言葉を理解するにつれ、彼の目に不安の色が浮かんだ。わたしを見る目に疑念が満ちている。いったいどうして、香港からの電話だとわかったのか？　彼はわたしに背を向け、電話をつかんだ。

わたしは彼にじっと目を注いだ。香港からの電話ということについてはわたしの言うとおりだ。それだけではない。香港にいる彼の娘が、声を落ち着かせようと悪戦苦闘しながら、困った問題が起こったと受話器越しに話している。ジュネーブではまだ昼食時かもしれないが、マルクス・ブーハーにとって、この日は瞬く間に暗転しつつあった。

娘によると二時間前、彼女が住んでいる贅沢な高層アパートメントで大規模な停電があった。電話、ケーブルテレビ、無線ＬＡＮ、高速ＤＳＬがすべて使えなくなったのだ。香港テレコムから十数人もの保守担当者が派遣され、原因究明に当たった。その一団のうち三人の男たちが、会社の白いつなぎの作業服を着、首から身分証を吊るして、クレア・ブーハーのアパートメントにはいってきた。

彼女が父に電話したのは、彼らがおそらく香港テレコムの保守担当者ではないと思ったからだった。最初に不審の念を抱いたきっかけは、二人の男が中国語をまったく話していないように聞こえたことだ。というより、アメリカ人のような英語を話していた。第二のきっかけは、彼らが携えてきた道具類だった。彼女に電話の保守に関する知識はほとんどないものの、電話線の修理にサイレンサーつきの北大西洋条約機構制式ベレッタ九ミリ拳銃が不要なのは見当がついた。

娘の話を聞くにつれ、父親の顔が青ざめていった。彼は憎悪と絶望の入り混じった顔でわたしを見た。「きみは誰だ？」彼はほとんど聞き取れない声で訊いた。

「電話越しに声が聞こえたよ」わたしは言った。「どうやら、あなたを助けられるのはわたしだけのようだ。運よく、香港テレコムの社長に貸しがあるんだ。パラグアイの電話網敷設の入札で、彼の会社が落札できるよう、わたしが手助けしたのでね」

わたしはそのとき、彼が体当たりしてくるように思え、場合によっては彼に重傷を負わせるつもりで話しつづけた。「事情によっては、わたしから電話をかけて、保守担当者を別の部屋に向かわせてもいい」

ブーハーはどうにか自分を抑え、わたしを見た。彼はいま、思いがけないほど深い森に迷いこみ、今後の人生を左右する分岐点に立っているのだ。

彼の顔に憤怒がみなぎる。娘を見捨てることはできず、かと言って、自分が守っていると思いこんでいるものを破るわけにもいかない。麻痺してしまった彼が正しい決断を下せるよう、わたしは手を貸してやらなければならなかった。先にも書いたが、この日は恐ろしい一日になった。「ひとつだけ言おう。あなたがわたしに協力しないと決めたら、保守担当者はあなたの娘を始末しなければならない。そうなった場合、彼らがその前に娘に何をしようと、わたしの力では止められない。わたしにはどうにもならないのだ」

父親に向かって、〝レイプ〟という言葉を使いたくはなかった。彼は無言でわたしに背を向け、床に嘔吐した。袖で口をぬぐい、身を震わせて立ち上がる。「記録を取ってこよう」彼は言い、前によろめいた。

愛は弱点になるとよくいわれるが、それはまちがっている。愛ほど強いものはない。ほとんどあらゆる人間にとって、愛を打ち負かせる動機はないのだ。国家への忠誠心も、野心も、宗教心も、規律も、愛には勝てない。そして、あらゆる愛のなかで最も強いのは、親が子へ注ぐ愛だ。このことは英雄であろうと小人物であろうと、高貴な人間であろうと卑劣な人間であろうと変わらない。それがこの日にわたしが学んだ教訓であり、わたしはこの教訓を学んだことを未来永劫、感謝するだろう。この日から数年後、〝死の劇場〟と呼ばれる廃墟の奥深くで、この愛がすべてを救うことになる。

わたしが彼の腕をつかんだとき、ブーハーはすでに扉のほうへ向かっており、娘を救いたい一心で、いかなるものでも差し出すつもりに見えた。「待て！」わたしは言った。

彼は泣き出しそうな表情で、わたしに顔を向けた。「わたしが警察を呼ぶとでも思っているのか？」彼は叫んだ。「きみの〝保守担当者〟が、まだ娘のアパートメントにいるというのに」

「もちろん、そんなことをするとは思っていない」わたしは言った。「あなたはそれほどばかではない」

「だったら、記録を取りに行かせてくれ、頼む」

「あなたが偽の情報や別の顧客の情報を持ってこないという保証はあるのか？　だめだ、二人でいっしょにコンピュータを見に行こう」

彼はパニックに駆られ、首を振った。「不可能だ。奥のオフィスは関係者以外、立ち入り禁止だ。他の行員に気づかれる」

確かにそのとおりだった。ただひとつの点を除いては。「なぜわたしが、午後一時を選んできたと思う？　それも連休を控えた金曜日に？」わたしは言った。「みんな昼食をとりに出かけているはずだ」わたしは鞄を抱え、彼に続いて会議室を出た。暗号化された身分証を使い、ブーハーが奥のオフィスの扉の鍵を開ける。

われわれは端末の前に座った。彼は指紋認証スキャナーを使ってシステムを起動し、口座番号を打ちこんだ。求めていた情報がそこにあった。クリストス・ニコライデスの秘密の取引記録が、ほかの家族の口座番号の記録とともに、数ページにわたって記されている。わずか二、三分ですべてのデータを印刷できた。

わたしはじっくり時間をかけて、記録を見た。まさしく腐敗と死の記録だ。ニコライデス家はほぼまちがいなく億万長者だが、この記録はまた、クリストスがロシア諜報機関の支払い担当者であることを証明していた。それ以上の収穫は、わたしが期待していたとおり、支払いを受けていた人間も明らかになったことだ。クリストスの口座から定期的に振り込みがなされていた口座をたどっていくと、六人もの諜報関係者が裏切者であることがわかった。わたしが夢想だにしていなかった人々だ。

そのうち二人は、防諜任務に携わっているFBI捜査官で、ほかの四人はヨーロッパ各国のアメリカ大使館で勤務しているキャリア組の外交官だ。そのなかには、わたしとねんごろになった女性もいた。彼らが働いた行為に対する代償は、たいてい極刑だ。わたしは心の片隅で、彼らがよい弁護士を見つけ、嘆願してどうにか死刑を免れ、終身刑にしてもらうことを願った。誰がなんと言おうと、自らの手に他人の生殺与奪の権利を握るというのは恐ろしいことだ。

わたしは首尾よく求めていた情報を入手し、ブーハーに向きなおったものの、思っていたほどの満足感は得られなかった。わたしは彼に、いまから二時間以内に香港テレコムの社長に電話をかけ、保守担当者たちを引き揚げさせると言った。わたしは立ち上がったが、状況を考え、握手するのはやめた。彼を一人残し、無言で部屋を出た。彼は嘔吐物をスーツにつけ、手を震わせて、胸の動悸が単なる神経性のものか、それよりはるかに深刻な原因によるものか決めかねていた。

この男がその後回復したのかどうかはわからない。わたしの少年時代に起こった、ある奇妙な出来事がなければ、この男に少しは同情したかもしれないが。

養父のビル・マードックに連れられて、かつてわたしはドイツとの国境地帯にある、フランスのロータウという小村を旅行したことがあった。あれから二十年が過ぎ、数えきれないほどの冒険をしてきたが、ある意味で、わたしの一部はいまだにあの村から離れられない。いや、あの村の一部がわたしを離そうとしないというべきだろう。

11

フランスとドイツの国境地帯を旅行していて、哀愁に浸りたくなったときには、村から延びる曲がりくねった道を走ってマツの森を抜け、ヴォージュ山地の麓の丘陵地帯にはいればよい。

ほどなく、ナッツヴァイラー・シュトルットホフと呼ばれる周囲から孤立した場所に出るだろう。ここはいまやほとんど忘れ去られたナチスの強制収容所で、アウシュヴィッツやダッハウとちがい、それほど有名な場所ではない。マツの森を抜けて交差点に出ると、そっけない道路標識があるだけだ。一方には地元の酒場のマーク、もう一方にはガス室のマークが描かれている。これは冗談ではない。

膨大な数の囚人が収容所の門をくぐり抜けたが、それを最悪と呼ぶつもりはない。最悪なのは、その事実があまり知られていないことだ。この程度の苦悩の量では、二十世紀を揺るがすにはとうてい及ばないとでもいうのだろうか。こうした事実が認識されるかどうかは、人類の進歩を測る尺度でもあるだろう。

ここを訪れたとき、わたしは十二歳だった。養父母のビルとグレースは、毎年夏になると休暇をとり、八月の大半をパリのジョルジュ・サンク・ホテルのスイートルームで過ごした。二人とも芸術に興味があったのだ。グレースが古典的な名作を好んでいたのは、来訪客に裕福で趣味のよい女性だと思わせることができるからだった。一方、ビルの趣味はまったくちがっており、前衛的な芸術が好きだった。彼は新しい画廊を発掘したり、若い芸術家のアトリエをうろついたりするとき、このうえなく生き生きしていた。

グレースは夫の蒐集品にまったく興味を示さず、かなり以前から家にそれらを飾るのを禁止していた。ビルはわたしにウィンクしてこう言っていた。「彼女の言うとおりだ。確かに、わたしの集めたものは芸術と呼べるものではない。むしろ、慈善活動というべきだろう。たいがいの人はユナイテッドウェイ（アメリカの慈善団体）に寄付するが、わたしは困窮した芸術家を支援しているのさ」

しかしそれは冗談であり、彼は確かな鑑識眼の持ち主だった。あれから何年も経って初めて、わたしは彼の目の確かさに気づいたのだ。それは不思議なことだった。彼はそうした訓練をまったく受けておらず、彼の家族の関心事はもっぱら化学だったからだ。彼の母親の結婚前の名前はデュポンだった。アメリカ最大の化学メーカーだ。

パリに着いてから二週目、ビルはストラスブールに住んでいる友人からの電話を受け、彼がロバート・ラウシェンバーグの描いたデッサンをひとそろい持っていると聞いた。この偉大なポップ・アーティストがまだ無名の海軍兵だったころに描いたものだ。その翌日、ビルとわたしは週末用の旅行用具をバッグに詰めて飛行機に乗り、グレースはパリに残った。彼女は第二の趣味、エルメスでの買い物に没頭していたのだ。

思っていたとおり、ビルがデッサンを購入すると、彼とわたしは日曜日のストラスブールで手持ち無沙汰になった。「ヴォージュ山地に行ってみよう」彼は言った。「きっとグレースは、おまえがまだ小さすぎると言うだろうが、ぜひとも見ておくべき場所があるんだ。人生はときとしてつらいものだが、事実をありのままに見るのは大事なことだ」

ビルがナッツヴァイラー・シュトルットホフを知っているのは、父親から聞いていたからだ。彼の父は、ヨーロッパ全土に展開していたアメリカ陸軍第七軍の中佐をしていたのだ。中佐がここに着く直前、ナチス親衛隊（SS）は収容所を放棄していた。中佐は、ニュルンベルク国際軍事裁判に提出する報告書を書く任務を与えられた。

ビルが父親の報告書を読んだことがあるのかどうかはわからないが、彼は曲がりくねった道を苦もなく運転し、昼前には駐車場に車を入れた。明るい夏の陽射しのなかで、われわれはゆっくりと、死の家に足を踏み入れた。

この収容所がフランスの歴史的建造物として保存されているのは、多くのレジスタンスのメンバーがここで死んだからだ。ビルは、かつてホテルの離れ屋だった建物をドイツ軍がガス室に改造し、遺体搬送用のエレベーターとかまどがついた火葬場も据えつけたと説明した。

　わたしはめったにないことに、ビルの手を握った。

　われわれは公開処刑用の絞首台や人体実験が行なわれた建物を通りすぎ、囚人用第一バラックに着いた。その内部が博物館になっていた。なかには、古い囚人服や強制収容所のシステムを表わした図表が展示されている。ビルとわたしは離れ離れになった。

　二段ベッドの列を歩いていると、ここで死んでいった人々の霊が見えてくるような気がした。その奥の静かな一角で、わたしは壁際に展示された一枚の写真に目を引かれた。ユダヤ人大虐殺（ホロコースト）を示す写真は数多く残っているが、あの写真は忘れられない。小柄でずんぐりした一人の女が、そびえたつ高圧電線のフェンスに挟まれた広い道を歩いている白黒の写真だ。光線の加減から夕方前と思われ、女は農婦のような服装をしていた。

　偶然、その写真には監視兵も番犬も、監視塔も写っていなかった。しかし、周囲にそうしたものがあったのはまちがいないだろう。写真に残っているのは、一人の女とその腕に抱えられた赤ん坊、彼女のスカートにしがみついている二人の子どもたちの姿だ。あらゆる母親がそうするように、彼女は毅然として小さな命を見守り、最善を尽くして子どもたちを支えていた。そして彼女は子どもたちを連れ、ガス室へ向かっていた。そのときの沈黙が聞こえ、恐怖が伝わってくるような気がする。

　わたしは写真を見つめ、まごうかたなき家族の姿と母の無限の愛に感動し、同時に打ちのめされた。写真から、小さな声が聞こえる。そのとき聞こえた子どもの声を、わたしは忘れないだろう。母親のことも、ずっと前から知っていたような感覚を覚えた。そのとき、わたしの肩に手が置かれた。ビルがわたしを捜しに来たのだ。彼の目を見ると、泣いていたのがわかった。

　圧倒された表情で、彼は囚人たちが残していった靴やヘアブラシといった身の回りの品々の山を指さした。「誰もがふだん使うものに、これほどの力があるとは思わなかった」彼は言った。

　最後に、われわれは古い電気柵の内側の道を通り、出口へ向かった。道を歩きながら、彼がわたしに訊いた。「ロマ人の展示スペースは見たかい？」

　わたしは首を振った。

「人口全体に対する比率からすると、彼らはユダヤ人以上の犠牲を払っていたんだ」

「知らなかったよ」わたしは精一杯大人びた口調で言った。

「わたしも知らなかった」彼は答えた。「彼らはホロコーストという呼びかたはしていない。彼らの言語で、独自の名前があるんだ。彼らはそれを〝絶滅〟と呼んでいる」

　帰り道、われわれは押し黙ったまま車に乗り、飛行機に乗って夜にはパリに戻った。暗黙の了解で、われわれはどこに行ってきたのかグレースには決して言わなかった。ビルもわたしも、彼女は理解しようとしないことがわかっていたのだ。

それから数ヵ月後、クリスマスの二日前の晩、わたしはグレニッチの静かな家の階段を下り、怒った声が響くのを聞いて立ち止まった。「五百万ドルですって?」グレースが口調に驚きをにじませて言った。「まあ、お好きなように——あなたのお金ですもの」

「ああ、そうとも」彼は言った。

「会計士によると、ハンガリーの児童養護施設に寄付したらしいわね」彼女は言った。

「それがまたよくわからないんだけど。あなた、ハンガリーをよく知っているの?」

「いや、あまり知らない。ただ、その施設はロマ人の子どもたちが多いらしい。ロマ人の孤児を引き取っているんだ」彼は淡々とした口調で言った。

彼女は、彼の正気を疑うような目つきをした。「ロマ人? ロマ人ですって?」

そこで二人は振り返り、戸口から見ているわたしに気づいた。ビルの目がわたしと合い、われわれの気持ちは通じあった。〝絶滅〟——ポライモス、とロマ語では呼ぶらしい。

クリスマスのあと、わたしはコールフィールド・アカデミーに入学した。まやかしの教育をしている学校で、〝生徒全員に、充実した人生を切りひらく力を与える〟ことを自慢していた。目の玉が飛び出るほど高い学費から考えれば、このモットーはすでに達成されている。何代にもわたる上流階級の子弟でなければ、この学校の門をくぐれないのだから。

入学してほどなく、人前で話す技術を高めるという授業をさせられた。コールフィールド・アカデミーのような学校が考えつきそうな授業だ。誰かの思いつきで母性が課題になり、われわれは三十分をかけて、生徒たちに母親がしてくれたことを延々と聞かされるはめになった。それらは南仏の別荘で起こったおかしな出来事といったような、ほとんど無内容な話だった。

わたしの順番になった。わたしは立ち上がると、かなり緊張しながら、夏のマツの森と山のなかを通る長い道の話をし、わたしが見た写真の説明をして、そこに写っていた母親は世界中の何よりも子どもたちを愛していたにちがいないと言った。しかし、収容所で見たとは言いたくなかったので、ある本で見たと言ってごまかした。その本の題名も著者の名前も覚えていないが、著者は確か〝悲しみは沈むことなく漂う〟と表現しており、わたしはあの写真からまさしくそう感じたと言い、それらをすべて結びつけようとしたところで、生徒たちはくすくす笑いだし、どんな麻薬を吸ったんだという野次が飛んだ。そのときの教師は、自分では感受性が豊かだと思いこんでいるが実際はその逆の若い女で、わたしに座るよう命じ、くだらない話はやめなさい、選挙に立候補するのはよしたほうがいいわね、と言ったので、教室は爆笑に沸いた。

それ以来、わたしは授業で一度も立って発言したことはなく、コールフィールドにいた五年間、それがどれほどの厄介事を招こうと意に介さなかった。それで生徒たちは、わたしが孤独を好み、どこか暗い陰があるとささやきあったが、たぶんそれは正しかっただろう。同級生だった人間のうち、いったい何人がわたしのように秘密の世界に足を踏み入れ、わたしの半分でも人を殺しただろうか？

それでも、ただひとつ不思議なことがある。あれから二十年、多くの困難と紆余曲折を経てもなお、時間とともにあの写真の記憶が薄れるということはまったくなかった。むしろ、時とともにいっそう鮮やかに浮かび上がる。わたしが眠りに落ちる寸前、写真は待っていたかのように目の前に浮かび、その光景を脳裏から振り払うことは決してできないのだ。

12

クレマン・リシュルーの正門を出てジュネーブの陽光に足を踏み出しながら、わたしはあの写真をふたたび思い出していた。確かに、マルクス・ブーハーとその娘にはいささか同情すべきかもしれないが、まさしくブーハーのようなスイスの銀行家とその家族が、ドイツ第三帝国を資金面で支えていたこともまた確かなのだ。

あの写真に写っていた母親をはじめ、囚人護送車に詰めこまれた無数の家族が、ガス室送りを免れるものなら喜んで、ブーハーに代わって彼の苦悩に満ちた数時間を引き受けただろう。あのときビルが言っていたとおり、事実をありのままに見るのは大事なことだ。

ジュネーブの隠された富にまつわる暗い歴史を思い起こしながら、わたしはローヌ通りに歩いて右へ曲がり、旧市街の入口近くで立ち止まって、暗号化された携帯電話でギリシャのある島を呼び出した。

わたしが手首に手錠でくくりつけているブリーフケースに収まった銀行の取引記録は、いわばクリストス・ニコライデスの死刑執行令状であり、わたしが生きる世界では死刑執行の予告もなければ、土壇場の執行猶予もありえない。結果的にわかったのは、彼を殺したのはまちがいではなかったということだ。しかし、わたしのやりかたは明らかにまちがっていた。

暗殺者は五人いた。男三人、女二人のチームが、サントリーニ島でわたしの電話を待っている。港に広がる紺碧の海、断崖にひしめくまぶしいほど白い家並み、観光客を乗せて宝石箱のようなブティックの前を行き交うロバといった光景は、ギリシャの島々のなかでもとりわけ美しい。

チノパンツやカプリパンツをはいた暗殺チームは、島を訪れるおびただしい観光客にまぎれている。武器はカメラバッグのなかに隠してあった。

その数カ月前、謎に包まれていたニコライデス家の情報が明らかになってくるとともに、われわれはかつて砕氷船だった〈北極(アークティック)N〉という船に注目した。リベリア船籍で全長三百フィート、ほとんどあらゆる攻撃に耐えられる船体で、巨額の費用をかけてヘリ甲板とフェラーリを収納できる車庫を備えた豪華クルーザーに改装された。富裕層向けに貸し出して地中海を巡航するのかと思われたが、奇妙なことに客はひと組しかいなかった。クリストス・ニコライデスと彼の取り巻き、若い女、仕事仲間や護衛などの側近だ。

夏のあいだずっと、われわれは人工衛星でこの船を追跡し、グロズヌイ（ロシア、チェチェン共和国の首都）やブカレストで裏切者や麻薬の売人を捜索するかたわら、この船がサントロペ（フランス、コート・ダジュールのリゾート地）からカプリ島まで航海しながら終わりのないパーティを繰り広げ、火口が大きく口を広げたサントリーニ島に入港するのを確認した。

船はそのまま港に停泊した。ニコライデス一行は毎日のように、巨大な上甲板（サンデッキ）から町のレストランやナイトクラブに繰り出し、船に戻っていた。

一方、はるか北にいたわたしは、ジュネーブの街角で電話の応答を待っていた。相手が電話に出たとき、わたしは崖の上のカフェに座っている男に「レノ、きみか？」と訊いた。

「番号ちがいだ」彼は言い、通話を切った。ジャン・レノは映画『レオン』で殺し屋を演じる俳優の名前であり、カフェに座っているチーム・リーダーはそれが死を意味する合言葉であることを知っていた。

彼は同僚に向かってうなずき、別のカフェで観光客の群れにまぎれて座っている三人の諜報員をただちに呼び出した。五人のメンバーは美しいレストラン・バー〈ラストニ〉の近くで合流し、その様子はどう見ても、休暇を過ごしに訪れ、昼食をとりに待ちあわせをしている裕福なヨーロッパ人そのものだった。チームの二人の女は優秀なスナイパーだったが、その点がわたしの犯した誤りだった。

午後二時前、まだ混みあっているレストランに、わたしが送りこんだ〝観光客〟たちが足を踏み入れた。三人の男たちが慌ただしく立ち働いている支配人とテーブルの場所を交渉しているあいだ、女たちはバーに行き、手鏡を開け、化粧の具合を確かめていると見せかけて、実際にはこの丸天井の店内の客を確認していた。

クリストスとその仲間たち——三人のアルバニア人の護衛と派手な若い女たち——が、港を見下ろすテーブルに陣取っている。ああいう女に用心しなさいと母親が息子に警告するような派手な女たちだ。

「用意はできたかしら？」チームの女の一人が、まずまずのイタリア語で男の同僚たちに訊いた。質問の体裁をとっているが、行動開始の合図だ。男たちがうなずく。

女たちがトートバッグをひらいて、口紅を放りこみ、カメラケースに手を伸ばした。彼女らはステンレス製のSIG・P232を取り出し、鋭い弧を描いて振り向いた。

トゥルーレリジョンのジーンズに、筋骨たくましいTシャツ姿で、チェコ製の自動拳銃を携えたクリストスの護衛たちは、本物のプロの前になすすべもなかった。護衛のうち二人は、襲撃にさえ気づかなかった——彼らが最初に聞いたのは、自分たちの頭と胸の骨が砕ける音だったのだ。

三人目の護衛はなんとか立ち上がったが、チーム・リーダーの格好の的になっただけだった。自分の無知をさらけ出したのだ。とはいえ、リーダーの諜報員が彼に三発撃ったのも不必要だった。最初の一発があやまたず心臓を貫通したからだ。

こうした状況ではよくあることだが、大声を出すのはなんの効果もない。クリストスもそうだった。たぶん、命令を下そうとしたのだろう。彼はあたふたと立ち上がり、めくれたリネンのシャツの下に手を伸ばして、ズボンのベルトに挿してあるベレッタを抜こうとした。

まともな訓練を受けていない〝タフガイ〟の例にもれず、彼もまた安全装置をつねに解除していたことで、備えは万全だと思いこんでいた。実際の銃撃戦のパニック状態のなかで、彼は武器を引き抜く際に指を引き金にかけ、誤って自分の脚を撃ってしまった。痛みや屈辱感と闘いながら、彼は襲撃者たちに向きあいつづけた。彼が見たのは二人の中年の女だった。彼女らは足を広げてすっくと立ち、もしそこにバンドがいれば、まるで奇妙なダンスを始めるように見えただろう。

しかしそうではなく、二人とも七ヤードの距離から二発ずつ撃ってきた。その結果、クリストスの生命維持に必要な臓器は、脳を含めて活動を停止し、彼は床に崩れ落ちた。間髪を容れず、五人の諜報員は鏡に向けて銃を乱射し、派手に音を響かせて店内のパニックをあおった。恐怖に駆られた客が扉へ殺到し、日本人の観光客が携帯電話で録画しようとするなか、クリストスの仲間の女が臀部に跳弾を受けた。あとでチームの女から聞いたところによると、その若い女の服装からして、きっと尻に痛みを受けるのと引き換えに金をもらったことがあるだろう、ということだった。

巻き添えの被害を受けたのはその女だけだった。当時店内にいた人数や、こうした暗殺工作にともなう不確実性を考えれば、驚くべき少なさだ。

混乱のさなか、諜報員たちは武器をポケットに入れ、正面の扉に向かって走りながら警察を呼べと叫んだ。集合場所になっていた店の近くの小さな広場には、事前に四台のヴェスパのスクーターが待機しており、チームのメンバーはそれに分乗した。本来は住民しか購入できないのだが、地元の修理屋に金をはずんで確保したものだ。チームは町の狭い路地を疾走し、リーダーは自分の携帯電話を使って、隣の入り江に待機していた二艘の高速艇を呼び出した。

ものの三分で、暗殺者たちは観光用のケーブルカー乗り場に到着した。ケーブルカーを使えば、ロバよりはるかに速く崖を降りることができる。二分足らずで千二百フィートを降下し、そのときにはすでに、高速艇が波止場に待機していた。最初の警官隊が〈ラストニ〉に到着するころには、チームを乗せた船は青い海に白い波を蹴立てて、隣の島へ向かっていた。

パトロス・ニコライデスの長男にして最も愛された息子であるクリストスの死は、ギリシャの警官隊に野卑に嘲られることになった。彼が、カプリパンツをはきシャネルのサングラスをかけた二人の婦人の手で射殺されたことがわかったからだ。まさにこの点が、わたしが犯した過ちだった。彼を殺したことではなく、女性に襲撃させたことだ。わたしはこの点をまったく考慮することなく、純粋に最も優秀な能力の持ち主を送りこんだのだが、わたしがいつも思い出さなければならないように、当然視していたようなことが思わぬ問題をもたらすものだ。

ギリシャ北部の村々では、重要事項は男性の有力者の会合のみによって決定される。したがって、女に標的を殺害させるというのは、ある意味で殺害そのものより悪事だ。それは侮辱にほかならない。父親から見れば、殺害をくわだてた人間から、息子のクリストスは主役の闘牛士(マタドール)がとどめを刺す価値もない意気地なしだと言われているに等しい。

おそらく、無慈悲な執行者にして父親のパトロスは、いずれにせよ復讐のために自らの邸宅から出てきただろう。しかし息子が殺された状況を知るに及び、彼は自らの男としての尊厳と名誉にかけて、復讐を実行する以外に選択肢はないと確信したはずだ。もっとも、パトロスの過去を考えれば、そもそも彼に守るべき名誉などないのだが。

巻き添えを受けた被害者に関する女の諜報員の説明は誤りだった。身体にぴったりした服は着ていたものの、その若い女は商売女などではなかったのだ。彼女はクリストスの妹だった。あとで知ったところによると、彼女は奔放な生活を送っていたにもかかわらず、〈ラストニ〉では高潔さと冷静さを発揮した。逃げ惑う取り巻きたちとちがい、彼女は散乱したガラスをものともせず、兄のそばにかがみこみ、死なないでと呼びかけようとしたらしい。

兄の死を悟った彼女は、携帯電話を取り出して電話をかけた。男友達には事欠かなかった彼女だが、呼び出した相手は彼女の人生でただ一人の真の男、すなわち父親だった。その結果、パトロスと彼の部下のアルバニア人たちは、わたしより早く、その日の午後にわたしの部下がしたことを正確に知ったのだ。

殺害実行から十分後に部下が連絡してくるまで、わたしは旧市街近くの街角から動かなかった。それは、アマゾン・ドットコムでの『レオン』のDVDの価格を知らせるテキストメッセージだった。それが意味するのは、クリストスが死に、暗殺チームは全員無事に乗船し、追跡されている気配はない、ということだ。わたしは携帯電話をしまい、腕時計を見た。わたしが実行を命じる電話をかけてから、十八分しか経っていない。

そのあいだに、わたしはさらに電話をかけ、名前が明らかになった六人の協力者を逮捕するよう別働隊に指示を下した。これにより、数年前に赤の広場で始まった事件はようやく終幕を迎えることになった。わたしはひとときでも静かにそれを祝い、多少の達成感に浸ってもよかったかもしれないが、そうするにはいささか懐疑的だった。というより、わたしはつねに自分を疑っているのだ。

日陰から通りに出て外国の群衆にまぎれこむ、平凡な若いビジネスマンを装ってブリーフケースの角度を直しながら、わたしの心に浮かんだのは、物故したイギリスの雄弁家にして作家の言葉だった。エドマンド・バーク（近代的保守主義の先駆者と呼ばれる、十八世紀の政治家）によると、戦争にまつわる問題は、たいがいの場合、守るべき美徳を消してしまうことだ。正義や、品位や、人間性を守るために始めたはずの戦争が、それらを踏みにじってしまう。わたしもまた、祖国を守るために、アメリカの最も深いところにある価値を侵してきたと思わずにはいられなかった。

物思いにふけりながら、わたしは川を越える小さな橋へ向かった。旧市街の入口から宿泊先のホテルまで八百歩だ。時間にすればほぼ四分。悠久の歴史からすればほんの一瞬にすぎない。しかし、わずかそれだけのあいだに、全人類の魂がひとにぎりの狂人の手にゆだねられてしまったのだった。

13

わたしが足を踏み入れたオテル・デュ・ローヌは、閑散としていた。ドアマンの姿はなく、コンシェルジュはおろか、フロントにも誰もいない。館内を包む沈黙が、なおのこと不安をかきたてる。わたしは大声で声をかけたが、返事がないのでロビーの片隅にあるバーへ向かった。

ホテルの従業員は全員そこにいた。宿泊客といっしょにテレビの画面に見入っている。ジュネーブでは午後三時前、ニューヨークでは午前九時前だ。その日は九月十一日だった。

最初の旅客機が世界貿易センターの北棟に激突したときの映像が、繰り返し流されていた。ニュース番組のアンカーが反米テロリストの仕業ではないかと推測しはじめると、バーにいたスイス人のなかには歓呼の声で応える愚か者がいた。彼らはフランス語で話していたが、何年もパリで夏を過ごしてきたわたしには、彼らが実行犯の勇気と独創性を賞賛しているのがわかった。

母国のニューヨークの人たちも、われわれと同じ映像を見ているにちがいない。彼らの愛する人々が、燃えさかるビルのどこかで、必死になって脱出しようとしているのだ。家族が死ぬところをテレビ中継で見るより恐ろしいことがあるだろうか。仮にあるとしても、そのときのわたしには思いつかなかった。

　わたしはポケットに拳銃を携えていた。セラミックとプラスチックで作られ、ブーハーのオフィスにあるような金属探知機をすり抜けることができる拳銃だ。わたしは怒りに駆られ、それを使おうかと本気で思った。

　怒りをかろうじて抑えていたとき、ボストンを出発したユナイテッド航空一七五便が南棟に衝突した。愚かな酔客を含め、室内の誰もが戦慄した。わたしの記憶では、バーに一瞬の悲鳴があがったあと、沈黙に包まれたはずだが、実際はそうではなかったかもしれない。ともあれ、確かなのは価値観の異なる世界が衝突していることと、アメリカが地殻変動に直面していることだった。

　わたしは母国から遠く離れ、一人きりで、もう二度と以前の状態に戻ることはできないのではないかと思った。歴史上初めて、正体不明の敵がアメリカ合衆国本土で人命を奪ったのだ。それればかりではない。彼らはある意味、アメリカという国を象徴していた建築物を破壊した。野心、現代性、つねに高みをめざす姿を象徴していた建物を。

　どれほどの犠牲や損害が出たのか誰にもわからなかったが、バーにいた人々は呆然として、何に手をつけることもできなかった。電話は鳴りっぱなしで誰もとろうとせず、葉巻は灰皿に置かれたまま燃えて灰になり、テレビは惨劇の光景を際限なく繰り返してはさらなる恐怖の予感に怯えている。

依然として、人々は無言だった。先ほど歓呼の声をあげていた者でさえ、わたしと同様、これからどうなるのかという不安に駆られていた。これで終わる保証はない。次はホワイトハウスか、それとも原発のあるスリーマイル島だろうか？

わたしはポケットに拳銃を入れたまま、知らないうちに背後に集まっていた群衆を押し分けてバーをあとにし、無人のエレベーターに乗って客室へ戻った。わたしはワシントンを呼び出してみた。最初はロンドン経由の一般回線を使い、次はパイン・ギャップ（オーストラリアにあるアメリカの電子情報収集基地）の衛星回線を試してみたが、アメリカ東海岸につながるどの回線も、通話が殺到して麻痺していた。

最後にわたしは、ペルーにある国家安全保障局（NSA）の中継基地を呼び出し、〈青の騎手〉の優先番号を伝えて〈機関〉の緊急衛星ネットワークにつないだ。長官との通話は、まるでトイレの便器に向かって呼びかけているようにうつろで、わたしは帰国用の飛行機をよこしてほしい、自分に何ができるか知りたいと言った。

長官は、わたしにできることはないと答え、たったいま国家安全保障会議（NSC）から聞いたという情報を伝えた。アメリカ領空内を民間航空機が離着陸するのはすべて、禁止されるということだ。わたしは静観するしかなかった。事態がどこへ向かうのか、誰にもわからなかった。長官の話の内容もさることながら、声ににじむ切迫した様子に、わたしは怖気をふるった。彼はもう行かなければならないと言った。本部の建物だけでなく、ホワイトハウスにまで退去勧告が出されていたのだ。

わたしは電話を置き、テレビのスイッチをつけた。あの恐怖の一日を生きた人間の誰もが、その光景を覚えているだろう。目もくらむような高さから手に手をとって飛び降りる人々、崩壊するツインタワー、塵に覆われ、この世の終わりのようなありさまになったロウアー・マンハッタン。世界中の家、会社、作戦司令室で、人々は決して忘れられないものを見た。悲しみは沈むことなく漂う。

そして、わたしは長いあいだ見落としていたが、命の危険を顧みず救出に赴いた警察官や消防士の群れを見ながら、未曽有の大混乱のなかで、生涯に一度のチャンスを見出した一人の女がいた。その女は、わたしが出会ったなかで最も頭が切れる人間だ。わたしはこれまでさまざまな事件を経験してきたが、知性ほど挑戦心をかきたてられるものはない。この理由だけでも、わたしが彼女を忘れることはないだろう。倫理について人々がどう思おうと、九月十一日の大混乱のなかで完全犯罪の計画を立て、それから長い時間をおいて、イーストサイド・インといううらぶれた安ホテルで犯罪を実行するというのは、きわめて優れた着想だ。

その女が犯罪の計画を練っているあいだ、わたしはジュネーブで人々がビルから飛び降りるのを見つづけ、午後十時になるころには危機そのものは沈静化していった。大統領はネブラスカのオファット空軍基地の防空壕からワシントンに戻り、国防総省(ペンタゴン)の火災は消し止められ、マンハッタンと周囲を結ぶ橋の通行が再開されつつあった。

ほぼ同じころ、わたしはNSCのある補佐官から連絡を受けた。政府は諜報活動の目標をサウジアラビア人のウサマ・ビン・ラディンに向け、アフガニスタンにある彼の根拠地への攻撃が、表向きは北部同盟と呼ばれる反乱勢力によって、すでに行なわれたという。二十分後、アフガニスタンの首都カブールで爆発が起きたというニュースをテレビで見たわたしは、〝テロとの戦い〟が始まったことを知った。

部屋にいるのは気が滅入ったので、散歩に出た。テロとの戦いというのは、麻薬との戦いと同様に雲をつかむような相手との戦争であり、わたしは個人的経験から、それがいかに困難なものであるか知っていた。ジュネーブの通りは閑散としており、バーは静けさに包まれ、市電も乗客はまばらだ。あとで聞いたところによると、シドニーからロンドンに至るまで、各国の大都市がこれと同様の状態であり、まるで西洋全体が明かりを暗くして、アメリカに同情してくれているようだったらしい。

イギリス公園と呼ばれている場所を歩いているときに、モロッコ人の麻薬の売人たちが固まって、きょうは商売にならないとこぼしているのが聞こえてきた。一瞬、彼らに一発見舞ってやろうかという思いが頭をかすめたが、我慢して湖畔の遊歩道を歩いた。行く手には世界の大富豪が別荘をかまえるコロニーの村がある。サウジアラビアの支配者だったファハドや、アーガー・ハーンのようなイスラム教指導者もその一員だ。わたしは湖畔のベンチに座り、対岸にある国際連合の建物を見た。明かりこそ煌々と灯っているが、いまで彼らはいったい何をしてきたのか。

その下、湖の縁にはプレジデント・ウィルソン・ホテルが灰色の塊を突き出している。レマン湖で最も人気が高い湖岸の眺めを堪能できるホテルだ。毎年夏になると、サウジアラビア人をはじめとする裕福なアラブ人たちがこぞって湖岸側の部屋に大枚をはたき、トップレスで日光浴をしている女たちを双眼鏡で観察する。冷蔵庫には酒類が充実しており、彼らはさながら、アラブ版の高級ストリップクラブで楽しんでいるような気分だろう。しかも、チップをはずむ必要もない。

もう夜も更けようとしているのに、ホテルはほとんどの客室の明かりがついていた。きっと宿泊客は異変を察知し、双眼鏡をそそくさとバッグにしまって、帰りの便を予約しているだろう。

しかし、ウサマ・ビン・ラディンやアラブ諸国に対する西洋世界の反撃がいかなるものであろうと、ひとつだけまちがいなく言えるのは、この十二時間に起こった出来事が、諜報関係者にとって歴史的な敗北を意味することだ。巨額の予算を注ぎこまれているアメリカ合衆国の諜報機関にとって、最優先の使命は本土を防衛することであり、真珠湾以来、これらの強力な組織がこれほど誰の目にも明らかなへまをしたことはなかった。

ジュネーブの冷たい夜気のなかで座りながら、わたしは他人を責める気持ちにはなれなかった。責めはわれわれ諜報関係者全員が負わねばならないのだ。われわれはみな重責を担って活動していたのであり、その責任を免れることはできない。とはいえ、われわれが仕えている大統領や連邦議会の議員にも責任はある。われわれに予算を配分し、優先順位を決めているのは彼らなのだ。われわれと異なり、少なくとも彼らは公に発言することができるが、わたしの見るところでは、アメリカ人が彼らから謝罪を聞くまでには長い時間がかかるだろう。ひょっとしたら、あと千年は聞けないかもしれない。

アルプスから吹き下ろす風が強くなり、雨のにおいがしてきた。宿泊先のホテルまではかなりの距離があり、そろそろ引き返したほうがよさそうだったが、わたしはその場を動こうとしなかった。

まだ誰も気づいていないかもしれないが、灰燼（かいじん）に帰してしまったのはロウアー・マンハッタンだけではないとわたしは思った。国家全体の諜報システムそのものが大損害を受けたのだ。それは根底からの再建を迫られるだろう。諜報界の何ひとつとして、以前と同じではありえず、〈機関〉もその例外ではない。政府の人間はもはや、諜報界を秘密裏に監視することに興味はないにちがいない。彼らの興味は、イスラム世界を秘密裏に監視することだけだ。

けさ目覚めたときと、今晩眠りに就くときとでは、世界の様相は一変してしまった。目の前の世界は変わらないように見えても、見えないところでは確実に変わっている。

わたしには、これから生まれようとしている新たな諜報の世界で生きていくのに必要な語彙や作戦技術がないことがわかっていた。わたしはマルクス・ブーハーと同様、不意に人生の岐路に立たされたのだ。これからどのような未来が待っているのかは見当もつかない。幸福を求めて生きてきたわけではないが、充実した人生を送ってきたはずだった。ところが、わたしは不意に敗北を突きつけられたのだ。わたしはこれから、どのような人生を求めているのだろう。

嵐が迫るなかを一人きりで座りながら、わたしはこれまでの歳月を振り返り、答えがわからないとしても、おぼろげにでも進むべき方向を見定めようとした。過去から甦ってきたのは、ミャンマーと国境を接するタイ側にある、クンユアムという人里離れた村だ。いま振り返ってみると、その記憶は暗闇のなかで長いこと待ちつづけ、浮かび上がるときをわきまえていたのかもしれない。

そこは辺境の山地であり、かつて世界のアヘンの大半を生産していた〝黄金の三角地帯〟からもそう遠くない。ベルリンに配属されてまだ一カ月しか経っていなかったころ、わたしはある任務でこの村へ赴いた。クンユアムは周囲の山岳民族の村々ととくに変わったところはないが、村から五キロほどジャングルに分け入ったところに、監視塔と高圧電線のフェンスに囲まれた陰鬱なシンダーブロックの建物があった。

表向きは全地球測位システム（GPS）の中継基地ということになっていたが、実際にはCIAの秘密収容所であり、政府関係者は躍起になってその存在を否定するものの、アメリカの強制労働収容所（グラーグ）として機能していた。本国では拷問できない囚人たちを、こうした孤立した環境の施設に収容していたのである。

この収容所の内部で看守が一人死亡した。本来であればCIAの東京支局が対応すべき問題だったが、彼らは折しも起こった中国人スパイのスキャンダルへの対応に追われていたので、代わってわたしがヨーロッパを離れ、がたが来たプロペラ機でムアン・サームモークと呼ばれる地域を訪れることになった。『三つの霧の町』という意味らしい。たいがいは〝GPS中継基地〟までヘリで行けるのだが、わたしが訪れたのは雨季だったため、陸路で行くしかなかった。なるほど、『三つの霧の町』と呼ばれるわけだ。わたしは地元のアヘン商人とおぼしき男からトヨタの四輪駆動車を借り、クンユアムとCIAの収容所へ向けて走った。

雄大な山々のあいだを縫って走ると、古いケーブルフェリーの前に着いた。鋼索につながれた船で車や人を対岸まで運ぶのだ。雨季で増水した川を渡る手段はほかになかった。この広大なメコン川の流域はあまたの秘密作戦の舞台となり、ベトナム戦争では多くのアメリカ兵が挫折を味わった。

車から降りたとき、わたしは疲労困憊していた。三十二時間も運転しつづけ、頼るものは野心だけで、任務を完遂できるだろうかという不安にさいなまれていた。行商人や村人の群れに混じり、わたしは船が来るのを待った。錆びついた索が平底のフェリーを対岸から引き戻し、船体から水しぶきがあがる。するとそこへ、橙色の袈裟をまとった僧侶が現われ、マサラチャイという地元の茶を飲まないかと勧めてきた。彼は流暢な英語を話し、ほかに飲むものといえば象のマークがついたまずいビールしかなかったので、わたしは喜んで受けることにした。

その僧侶も奥地へ向かう途中だった。わたしは風土病の研究をしている世界保健機関（WHO）の専門家と名乗っていたので、途中まで乗せてほしいという彼の頼みを断わるのは難しかった。われわれはトヨタの車に乗って川を渡った。どっぷり水に浸かったフェリーはかろうじて浮いており、水は舷縁を越えてはいりこみ、太さ二インチの錆びついた索が切れたら、われわれは五百メートル下流のタイ最大級の滝まで流されてしまう。船に乗ってこれほど生きた心地がしなかったのは初めてだった。

車を船から出し、鬱蒼（うっそう）としたジャングルを走らせるあいだ、僧侶はじっとわたしを見つめ、仕事について訊いてきた。大学で医学を専攻していたおかげで、デング熱についてはうまく説明できたが、彼がわたしの話をまったく信じていないのは明らかだった。クンユアムにあるシンダーブロック造りの収容所のことを知っていたのかもしれない。

彼はニューヨークからそれほど遠くない場所にある僧院で生活していたため、アメリカの暮らしについては非常に詳しく、快楽追求のための麻薬や現代的な生活のストレスの多さについて知的に話した。わたしはこれが月並みな世間話ではなさそうだと感じた。「あなたは何かに追われているように見える」僧侶は話の終わりに、決めつけるような調子ではなく、悲しみをたたえた口調で言った。

追われている？　わたしは声をあげて笑い、そんなことを言われたのは初めてだと答えた。たいていの人間はわたしを食物連鎖の対極に位置する男、つまり捕食者だとみなしている、と。

「食物連鎖の対極などない」彼は静かに言った。「そんな考えかたを信じているのは西洋人だけだ。誰もが信仰を忘れ、何かから逃げている」

われわれの目が合った。わたしは笑みを浮かべ、あなたはいっそ宗教の道にはいったらどうか、と冗談を言った。彼は笑い返し、このあたりの村人がどうやって猿を捕まえているか知っているか、と尋ねた。

わたしは彼に、人生について少しは知っているつもりだが、そのことについては知らない、と答えた。「ハーバードではあまり猿を食べない。ひょっとしたら感謝祭やクリスマスに食べる人もいるかもしれないが」わたしはふたたび冗談を言った。

そこで彼はわたしに、村人たちは鎖で水差しを木の根元につなぐ、と言った。首が狭く、底が広くなった形状の水差しを木の根元に置いておくのだ、と。

「彼らは水差しの底に、木の実のような猿の好物をたくさん入れておく。夜になると、猿は木から下りてきて、自分の手を水差しの長い首のなかに突っこむ。猿は好物を握りしめ、拳を作る。しかし、握ったままでは水差しの狭い首から手を出せない。こうして猿は罠にかかる。朝になると村人がやってきて、頭を一撃で仕留めるというわけだ」

彼は一瞬、わたしを見据えた。「もちろん、これは禅の話だ」彼は言い、ふたたび笑みを浮かべた。「話の要点はこうだ。自由になりたければ、手を放せばよい」

なるほど、それはよくわかった、とわたしは言った。いい話だが、いまのところ、わたしにとってはなんの意味もない、と。

「確かにいまはそうかもしれない」彼は答えた。「しかしたぶん、わたしがこうしてあなたと出会ったのは、このことを伝えるためだったのだ。あなたはまだ若い。きっといつか、このことがなんらかの意味を持つときが来る」

もちろん彼は正しかった。いま、そのときが来たのだ。それはまったく想像もつかない形で訪れた。それは、夜のジュネーブで嵐の予感を覚えながらうずくまり、ニューヨークで起こった大虐殺や、新時代にふさわしい優秀な若い卒業生をリクルートするミニスカートの女を思い出しているときに訪れた。

わたしはまだ三十一歳だったが、自分にはなんの落ち度もないとはいえ、ヨーロッパでの戦車戦の訓練を受けたのに、実際の敵はアフガニスタンのゲリラだと気づいた兵士のような心境だった。好むと好まざるとにかかわらず、歴史はわたしを置き去りにしてしまった。

それよりはるかに深層の意識では、わたしは遅かれ早かれ、何かを見つけたいと思っていた。その何かをどう形容していいのかはよくわからないが……それは、大半の人々が愛と呼んでいるものだろう。わたしはスナイパーの狙撃銃に狙われているという心配をすることなく、誰かといっしょに海岸を歩いてみたかった。撃たれるときには、銃声が聞こえるよりずっと前に銃弾を感じるということを忘れたかった。わたしは誰かから、あなたといるときがいちばん身も心も安らぐと言ってほしかった。

そのときわたしは心の底から、諜報界を抜け出すのはいまをおいてほかにないと思った。自分が知っている世界のすべてに背を向けるのは簡単ではない。それはこれまでで最も難しいことだったが、わたしは自らにそうするよう言い聞かせた。

自由になりたければ、手を放せばよいのだ。

14

その夜遅く、わたしはオテル・ドゥ・ローヌで辞職願を書き、翌朝すぐ外交行嚢で送ると、空路ロンドンに戻った。

それから三週間をかけ、わたしはこれまで携わってきた主要な案件を整理してＦＢＩに提出した。アメリカ諜報界の歴史で初の大変動が起こったのだ。〈機関〉は閉鎖され、政府が抱える多くの諜報機関を監視する役割は、四十年を経て、ついにＦＢＩに引き渡された。

皮肉なことに、わたしがこの仕事で最後の日を迎えたのはベルリンだった。諜報員としての生活のすべてが始まった都市だ。わたしは支局の鍵をかけ、テンペルホーフ空港から帰国する部下たちを見送った。彼らの一人一人と握手をし、わたしは最後まで見届けたいので、別の便を予約したと言った。

しかしわたしは空港をあとにし、まったく新しい身分でタクシーに乗り、車のディーラーの前で降りると、かねてから注文していたポルシェのカイエン・ターボを受け取った。

五百馬力の車なら、高速道路（アウトバーン）でも大丈夫だろう。

後部座席にバッグを放り出し、夕方にフランクフルトを通過して、深夜には国境を抜けた。その年は秋の訪れが遅く、月明かりの下でさえ、フランスの田舎はこれ以上ないほど美しく思えた。優雅な名前の村々を通りすぎると、高速道路の料金所（ペアージュ）が見つかった。

南からパリに近づくと、特徴的な景色が見られる。フランスが移民を押しこめている高層建築にさえぎられ、大都会の最初の眺めはほとんど隠されてしまうのだ。唯一見えるのは、地平線の向こうにそびえるエッフェル塔だけだ。

早朝、冷たく澄んだ空気であらゆるものがはっきり見えた。いままでに何度となく眺めてきた景色だが、それでもわたしは息を呑んだ。夜のうちにわたしのなかで大きくなっていた解放感は、ついに堤を越え、道端にあふれ出した。若く、自由の身でパリに暮らす。これ以上すばらしいことがあるだろうか。

わたしは八区にアパートメントを借りた。パリジャンが〝黄金の三角地帯〟と呼びならわす、美しいフランソワ・プルミエ通りを少しわきにはいったところだ。来る日も来る日も、夜遅くまでかかって、わたしは一冊の本を書いた。ほとんど誰も読まないような本なのに、ニューヨークで一人の若い女がその読者になってしまったことは、つくづく残念に思う。

半年後、原稿が完成した。相当な分量になったが、一字一句見直し、正確なものにした。

この本を書き上げたことで、わたしは前半生の清算をすませたような気がした。最終章を書き終えた瞬間、過去を葬送用の船に乗せて下流へ流したような心持がしたのだ。わたしは自分の著書を誇りに思った。公徳心のなせる業だったのか、青くさい人間だったからかはともかく、自らの専門技術がクリストス・ニコライデスのような人間を打ち負かすのに役立つのなら、この本を書いただけの価値はあるだろう。

〈機関〉の長官のもとで働いていたアナリストたちに原稿を提出し、精査を受けたあと、その本は小さな出版社から刊行された。その出版社は、カストロ統治下のキューバから脱出した人間の悲惨な経験談や、アラブ諸国で行なわれている名誉殺人（婚前交渉や婚外交渉をした女性を、家の名誉を守るためとして、家族の男性が殺害すること）についての本を専門に扱っていた。言いかえれば、ＣＩＡの秘密の出版部門だ。

こうした出版社は当然、正体を隠さなければならない著者には慣れていたが、それでもわたしのケースは複雑だった。辞職を願い出たとき、わたしが国家安全保障について深く知っていることから、自分が何者で、いかなる仕事をしていたか、誰にも知られてはならないという決定が下されたのだ。やむを得ず、わたしの身元や経歴は諜報界によって奪われることになった。

ようやく本が出版されたとき、ジュード・ガレットという著者名だけでなく、略歴までも念入りにでっちあげられた。著者がどんな人物か知りたい者は、次の略歴を読むことになる。

ジュード・ガレットはミシガン大学を卒業後、法執行機関で十四年にわたって勤務した。最初はマイアミの保安官事務所に配属され、その後はFBIの特別捜査官になった。彼はシカゴでの任務遂行中に死亡した。その豊富な捜査経験が盛りこまれた本書の原稿は、彼の死後まもなく書斎から発見されたもので、世界で最優秀の捜査機関の一員による貴重な遺言である。

その一部は本当だった。ジュード・ガレットというFBI捜査官は実在し、仕事を終えて帰宅する途中、自動車事故で死亡していたのだ。独身で、仕事以外にほとんど趣味はなかった。出版社が彼の身元を拝借し、実際には書かなかった原稿を書いたことにしたわけだ。

わたしは彼の経歴を気に入った。死亡したということも好都合だった。誰が死人のことをわざわざ調べようとするだろう?

しかし、調べた人間がいた。

本の出版後、葬儀用の船が視界から消えかかったように思われ、わたしは生まれて初めて、秘密のない世界での社交生活を謳歌し、笑いさざめく女たちが腰を振り、パリの大通りを闊歩するさまに見惚れた。春から夏に変わるころ、わたしにはなんでもできそうな気がしてきた。

課報員の仕事につきまとう問題は、たとえ退職することはできても、その世界から去ることは決してできない点だ。認めたくはないが、わたしのような人生を送っていると、あまりにも多くの残骸が航跡に漂うことになる。危害をくわえられた人間は、加害者のことを決して忘れないものだ。そして心の奥底では、若くて駆け出しだったころにたたきこまれた教訓が甦ってくる――この仕事では、失敗から学ぶことはできない。そんなチャンスはないのだ。失敗は死を意味するのだから。

自分の身を守るのは、自らの直感と諜報技術だけだ。そのことをしっかりと頭に焼きつけろ。わたしはその教訓を覚えていた。退職して九カ月が経ったある日、客を乗せた白いタクシーがブロックを一周してきたのに気づいたのだ。パリでそんなことをする人間はいない。いつも渋滞がひどい市内でそんなことをしたら、何時間もかかってしまう。

午後八時すぎ、賑やかな金曜日の夜、わたしはマドレーヌ広場の横のカフェで、年老いた医者と待ちあわせていた。彼は食通で、若いロシア人の女たちを引き連れては料理を大盤振る舞いしていた。女たちと一夜をともにするには、たいがい料理以上に金がかかったので、いつも金に困っていた。わたしの考えでは、贅沢で金に困っている医者とはぜひ顔見知りになっておくとよい。診察を受け、処方箋を書いてもらうときに、患者の希望に耳を傾けてくれるからだ。

最初に白いタクシーが通りかかったときから注意していたわけではない。しかし、わたしが培ってきた諜報技術が、おびただしい車の群れを無意識のうちに認識していたのだろう。二回目にその車が近づいてきたとき、わたしにははっきりわかった。

心臓は早鐘を打ったが、大げさな反応はしなかった。長年の訓練のたまものだ。わたしはさりげなく目で車を追いかけた。だが、ヘッドライトのまぶしさと他の車の往来に邪魔をされ、後部座席の乗客の姿ははっきり見えなかった。しかし、まあいい。自分を殺しに来た人間が誰なのか知りたかっただけだ。

タクシーは車の波に飲まれた。だが、ぐずぐずしてはいられない。最初に通過するときに相手を特定し、二回目で角度を決め、三回目で撃ってくるはずだ。わたしは十ユーロをカフェのテーブルに置き、すぐに席を立って歩道に出た。

背後から、わたしを呼ぶ声がする。待ちあわせていた医者が現われたのだ。しかし、今夜は彼の相手をする時間がなかった。左に曲がり、〈エディアール〉に飛びこむ。パリでいちばんの食料品店だ。わたしは見事なピラミッド型に積み上げられた果物のあいだを縫い、ワイン売り場の人だかりにまぎれこんだ。

一瞬のうちに全体像が浮かんだ。こうした状況のときはいつもそうだ。証拠こそないものの、わたしの直感はギリシャ人だと告げていた。ニコライデスの父親には、豊富な資金力だけでなく、復讐を求める深い感情的な動機がある。こうした動機は、息子のいないクリスマスや誕生日を経るごとに強くなるものだ。彼はまた、豊富な人材を抱えている。ヨーロッパ各国の警察が発行する犯罪情報報告書によると、かなりの数のアルバニア人が殺人請負ビジネスにかかわっているようだ。

〈エディアール〉のワイン売り場にはわき道に面したドアがあり、わたしは立ち止まることなく、そのドアを通り抜けて左に曲がった。そこは一方通行の道で、わたしは車列と逆行して足早に歩いた。この状況では唯一の選択肢だ。少なくとも、殺し屋が来ることはわかる。

行く手の道路に目を走らせながら、わたしは自分が入念な計画に従って行動していることに気づいた。この瞬間まで思い及ばなかったが、どこへ行こうと、わたしの一部はつねに逃げ道を探し、心のどこかで見えない脱出ルートを模索していたのだ。銃を持ってこなかったことが悔やまれる。

コーヒーを一杯飲んだら医者とは別れ、すぐタクシーで帰宅する——せいぜい三十分だ、とわたしは思っていた。だから銃はアパートメントの金庫のなかだ。すっかり油断していた。いま彼らに近づいてこられたら、できることはほとんどない。

まずは自宅に戻ることだ。そして金庫を開け、武器を取り出す。わたしは右に曲がり、速足でその区画を過ぎ、左に曲がって、めざしていたフォーブル・サントノレ通りに出た。

すぐ近くには、大統領官邸のエリゼ宮がある。白いタクシーに乗っているはずのギリシャ人かアルバニア人も、ここではうかつに手出しはできない。屋根の上にはスナイパーが配置され、通り全体がテロリストに備えて厳重に警戒されていた。ここでは、安心してタクシーを捕まえることができた。

アパートメントがある建物の業務用出入口の前で、わたしはタクシーを急停車させた。車のドアを開けるや、身をかがめて出入口の鉄扉の鍵を開け、誰にも見られないように建物のなかにはいる。運転手からは、気が触れたかと思われただろう。しかし運転手が信仰している宗教によれば、姦通したかどで女性を石打ちで殺すのは理にかなっているらしい。だとすれば、彼が正気かどうかも怪しいものだ。

扉を背後で荒々しく閉め、わたしは地下のガレージを駆け抜けた。この石灰石の建物は、一八四〇年代にクリシェ伯爵という人物が町屋敷として建てたものだが、打ち捨てられ廃墟になっていた。それが昨年修復され、アパートメントに転用されたもので、わたしが二階のひと部屋を借りているというわけだ。狭い部屋ではあるが、ふつうならわたしのような人間に手の届く物件ではない。だが、わたしの経済状況は変化していた。三年前、短期間の任務でイタリアに行っていたあいだに、ビル・マードックが死去したのだ。

わたしは葬儀に呼ばれておらず、そのことで傷ついた。グレースからの手紙で、彼が突然この世を去り、すでに葬儀はすませたと知らされたのだ。いかにも養母らしかった。彼女は最後まで、わたしを妬(ねた)んでいた。その数カ月後、わたしは弁護士からの手紙を受け取った。それによると、ビルが所有していた無数の会社は、外国の信託会社によって管理されているが、それらの所有権はすべてグレースに引き継がれることになったという。それは、なんら意外ではなかった。二人は四十年も夫婦だったのだから。だが、手紙には続きがあり、わたしには何も遺産は遺されていなかったが、グレースの意思により、年間八万ドルを生涯にわたって贈与するだけの資金を用意することになったらしい。そのいわんとするところは明白だった。彼女はその金によって、わたしに対する責任を免れると思っていたのだ。

その取り決めがなされてからほぼきっかり二年後、グレース自身も死んだ。わたしは少年時代に彼女から受けた仕打ちを思うと、果たすべき義理はないと感じ、グレニッチの古い監督教会で行なわれた盛大な葬儀には参列しなかった。

わたしが孤独になったと感じたのは、これが初めてではなかった。しかしわたしは、二年前ビルが死んだときに感じた衝撃と比べて、あまりのちがいの大きさに苦笑した。仮に二人の死んだ順番がちがっていたら、ビルはわたしに相当な遺産を遺していたにちがいなかったのだ。果たして、グレースは遺産のすべてをメトロポリタン美術館に寄贈したため、同美術館では、彼女の名前を冠した古典的名画のギャラリーが設けられた。

この情報を知らせてきた弁護士は、同じ手紙のなかで、ビルの遺産について、解決しておくべきささやかな問題があると書いていた。それでわたしは、今度帰国したときにニューヨークの彼の事務所で会おうと答えたが、そのことはほとんど忘れかけていた。グレースの小切手は定期的に届いており、それはつまり、わたしが政府からの年金だけではとうてい望めないほど快適な生活を送れることを意味していたのだ。

そのことを何より明確に示しているのがパリのアパートメントだ。わたしはかつて屋敷の厨房として使われ、いまは温室に改装された空間を走り抜け、非常階段を使って自室のある階まで上った。エレベーターの隣にある隠し扉を開け、狭いロビーに駆けこむ。

一人の老婆がそこに立っていた。マダム・ダヌタ・フレール。七十歳になるわたしの隣人で、ここで最も広い部屋の主だ。非の打ちどころのない服装をした、上流階級の実業家の未亡人で、彼女の前に出たら誰もが、自分のことを第三世界の人間のように感じてしまう。

わたしはシャツの裾がはみ出ているのにも気づかず、乾いた唇をなめた。「どうかしましたの、ミスター・キャンベル？」彼女は聞き取りにくい上流階級のフランス語で訊いた。

彼女はわたしの名前をピーター・キャンベルと思いこんでいた。わたしは彼女に、長期休暇をとっているヘッジファンドの経営者と自己紹介していたのだ。わたしの年代で、仕事もせずにこれだけのアパートメントに住める職業は、それ以外に思い浮かばなかった。

「いいえ、マダム。オーブンをつけっぱなしで外出してしまったのではないかと心配になりましてね」わたしは嘘をついた。

エレベーターが到着して彼女が乗りこみ、わたしは鋼芯がはいった扉の鍵を開けて、自分のアパートメントにはいった。鍵をかけ、明かりを消したまま、優雅な張り出し窓がついた居間に足を踏み入れる。そこにはささやかながら、少しずつ増やしてきた前衛芸術のコレクションが並んでいた。ビルが見たら喜ぶだろう。

暗がりのなかで、わたしは化粧室のクローゼットを開け、小さな金庫の暗証番号を入力した。金庫には多額の現金、書類、全部偽名で作った八通のパスポート、三挺の拳銃が保管されている。わたしは銃身を長くした九ミリのグロックを選んだ。この銃が最も命中精度が高い。動作を確認し、予備の挿弾子(クリップ)も取り出す。

わたしは銃を腰のベルトに挿しながら、自宅に向かう途中ずっとよぎっていた疑問を改めて考えてみた。相手がギリシャ人だとしたら、どうやってわたしの居場所を突き止めたのか？

ひとつ考えられる可能性は、ロシア人が偶然わたしに関するなんらかの手がかりを見つけ、かつてのパートナーに情報を提供したことだ——これまでの協力関係と、跡が残らない多額の金の見返りに。

あるいは、リシュルーの銀行でマルクス・ブーハーから顧客情報を受け取ったときに、わたしがささいなミスを犯し、それがきっかけで身元が割れたのだろうか？　しかし、いずれにせよ、それだけではギリシャ人がパリに来ることはないはずだ。わたしは諜報員時代とまったくちがう身元でここに住んでいるのだから。

そのとき、扉を強くノックする音がした。

わたしは返事をしなかった。敵がこの建物に侵入しようと思えばたやすいことだ。中年の哀れっぽいコンシェルジュのフランソワは、新たな苦役を仰せつかると必ず、正面玄関の扉を開けっ放しにする。マダム・フレールがエレベーターで降りてくるたびに、彼は通りに走り出てリムジンの運転手を呼んだり、いろいろ奔走したりするのだ。それというのも、毎年彼女からクリスマスプレゼントを贈られるのを楽しみにしているからである。

わたしは躊躇なく、訓練どおりに行動した。音をたてず、迅速にアパートメントの奥に避難したのだ。練達の暗殺者が使う効果的な手段のひとつは、セムテックス爆薬だ。この可塑性のプラスチック爆薬を戸口に仕掛けてから、呼び鈴を鳴らすのである。

犯人は安全な場所に——この場合はエレベーターのかごかもしれない——逃れ、携帯電話を操作して爆破する。一九八八年、スコットランドのロッカービー上空で、パンナム一〇三便がわずか十オンス程度のセムテックスで爆破された。たとえその半分でも鉄扉に仕掛けられたら、覗き穴から外をうかがう住人がどうなるかは明らかだろう。

わたしは食堂を突っ切り、拳銃を隠すために上着をつかみ、予備の寝室へ向かった。この建物がクリシェ伯爵の邸宅だった当時は、召使が手回し式のエレベーターを使って、厨房から食堂まで食事を運んでいた。エレベーターは、執事用の配膳室まで上がってくる。そこがいま、わたしの予備の寝室になっている。

修復工事で、食事用エレベーターの通路だったところには電気の配線が敷かれていた。ヘッジファンドの経営者を詐称していたわたしは、高速のコンピュータ回線を設置するという名目で、とある業者をもぐりこませ、その業者は監視装置と梯子を通路に取りつけた。地下室へ降りる梯子を作らせたことで、ここのアパートメントはわたしにとって計り知れない価値を持つ物件になった。いま、それが役に立つときが来たのだ。

わたしは隠し扉を引き開けて梯子を下り、一分足らずで建物の裏手から外に出た。十九世紀に建てられた美しいファサードと歴史ある張り出し窓が、いつ大音響をたててシャンゼリゼ通りに崩れ落ちるだろうかと、わたしは身構えた。

しかし、何も起こらなかった。彼らは爆破を中止したのだろうか？　わたしの推測では、彼らはマドレーヌ広場でわたしを見失い、ただちにこのアパートメントへ引き返したはずだ。しかし、標的が帰宅したかどうかわからなかったので、それを確かめるためにノックしたのではないか。

そう判断したから、わたしは応答しなかったのだ。相手が二人いることはほぼ確実だ。わたしが犯人だったら、やはり二人使うだろう。いままさに、彼らはエレベーターの近くに隠れ、わたしの帰りを待っているにちがいない。反撃のチャンスはそこだ。正面玄関からはいって階段を使えば、彼らを不意打ちにできる。訓練生時代、わたしは射撃訓練の成績でトップになったことはなかったが、二人とも殺す自信はあった。

路地から表通りに出るとき、わたしは歩く速度を緩め、諜報員時代に培った目を歩行者に走らせて、二人の殺し屋を路上で支援している者がいないかどうか確かめた。目の前を通ったのは、モンテーニュ通りの高級な店で買い物をした帰りの女性たち、犬を散歩させているカップル、わたしに背を向けてメッツの野球帽をかぶっている男だ。男はどうやら観光客らしい。わたしのアパートメントの隣にあるケーキ屋のショーウインドウを見ている。しかしその横顔は、わたしの記憶にある誰とも一致しなかった。わたしは車の流れに目を向けたが、やはり、先ほどの不審な白いタクシーや、殺し屋が乗っていそうな車は見えなかった。

わたしは、ハイヒールをはいた五十歳ぐらいの女とその恋人の背後に近づいた。恋人の男は女より二十は若い。仮に頭上からわたしを狙っている人間がいたとしても、この男女の背後にいれば仕事はぐっと難しくなるだろう。二人を盾にしながら、わたしは自分のアパートメントに徐々に近づいた。八十ヤード、四十ヤード、二十ヤード……。

ケーキ屋を通りすぎようとしたとき、メッツの野球帽をかぶった男がわたしの背中に話しかけてきた。「さっきドアを開けたほうがよかったんじゃないか、ミスター・キャンベル？」

心臓が止まりそうになった。抱いていた不安がすべて的中し、わたしの胃を突き破りそうな気がする。次の瞬間、ふたつの矛盾した考えがわたしのなかで争った。ひとつはこうだ。ここですべてが終わるのか？　元諜報員がパリの路上でまんまと出し抜かれ、ケーキ屋のなかで待ち伏せしていた人間に頭を撃ち抜かれるのか。今度はわたしに極刑（ヴィスシャヤ・ミェーラ）が下され、歩道で血を流して倒れるわたしを尻目に、知りもしない男が銃をポケットにしまい、メッツの野球帽をかぶった男とともに歩き去って、ほかならぬ白いタクシーに拾われるのだろう。

もうひとつの考えはこうだった。彼らがわたしを殺すとは考えられない。仮に近くの建物やプラザ・アテネ・ホテルの客室に銃をかまえた男が待機していたとしても、野球帽をかぶった男が合図すれば、とっくに暗殺者は仕事を終えていたはずだ。現実の世界では、彼らが標的に話しかけることはまずない。悪役が引き金を引く前に、衝動に駆られて身の上話を聞かせるのは、映画のなかだけだ。現実は危険に満ちており、それらを避ける以外の余裕はない。サントリーニ島がその例だ。

どちらにしても、初めての経験ということになる。わたしはまだ、自分が恐怖を覚えるべきなのか安心すべきなのかわからなかった。わたしは男のほうを見た。五十代とおぼしき黒人で、痩せた体格に端整な顔立ちをしているが、顔の端々に歳月が刻まれている。マフィアの幹部というよりチンピラといったところか。彼が一歩近づいてきたとき、ますますその印象は強くなった。同時に彼は、右足をひどく引きずっていた。

「ミスター・キャンベルと呼ばれたような気がするが、人ちがいだ」わたしは気取ったパリジャンを精一杯まねて、フランス語で言った。「わたしの名前はキャンベルではない」時間稼ぎして、様子を見るつもりだった。

「その点はわたしも同感だ」彼は英語で言った。「ウォール・ストリートで営業免許を取得している人間にピーター・キャンベルという人間はいないし、そんな人間が経営しているヘッジファンドは実在しない」

どうやってそれがわかったんだ？　わたしはなにげなく身体を動かし、自分とケーキ屋のショーウインドウのあいだに相手を挟んだ。

「では、きみがキャンベルではないとしたら、いったい誰なんだ？」彼は続けた。「FBI捜査官にして著述家のジュード・ガレットか？　それもまた無理がある――彼は死んだのだからな。ガレットについては、もうひとつ不審な点がある」彼は穏やかな口調で言った。「わたしはニューオーリンズに行き、彼の従姉妹と話した。彼女は、ガレットが本を書いたと聞いてひどく驚いていたよ。その従姉妹は、彼が本を読んでいるところを見たことがないそうだ。ましてや、本を書いたとは信じられないと言っていた」

彼は、わたしが弄した小細工を見抜いていたのだ。それなのに、わたしはまだ生きている。重要なのはその点だったが、彼はそれを見逃しているようだった。わたしは周囲の建物の屋根を見まわし、スナイパーがいないかどうか確かめた。

彼はわたしの目を見、わたしが何をしているか気づいたが、それも彼の行動には影響を与えなかった。「わたしが突き止めたのはそこまでだ。ミスター・キャンベルの正体が誰かはともかく、きみは偽の身元で生活しながら、自分の身を守るために死人の名前を使って本を書いた。

わたしの考えでは、きみは政府の仕事をしていた経験があり、きみの本名を知っているのはごくわずかな人間だろう。あるいはほんの数人かもしれん。

ということは、おそらくきみがどんな仕事をしていたのかは訊かないほうが賢明なのだろう。だが率直に言って、わたしにはそんなことはどうでもいい。きみが書いた本は、犯罪捜査の技術に関しては、わたしが読んだなかで最高の一冊だ。わたしは、きみの本に関して話したいだけだ」

わたしは彼を見つめた。ようやく、わたしは英語で答えた。「本に関して話したいだと？　わたしはあんたを殺すところだったんだぞ！」

「そんなことはないだろう」彼はそう言い、声を低くした。「ミスター・ガレットと呼んでもいいかな？」

「キャンベル」わたしは歯ぎしりして言った。「キャンベルだ」

「それもちがうだろうが、ミスター・キャンベル。こっちこそ、きみを殺したくなってきた。嘘もたいがいにしてくれ」

もちろん、彼の言うとおりだったが、かえってそれゆえに、わたしのいら立ちは募った。彼はにこりともせずに、手を差し出した。時間が経つにつれ、わたしには彼がめったに笑わない人間なのがわかった。

「ベン・ブラッドリーだ」彼は穏やかな口調で言った。「ニューヨーク市警、殺人課の警部補をしている」

ほかにどうしてよいのかわからず、わたしは彼の手を握った。ふたたび歩きだそうとしている警官と、年金暮らしの元諜報員。

こうしてその晩、われわれは初めて出会った。自分たちのレース、つまり職業人生が終わったと思っていた二人が。しかし奇妙なのは、この邂逅にはきわめて大きな意味があったということだ。

まったくそのとおりだった。二人が出会ったことには大きな意味があった。あとから考えてみると、すべての出来事に重要な意味があった。ひとつひとつが、奇妙な糸でつながりを見せたのだ。イーストサイド・インでの殺人事件、サントリーニ島のレストランで射殺されたクリストス・ニコライデス、ボドルムでの失敗に終わった隠密作戦、わたしとベン・ブラッドリーとの友情、そしてタイの奥地を旅していた僧侶までも。わたしが運命を信じていたら、きっとすべてを導く手があったのだと言わねばならないだろう。

ほどなくして、わたしの行く手には大きな使命が課され、それはほかの何よりもわたしの人生を左右することになる。ある日の午後、ほんの一瞬のうちにわたしは諜報界に引き戻され、当たり前の生活をしたいという望みは、おそらく永久に絶たれてしまうのだ。よく言われるように、一寸先は闇だ。

ごくわずかではあるが貴重な情報と、さらにわずかな時間で、わたしにはあらゆる諜報機関が最も恐れる敵を見つけ出す任務が課せられた。過激な傾向がなく、いかなるデータベースにも登録されておらず、犯罪歴がまったくない（クリーンスキン）。幽霊同然の敵だ。

これから語られる話は、耳に心地よい話ではないだろう。ベッドで安眠したければ、あるいは子どもたちを見て、彼らの生きる世界がいまよりよくなると思いたければ、その男には会わないほうがいい。

第二部

1

いかに歳月が経過し、わたしが幸運に恵まれて太陽の下で生きながらえたとしても、彼はわたしにとって〈サラセン〉でありつづけるだろう。それは最初の段階で、わたしが彼につけたコードネームだ。長いあいだ彼の正体がわからなかったので、わたしにとって〈サラセン〉以外の名前で彼を思い浮かべることは難しくなってしまった。

サラセンという言葉はアラブ人を意味し、より古い時代にはキリスト教徒と戦うムスリム、すなわちイスラム教徒を意味した。それより古い時代にさかのぼれば、遊牧民を意味していたことがわかるだろう。どの意味も、彼にぴったり当てはまる。

今日でさえ、彼については断片的な情報しかわかっていない。しかしそれは、驚くべきことではない。彼は人生の大半を影から影へ駆けこむように過ごし、砂漠のベドウィンさながら、自らの痕跡を慎重に隠してきたからだ。

しかし、あらゆる人生には痕跡が残り、あらゆる船には航跡が残る。仮にそれが夜の闇に瞬く燐光のようなものであっても、われわれはそれらすべてのあとを追ってきた。わたしはそのあとを追って世界の半分ほどの市場やモスクをめぐり、アラブ国家の秘密文書庫にはいり、彼を知っているにちがいない人々の机を探しまわった。その後、あの恐ろしい夏の出来事が終わったあとでさえも、アナリストたちは何週間にもわたって彼の母親や妹たちを尋問しつづけた。わたしは彼の思想や言動について推測がすぎると非難されるかもしれないが、自説を撤回するつもりはない。結局のところ、〈サラセン〉とその家族についてわたし以上に知っている人間はこの地球上に存在しないのだ。

ひとつ議論の余地なく言えるのは、彼がまだとても若かったころ、公開処刑の斬首のせいで、胸が張り裂ける思いを味わったことだ。その出来事があったのはサウジアラビア第二の都市ジッダで、そこはこの国で最も洗練された都市といわれている。実際、そのとおりだった。

ジッダは紅海沿岸に位置し、〈サラセン〉は十四歳だった当時、両親と二人の妹といっしょに、潮の香りが漂う海辺近くの、郊外のつましい家に暮らしていた。そのことをわたしが知っているのは、何年も経ってから、彼らの旧居を探して写真に撮ったからだ。

動物学者だった少年の父は、大半のサウジアラビア人と同様、アメリカ合衆国および、アラブの新聞がアメリカの〝売春婦〟と呼ぶ国、イスラエルを軽蔑していた。しかし、彼の憎悪はプロパガンダによるものではなく、パレスチナ人の苦境への同情や、宗教的な偏見によるものでもなかった。彼の憎悪の理由はそれよりも根深いところにあった。

歳月の経過とともに、彼はワシントンとテルアビブの言い分にも耳を傾けるようになり、大半の西洋人とちがって、われわれの政治指導者の言葉を真に受けた。すなわち、彼らの目的は中東に民主主義をもたらすことである、という言葉を。敬虔なムスリムとして、そのような将来像は彼を憤激させた。少なくとも国内的な基準に照らして高い教育を受けていた彼は、民主主義の基礎は政治と宗教を分離させることだとわかっていた。しかし大半のムスリムにとっては、宗教が国家そのものなのだ。両者を分離することなどもってのほかだった。

彼の意見によれば、不信心者が民主主義を擁護するのは、政治と宗教の両者を分離することでアラブ世界を征服し、穴を開けて破壊するためであり、それはキリスト教徒が千年前に十字軍を組織して以来、現在まで続けている運動の追求にほかならない。

この動物学者を過激論者として一蹴するのは容易だが、中東の複雑な政治情勢においては、彼の考えはサウジアラビアの世論でもまだ穏健派に属した。しかしながら、ある一点で、彼は主流派と一線を画していた。それは、王家に対する彼の見方だった。

サウジアラビア王国では、してはいけないことがたくさんある。キリスト教を布教すること、イスラム教を棄教すること、映画館に行くこと、女性であれば車を運転することだ。

だがとりわけ強く禁じられているのが、王国を支配するサウード家を批判することである。王家は国王を頂点として、強大な権力を持つ二百人の王子と、二万人ともいわれる家族から構成されていた。

その年を通じ、ジッダの街には噂が飛び交っていた。国王が、神を恐れぬ国アメリカの兵士に、預言者ムハンマドの聖なる国土への入国を許したという噂だ。同じぐらい不穏な噂が、ヨーロッパに逃れているサウジアラビアの反体制派からまき散らされていた。著名な王子たちがモンテ・カルロのカジノで莫大な財産を蕩尽し、パリの〝モデル業〟代理店から派遣された若い女たちに、金の時計をばらまいているという噂だ。多くのサウジアラビア人にたがわず、動物学者もまた王家の金ぴかの宮殿や贅（ぜい）を尽くした生活ぶりは知っていたが、イスラム社会では悪趣味も奢侈も禁止行為（ハラーム）ではない。売春、ギャンブル、酒はまぎれもなくハラームだが。

もちろん、サウジアラビアで生活する人々のなかにも、国王の政策や王族の振る舞いについて嫌悪の念を抱く人はいる。王族の奢侈を神への冒瀆（ぼうとく）と思う人も、国王の退位を求めたい人もいるだろう。ただしそうしたことは、あくまでも心のなかにとどめておいたほうが賢明だ。妻や父親以外の人間にそのようなことを話すのは、きわめて婉曲な形でさえ、無謀きわまりない。サウジアラビアの秘密警察――というより、法そのもの――であるマバーヒスが張りめぐらした密告者の網は、何ひとつ聞き逃すことはなく、すべてを知っているのだ。

ある春の日の夕方、トーブと呼ばれる白いゆったりした服に、赤と白の格子縞の頭飾りをかぶった四人の諜報員が動物学者の勤務先を訪れた。四人は身分証を提示すると、彼を研究室から駐車場へ連れ出した。

紅海大学海洋生物学部に勤務していた二十人ほどの同僚たちは、彼らが出て行って扉が閉められるまで、無言で傍観しており、三人の親友も止めようとしなかった。同僚や親友の誰かが密告したのはほぼ確実だった。

動物学者がいかなる罪で訴えられたのか、あるいは彼がどのような抗弁をしたのかは決して知ることができないだろう。なぜなら、サウジアラビアの裁判手続きは秘密裏に進められ、きちんとした証人、弁護士、判事、あるいは証拠さえなしに行なわれることも多いからだ。

裁判システムは全面的に、警察によって得られた、被疑者の署名による自白に依拠している。不思議なのは、拷問の方法があらゆる人種、宗教、文化の垣根を越えて共通していることだ。土着の宗教を信仰しているアフリカの民兵と、カトリックを信仰する南米の治安維持機関は、ほぼ同じ方法を使って拷問する。その点は、動物学者をジッダの監房に連行したムスリムの警官たちも同じだった。あえて具体例を挙げるとすれば、トラック用の強力なバッテリーに接続した特殊なクリップで、睾丸や乳首を挟むなどというものだ。

動物学者の家族が異変に気づいたのは、彼が帰宅しなかったときだった。夕方の祈りのあと、家族は彼の同僚たちに電話をかけたが、同僚たちは誰も答えようとせず、あるいはわざとらしく知らないふりをした。彼らは苦い経験から、この電話が盗聴されている可能性が高く、犯罪者の家族を手助けしようとすれば、次の標的になりかねないことを知っていたのだ。心配でいても立ってもいられなくなった動物学者の妻は、十四歳の息子が父を捜しに出かけるのを許した。彼女自身が外出できなかったのは、サウジアラビアの法律により、女性が兄弟、父、夫のいずれかの同伴なしに公共の場に出ることは禁じられていたからだ。

少年は母と二人の妹たちを残し、オフロード用のバイクに乗った。先日の誕生日に、父親から贈られたものだ。裏通りを選びながら、彼は海沿いの研究施設をめざしてバイクを飛ばし、着いたところで、父の車だけが駐車場にぽつんと残されているのを見た。親に災いが降りかかったときに祈る子ども以上に、真剣に祈れる者があるだろうか。動物学者が研究施設の裏の暗がりで負傷して倒れていることをアッラーに祈りながら、少年は入口に近づいた。

パキスタン人の守衛が一人、薄暗いドアの内側に配置されていた。ガラス張りのドア越しに覗きこむ少年を見て、彼はぎょっとした。片言のアラビア語で叫びながら、彼は少年に立ち去るよう手で促し、棍棒をつかんで、場合によってはドアを開けておまえをたたくぞ、というしぐさをした。

　しかし、少年は身じろぎもしなかった。アラビア語で必死に叫び、預言者ムハンマドの助けを懇願しながら、父が行方不明になったと言った。このとき初めて守衛は、少年の訪問が午後からずっとささやかれていた噂と関係があることを知った。彼は藁にもすがろうとしているような少年の表情を見た。まだあどけない顔だ。守衛は棍棒を下ろした。それはひょっとしたら、彼自身にも息子がいたからかもしれない。理由はともかく、守衛のなかで大きな変化が起こり、彼は自分でも思いがけないことに、いちかばちかの行動に出た。

　入口に据えつけられている監視カメラに背を向け、少年を追い払うような身振りをしながら、彼は知っていることを少年に教えた。大佐に率いられた秘密警察の男たちが、きみのお父さんに手錠をかけて連れていった。同じパキスタン人で、茶飲み友達の運転手によれば、秘密警察は何カ月も前から、ひそかにお父さんを調べていたそうだ。しかしよく聞いてほしい、と守衛は言った。大事なのはここからだ。彼らは、お父さんを逮捕する理由を〝大地を腐敗させた罪〟と言っていた。どうにでも解釈できるのでほとんど意味がない罪名だが、確かに言えることはひとつだけだ。これは、死刑を意味するということだ。

「きみの家族に伝えなさい」パキスタン人は続けた。「お父さんを救いたいのなら、すぐに動かなければならない、と」

　その言葉とともに、彼はさも我慢しきれなくなったかのようにドアを開け、監視カメラを欺くため、勢いよく棍棒を振り上げた。少年は走って逃げ、オフロード用のバイクに飛び乗った。自分のことを顧みず、彼は駐車場を危険なほどスピードを出して駆け抜け、砂にタイヤをとられそうになりながらゲートを通過した。

確かなところは誰にもわからないが、わたしの想像では、このとき少年の心はふたつに引き裂かれていただろう。息子としては、心から母の慰めを求めていたにちがいないが、一人の男としては、父が不在のときの家長として、他の男たちに助言を仰ぐ必要があった。この葛藤が行き着く結論はひとつしかなかった。彼はアラブ人であり、アラブの男の誇りは二千年にわたって続いてきたのだ。彼は北へ向かい、街で最も暗い一角にある祖父の家をめざした。

バイクを走らせながらも、破滅の予感が彼のなかで募ってきた。彼には、父が治安維持機関の運転する家畜輸送車に閉じこめられたも同然であることがわかっていた。父を救い出すには相当な〝ワスタ〟がなければならない。民主主義も効率的な官僚機構も存在しないアラブ社会を動かすのは、ワスタなのだ。ワスタとはつまり人間関係や影響力のことであり、古い恩義や部族の歴史によって複雑に張りめぐらされた網のことだ。ワスタがあれば、宮殿の扉さえもひらく。それがなければ、扉は永遠に閉ざされるのだ。

少年はこれまでそんなことを考えた経験はなかったが、いまになってみると、敬慕してやまない祖父をはじめとする彼の家族は、きわめて控えめな人たちだということがわかった。野心も人間関係も、ささやかなものだった。彼の家族にとって、王家への批判とみなされた罪を治安維持機関に取り消してもらうのは、たとえていえば、核ミサイルにナイフで立ち向かうようなものだった。

夜が明けるころになり、伯父や祖父や従兄弟たちが集まって延々と協議を続けても、彼らが父の命を救うため要人に電話をかけることはなかった。しかしだからといって、彼らがあきらめたわけではない。五カ月間にわたって、家族は崩れ落ちそうになるほどの不安と闘いながら、サウジアラビアの牢獄になんとかして風穴を開け、迷宮に閉じこめられた命の灯（ともしび）を見つけ出そうとした。

では彼らは、その労苦と引き換えに何を得られたのか？　なんの情報も得られず、政府からの支援もなく、動物学者の消息は不明のままだった。9・11の犠牲者と同じく、彼はある朝出勤したきり、二度と戻らなかったのだ。

その男は現実離れした迷路に消え、たくさんの囚人が押しこまれた牢獄に囚われたまま、生死すらわからなくなってしまった。その牢獄で彼がすぐに知ったのは、誰もが結局は自白書に署名をすることだった。ありていに言えば、十二ボルトの蓄電池につながれる苦痛に屈服してしまうのだが、同房者たちは大きくふたつのグループに分かれた。

第一のグループは運命、あるいはアッラーに屈服した人々で、捨てばちな気持ちで署名しただけだった。第二のグループは、署名することによってとにもかくにも裁判には持ちこめるという望みを抱いた人々だ。裁判の場で自白を撤回し、身の潔白を主張しようと考えていたのだ。

動物学者はその戦略に望みを託していた。しかし、サウジアラビアの裁判システムは、そうした行動を織りこみずみだった。自白を撤回した囚人は、警察に戻されて心変わりした理由を説明しなければならないのだ。こうして、〝改善された〟尋問方法によって囚人の男女は意気阻喪し、その結果、裁判で自白を撤回しようとは二度と思わなくなる。二度と。

扇動的な言説を述べ、大地を腐敗させた罪をついに認めたことで、システム内を転々としていた動物学者の旅は、あっけなく終わりを迎えた。

その理由は、ジッダ都心部の交通問題にあった。市内最大のモスク前の巨大な駐車場を閉鎖するには、少なくとも十日前には通告しなければならないからだ。駐車場を閉鎖しなければ、その中央に白い大理石の処刑台を設けることはできなかった。

2

モスクの駐車場にバリケードが張りめぐらされ、特別に雇われた大工の一団が処刑台を設置しはじめるのを見て、早朝から見物人が集まりだした。執行前に死刑が発表されることはこの王国ではまれだが、情報はいまや携帯電話やメールで瞬く間に広まる。

数時間ほどで駐車場には大群衆が詰めかけ、そのころに〈サラセン〉の親友である十二歳の少年が、父と同乗していた車でモスクの前を通りかかった。その少年はただちに事態を察知した。その日は金曜日で、イスラム教では休日だ。しかし道路はひどい渋滞で、少年が帰宅するまでには一時間以上もかかった。彼はすぐに自転車を出し、八マイルの道のりを走って親友に知らせた。

最悪の事態を恐れた〈サラセン〉は、母と妹たちには何も告げずにオフロード用のバイクにまたがり、親友を後ろに乗せてコーニッシュ・ロードへ向かった。紅海沿いからジッダの都心部にはいる道だ。

二人の少年が海沿いに出たとき、市内最大のモスクで昼の礼拝が終わり、数百人の男たちが出てきて、駐車場にひしめく群衆に合流した。強烈な夏の光のなかで、純白のトーブをまとった男たちが、黒い伝統的な民族衣装のアバヤで全身を覆い、ベールで顔を隠した女たちと好対照をなす。ジーンズとシャツを着た幼い子どもたちだけが、群衆に彩りを添えていた。

死刑の執行は、サウジアラビアで許されている唯一の大衆的な娯楽だ。この国では映画、コンサート、ダンス、演劇は禁じられ、喫茶店はあることはあるが、男女同伴ではいれない。だが、人間が生命を奪われるところを見るのは、女性でも子どもでも許されるのだ。薬物注射や銃殺といった近代化を避けてきたサウジアラビアの死刑執行方法は、群衆を興奮させるのに最適に思われる。すなわち、公開斬首だ。

その日のコーニッシュ・ロードは四十三度以上まで気温が上がった。アスファルトにかげろうが立ちのぼるなか、オフロード用のバイクが週末の車の群れを縫って走る。行く手は混沌としていた。道路は新しく陸橋を建設していたため、工事用車両にふさがれて一車線しか通れず、渋滞の長い列ができている。

汗でしとどに濡れたヘルメットのなかで、動物学者の息子もまた混沌とした精神状態にあった。彼は恐怖で吐き気を覚えながら、処刑台に引きずり出されるのがアフリカ人の麻薬の売人であることを願った。それがまちがっていた場合、彼は父の最期の姿を見ることになる。父は大理石にひざまずかされ、すでに蝿が群がっているなかで、銀色の刃の餌食となり、血の海のなかで息絶えるだろう。しかし息子には、そんなことはとても考えられなかった。

はいりこむ隙がないほどひしめく車の列を前に、彼はバイクを車線から路肩に出して土埃を巻き上げ、穴だらけの建設現場に突進した。

駐車場では、見物人の数は膨れ上がる一方だったが、奇妙な静けさに包まれていた。ときおりひそひそと話す声が聞こえるほかは、モスクの拡声器からムッラー（イスラムの法や教義に通じた人に対する尊称）によるコーランの朗誦がこだまするだけだ。公用車が交通遮断線を抜け、処刑台の前で停まると、ひそひそ声さえも聞こえなくなった。

まばゆいほど白いトーブに身を包んだ、見るからに強靭な体格をした男が車を降り、処刑台の五段の階段を上がった。手入れされた革ひもが胸から左の腰へと斜めに走り、腰の鞘には、長く湾曲した刀が納まっている。彼こそは死刑執行人だった。その名はサイード・ビン・アブドゥッラー・ビン・マブルーク・アル・ビーシであり、彼は王国一の名手と謳われている。その名声を高めるきっかけになったのは〝交差切断〟と呼ばれる刑罰の執行だった。単なる斬首刑に比べてはるかに難しいのが、街道強盗に対して行なわれる刑罰で、専用の刀をすばやく駆使して、囚人の右手と左足を切断しなければならない。この刑罰を手際よく執行することで、サイード・アル・ビーシはサウジアラビアの公開刑罰の全体的な水準を着実に高めてきた。そのおかげで、いまでは執行人が囚人の頭や四肢を切断するのに手間取り、何度もたたき切る光景はめったに目にしなくなった。

何人かの見物人の歓呼に応えながら、アル・ビーシが自らの仕事場をかろうじて把握したとき、群衆をかき分けて白いバンが進んできた。一人の警官がバリケードの柵をよけるとともに、エアコンの利いた車が階段のかたわらに停まる。後部ドアがひらくと、群衆が身を乗り出して、誰が乗っているのか見ようとした。

バンから群衆のただなかに、動物学者が踏み出した。裸足で、厚手の白い布で目隠しされ、後ろ手に手錠をされている。

見物人のなかには彼を知っている者もいたが、彼らが見まがうほど、動物学者の容貌は変わっていた。五ヵ月間、秘密警察が彼に何をしたのかは知るよしもないが、その姿はひとまわり小さくなったように見えた。彼は人間の抜け殻のようで、少なくとも肉体的には傷ついて痩せ衰え、老齢の消え入りそうな退職者を思わせた。しかし彼は、まだ三十八歳だった。

彼には自分がどこにいるのか、これからどうなるのか、よくわかっていた。司法省の役人が四十分前に彼の監房に現われ、正式の判決を読み上げた。彼はこのとき初めて、自分に死刑判決が下されたことを知ったのだ。制服を着た二人の警官が彼を導き、処刑台の階段をゆっくり上らせた。目撃者の証言によると、このとき彼は昂然と頭を上げ、胸を張ろうとしていたという。彼は息子や娘たちに、父親が臆病者ではなかったことを示したかったのだ。

そのころコーニッシュ・ロードでは、渋滞に捕まったドライバーたちが非難と羨望の入り混じった目で、建設現場を専用道にして突っ走るオフロード用のバイクを見送っていた。くそガキどもが。

少年はとぐろを巻いた消火用ホースのわきを通りすぎた。過労のバングラデシュ人建設労働者にこのホースで水をかけ、熱中症で意識を失うのを防いでいるのだ。それから彼は、コンクリートの支柱をよけて走った。広場まであと七分ほどだ。

きっと彼は、あとから振り返っても、なぜこのとき無謀な運転をしたのか説明できないだろう。彼はどうするつもりだったのか？　わたしの個人的な考えだが、恐怖と苦悩に打ちのめされそうになっていた彼は、父の魂と肉体がなければ自分はこの世に存在し得ず、そのような絆が何より必要とするのは自分の存在だと考えていたのではないか。彼は左に急ハンドルを切って廃材の山をよけ、バイクをさらに加速させて広場への近道に向かった。道の入口は金網のフェンスでふさがれていたが、フェンス補強のために積まれていた鉄筋の束の向こう端に、一カ所だけなんとか通れそうな隙間があった。アッラーは彼を見捨ててはいなかったのだ。

彼はふたたび左にハンドルを切り、もうもうと埃を巻き上げながら鉄筋をよけ、狭い隙間に接近した。もう少しだ。

処刑台で目隠しをされた動物学者は、首に手が置かれ、押さえつけられるのを感じた。死刑執行人の手だ。ひざまずけと命じている。膝を突くと、顔に当たる陽光の感触から、自分が四十マイル先にあるメッカの方角を向いているのがわかった。メッカへ向かう道筋には自分の家があり、妻子が団欒している様子を思い浮かべると、喪失感が身体を突き抜けた。

執行人が肩をつかんだ。この場所には何度も立ったことがあり、囚人を落ち着かせなければならないタイミングは正確に把握していた。モスクの拡声器から、命令する声が響いた。

いかめしい外務省の建物からモスクの前の芝生に至るまで、広場に集まっていた数千の群衆が礼拝のため、メッカの方角へひざまずいた。信心深いムスリムである動物学者も、祈りの文句はすべて暗記しており、群衆とともに唱和した。彼には祈りに要する正確な時間までわかっていた。公平に見て、この世で彼に残された時間はあと四分だった。

バイクから巻き上げられた埃で視界が遮られていた少年は、一本の鉄筋に気づくのが一瞬遅れた。ほかより一フィート以上突き出していたその鉄筋は、前輪のスポークのあいだにはいりこもうとしていた。

彼は驚くべき速さでバイクを鉄筋からかわそうとしたが、間にあわなかった。鉄筋によって前輪のスポークはひしゃげ、金属片がバイクのガソリンタンクとシリンダーヘッドを切り裂き、車輪はつぶれて、フロントフォークがめりこんでバイクはその場で急停止した。動物学者の息子とその友人の身体はハンドルの上を飛び越え、地面にたたきつけられて埃まみれになった。オフロード用バイクはスクラップ同然になり、二人とも気絶しそうになった。

コーニッシュ・ロードから見ていたドライバーたちが、度肝を抜かれて二人に近づいてきたころ、駐車場では礼拝が終わり、群衆が立ち上がった。ひざまずいた四人に死刑執行人が足を踏み出し、広場は水を打ったように静まり返った。執行人が動物学者の首の角度を微調整したとき、近くの見物人は二人のあいだで言葉が交わされるのを目撃した。

それから何年も経ったのち、わたしはその日広場に居あわせた多くの人々から話を聞いた。そのなかには死刑執行人サイード・アル・ビーシもいた。わたしは彼の自宅の応接間（マジュリス）で紅茶を飲みながら、そのとき動物学者がなんと言ったのか訊いた。

「あのような状況で何かを話せる人間はめったにいない」サイード・アル・ビーシはわたしに言った。「だからもちろん、そのときのことはよく覚えている」彼は深く息を吸いこんだ。「短いが、悔悟の念に満ちた言葉だった。彼はわたしにこう言ったんだ。『アッラーとサウジアラビアの国民が、わたしの罪を許してくれればそれでいい』」

アル・ビーシは沈黙し、メッカの方角を向いた。ほかに付けくわえるべきことはないようだ。わたしは敬意を表してうなずいた。「神は偉大なり（アッラーフ・アクバル）」わたしはそう答えた。

彼はもうひと口紅茶をすすり、宙を見据えた。死を間際にした人間が見出す境地に思いをめぐらせているのだろうか？　わたしは彼をしげしげと見つめた。アラブ諸国では、いかに婉曲であれ、相手の嘘を非難してはならない。

そのため、わたしは彼の顔を見つづけ、彼はわたしから目をそらしつづけた。外からは、美しい中庭にほとばしる噴水の音や、台所で召使たちがせわしなく動きまわる音が聞こえてくる。国家公認の死刑執行人は、ずいぶん実入りがいいらしい。

ついに彼は椅子でそわそわと身動きしはじめ、こちらを一瞥して、わたしが寡黙な性質（たち）なのか、それとも何かを訴えているのか見極めようとした。

わたしがそれでも目をそらさなかったので、彼は笑いだした。「きみは西洋人にしては賢い」彼は言った。「それでは、彼が本当はなんと言ったのかを話そうじゃないか。

わたしはその囚人にかがみこみ、できるだけ首をさらして動かないように言った。そのほうがお互いにとってやりやすいからだ。彼はその言葉を気にしていないようで、身振りでわたしに近づくよう促した。彼は口のなかを傷つけられていたようだった。たぶん電極か何かだろう。なぜなら、彼はうまく話せなかったからだ。『あんたは国王を知っているか？』彼はささやいた。

わたしは驚いたが、国王陛下には何度か拝顔（はいがん）の栄（えい）に浴している、と答えた。

彼は予想どおりというようにうなずいた。『今度会ったときには、かつてあるアメリカ人が言っていた言葉を伝えてくれ。思想の持ち主を殺すことはできても、思想まで殺すことはできない、と』彼はそう言ったんだ」死刑執行人はわたしを見、肩をすくめた。「その言葉は伝えたんですか？」わたしは訊いた。「つまり、国王に」

死刑執行人は声をあげて笑った。「伝えるはずがないだろう」彼は答えた。「首がない人間をたくさん見てきたんでね。わたしは肩に首がついていたほうがいい」

そのあとどうなったのかは、訊くまでもなかった。その日、駐車場に居あわせたほかの人々からすでに聞いていたのだ。彼らによると、アル・ビーシが囚人との短い会話を終えると同時に、紅海からの強い熱風が吹きつけてきた。アスファルトの上ではとても熱かったので、誰もがそれに気づいた。執行人は囚人から一歩離れ、プロの目で測った距離に立った。

モスクの拡声器からの空電の音以外、何ひとつ物音はしなかった。アル・ビーシは長い刀を水平にかまえ、背を伸ばして顎をもたげ、自分の横顔を目立たせた。わたし自身、彼と会ったときに虚栄心の持ち主であることはわかった。片手で高く振り上げた刃が、弧を描いて頂点に達したとき、群衆全員の視線が刀を追い、頭上の白い太陽に目がくらみそうになった。

彼は刃をきらめかせたまま、もったいをつけるように静止した。それから、もう片方の手を柄に添え、目にも留まらぬ速さで刃を振り下ろした。動物学者の首筋を刃先があやまたずに捕らえる。事前に言われていたとおり、囚人は動かなかった。

誰もが異口同音に、そのときの音を語った。たとえて言えばスイカをたたき割ったときのような、大きく濡れた音だという。刃は動物学者の脊髄、頸動脈、喉頭をすっぱりと切り、頭を斬り落とした。

まぶたを痙攣させながら、頭が大理石の上を転がり、切断された血管から噴き出す血が弧を描く。動物学者の頭部を失った四肢が、衝撃を受けたかのように一瞬揺らぎ、それから自らの体液のなかに崩れ落ちた。

死刑執行人は一点の染みもないトーブをまとって立ったまま、自分が手を下した死体を見下ろした。拡声器の空電がイスラム教の祈りに代わり、蝿の群れがたかりはじめ、広場の群衆はいっせいに拍手した。

死んだ男の若い息子は、左半身を傷だらけにし、血まみれの手にハンカチを巻いて、それでも走ろうとして息をあえがせ、よろめきながら駐車場に現われた。そのとき父の死体は、身震いするほど寒い白のバンに積みこまれた直後だった。この車のエアコンが利いていたのは、死体を搬送するためだったのだ。生きている人間の快適さより、死体の異臭を防ぐことが優先されたのである。

ほとんどの見物人がすでに駐車場を去り、バリケードを撤去する警官と大理石を洗うバングラデシュ人の労働者しか残っていなかった。

少年は周囲を見まわし、処刑された囚人の身元を教えてくれそうな人間がいないかどうか探したが、男たちは縞模様のヘッドスカーフでベドウィンさながらに顔を覆い、風を避けるために足早に去っていった。芝生の向こう側を見ると、勤行時報係が木のよろい戸を閉め、迫りつつあるひどい砂嵐から建物を守ろうとしている。

風に打たれながら、少年は駆け寄って鉄柵越しに、処刑された人間の名前と職業を訊いた。ムアッジンは振り返ると、砂から顔を覆いながら叫び返した。しかし声は風に飛ばされ、少年にはひと言しか聞き取れなかった――「動物学者」と。

何年も経ってから、サウジアラビア当局が設けていた広場の監視カメラの映像を確認してみると、ムアッジンはそのあと仕事に戻り、ふたたび少年のほうを見ようとしなかった。しかし少年は、灼熱の風に打たれながら大理石の処刑台を一心に見つめ、心は絶望に打ちひしがれていた。彼は数分間その場にたたずみ、男らしく涙を流すまいと努め、その姿は風にさらされた彫像のようだった。

彼の脳裏ではさまざまなものが駆けめぐっていたと思う。言語に絶する悲しみに囚われた大半の人々と同じく、そのときの彼は時間や空間をさまよっていたはずだ。黙っていたら、彼は何時間もその場にたたずんでいたにちがいないが、警官が現われて立ち去るよう命じ、彼はよろめいて警官の竹杖から逃れた。

渦巻く砂のなかを歩きながら、こらえていた涙があふれ出し、いまは忌まわしいだけのこの街に、彼は世にも恐ろしい叫び声を放った。それを聞いていた人々は悲しみの声だと言うが、わたしにはそうではないことがわかる。それは彼のなかから生まれてきたものの産声だったのだ。

血なまぐさく苦痛に満ちた過程を経て、ジッダ中心部の風が吹きすさぶ駐車場に、こうして〈サラセン〉というテロリストが生まれた。父の愛を奪われた彼は、やがて保守的かつ熱狂的なムスリムになり、あらゆる西洋的な価値の敵にして、ファハド王朝の破壊者を自任し、暴力的な聖戦（ジハード）の擁護者となる。

サウジアラビアよ、ありがとう。

3

桁外れの富と石油埋蔵量、アメリカ製ハイテク兵器で武装した軍隊を保有しているにもかかわらず、サウジアラビアでまともに機能しているものはほとんどなかった。ジッダのバス交通網がその典型的な例だ。

オフロード用のバイクが事故で大破したため、動物学者の息子にはバス以外の選択肢がなかった。ただでさえ時刻表は当てにならないうえ、砂嵐はひどくなる一方だったため、彼が帰宅したころには、父が処刑されたという知らせはとっくに家族に届いていた。

彼の親戚はすでに自宅の質素な応接間（マジュリス）に集まり、彼の母親の話を聞きながら、恐怖を募らせていた。苦悩と不信にさいなまれていた母は、祖国、サウジアラビアの裁判システム、王家そのものを罵っていたのだ。しかし、サウジの社会は言うまでもなく、この国の男たちも認めたくないところだったが、彼女を論破できるほど聡明な人間は親戚たちのなかにはいなかった。

彼女の仮借ない非難がようやくやんだのは、親戚の一人が窓の外に、帰ってくる息子の姿を認めたときだった。息もつけないほど涙を流し、彼女は廊下に走り出て息子を迎えた。息子が父の処刑を目の当たりにしたにちがいないと思い、母の胸は悲しみに張り裂けそうだった。

息子がかぶりを振り、建設現場でバイクの事故に遭ったことをぽつぽつと話すと、彼女はその場にひざまずき、息子が負傷して処刑を見ずにすんだことをアッラーに感謝した。彼女が神に感謝したのは、あとにも先にもこのときだけだった。少年はかがみこんで、母親を助け起こし、彼女の肩の背後に、まるで悲しみの孤島に取り残されたようにたたずむ二人の妹たちを見た。

彼はみなを抱き寄せ、家に着くまでのあいだ、ずっと心にのしかかっていた悲しみの原因を口に出した。それは、いままで家族の誰もが気づいていなかったことだった。つまり、父は死刑囚なので、葬儀や埋葬が執り行なわれることはなく、家族が父のまぶたを閉じてやることはおろか、イスラム教の典礼にのっとって遺体を洗浄し、屍衣を着せて最後の弔いをすることはできないのだ。父親の遺体は無名墓地に投げこまれ、埋められる。もし運がよければ、彼の遺体をメッカの方向に横たえてくれる作業員がいるかもしれない。あくまで運がよければの話だが。

ずいぶんあとになって行なわれた母親の尋問記録によると、それからの数カ月、家に垂れこめた悲しみをまぎらわせてくれるような出来事はほとんどなかった。親族を除いて、訪問者も電話をくれる者もなかったのだ。王家を批判した罪による死刑囚の遺族は、概して友人や地域社会からのけ者にされる。ある意味において、家族もまた無名墓地に放りこまれ、埋められたようなものだった。それでもなお、いやおうなしに経過する歳月は徐々に悲しみの刃を鈍らせ、かねてから抜群の成績だった少年は、ますます熱心に教科書を広げ、家で勉学にいそしむようになった。ほかのどんなことより、少年のこうした姿勢が家族を力づけた。たとえそのときの状況がいかに絶望的であっても、よりよい未来をつかみとる何よりの方法は教育なのだ。

死刑執行から八カ月が経ったころ、思いがけない夜明けが訪れた。家族が知らないところで、祖父が彼らに代わって奔走してくれたおかげだ。祖父は自分が持っていたささやかなワスタを使い、乏しい蓄えのなかから賄賂を払って、義理の娘と三人の孫たちのためにパスポート、出国許可証、ビザを手に入れたのだ。それは祖父が彼らに示した愛の証だったが、実際のところ、死刑囚の遺族は当局にとって厄介であり、むしろ彼らが出て行ってくれたほうが助かったのかもしれない。そうした事情はともあれ、祖父は夜遅くに彼らの家を訪れ、思いがけない知らせをもたらして、翌朝すぐ、賄賂で便宜を図ってくれた人たちが心変わりする前に、ここを出発すべきだと言った。

家族は夜を徹していくばくかの財産を荷造りし、思い出に最後の別れを告げて、見送る者のない街を夜明け前に出発した。背負いきれないほどの失意を抱えた四人の家族を乗せ、車は十二時間走りつづけ、果てしなく続く砂漠、終わりのない油田地帯といった広大な国土を横断して、夕方にはペルシャ湾の青緑色の海に出た。ネックレスのような輝く曲線を描いて海を横断するのは、サウジアラビアと独立国バーレーンを結ぶ道路だ。十六マイル以上にわたる海上橋と陸橋は、オランダの建設技術のたまものだが、キング・ファハド・コーズウェーと呼ばれている。この道で海を渡ると、一マイルごとにサウジの君主の巨大な肖像画が家族に向かって微笑みかけてきた。少年にとってこれは、忘れがたい皮肉だった。この男こそは、父の死刑執行令状に署名した張本人なのだ。故郷を去る最後に見たものが、憎きファハドの顔だったとは。

同行してきた祖父と三人の従兄弟たちは、国境でさらに賄賂を払い、家族の荷物を運ぶため、入国書類なしでバーレーンに短時間滞在することを許された。運び先は、祖父が近所の友人を通じて借りた家だ。その家を見たとき、誰もが無言だったが心は打ち沈んだ。

その荒れ果てた家は、バーレーンの首都マナマの産業地区で、不潔な狭い一角に建っていた。正面の扉は開けっ放しで、配管はやっとのことで機能しているものの、電気はふた部屋しか使えなかった。しかしもはや家族が行くところはほかになく、ジッダでの生活に比べればどんなことでもましに思えた。

乏しい財産を積み下ろし、少年の母は老人とともに腐食した台所に立って、彼の骨折りにどうにか感謝の言葉を見つけようとした。祖父は首を振り、札束をいくらか彼女の手に握らせると、これから毎月、多額ではないにせよ、家族が暮らしていくには充分な額を送ると言った。母は祖父の寛大さに唇を嚙んで涙をこらえた。祖父は、みすぼらしい庭からじっと見ている孫娘たちのそばにゆっくり歩み寄り、二人を抱擁した。

それから祖父は向きを変え、ためらった。彼は最も難しいところをあとまわしにしていたのだ。長男は来たるべき瞬間を予期し、入口の奥で荷物を開けるのに忙しいふりをしている。祖父は近づき、彼が見上げるのを待った。二人とも男として、こうした場面でどれほど感情を露わにしていいのか戸惑っていた。ついに祖父が手を伸ばし、少年を強く抱きしめた。体裁を気にしている場合ではない。彼はもう年老いており、ふたたび孫に会えるかどうかはわからないのだ。

祖父はあとずさり、少年を見つめた。日一日と、彼は息子に似てくるようだ。処刑された息子に。それでも生命は、孫たちへ、その子どもたちへと受け継がれ、国王さえもそれらを奪うことはできない。やにわに祖父は背を向け、車に戻り、従兄弟たちにエンジンをかけるように命じた。祖父が振り向かなかったのは、頰を伝い落ちる涙を家族に見られたくなかったからだった。

母と二人の妹たちに囲まれた少年は、押し寄せてくる暗闇に長いこと立ちつくし、かつての生活がテールライトとともに夜に消えていくのを見送った。

4

二日後、成人してから初めて、子どもたちの母親は成年男性の付き添いなしで公共の場へ出かけることになった。彼女は不安と困惑でいっぱいだったが、そうするしかなかった。ずっと家に引きこもってばかりでは、彼らは孤独と貧困に打ちのめされるばかりだ。

親戚も友人もいない土地で心細い思いをしながら、彼女は最寄りのバス停留所を見つけ、子どもたちを乗せて、いっしょに何時間も街のショッピングモールを歩きまわった。それは思いがけない体験だった。家族にとって、イスラム教の自由な解釈に接するのは初めてであり、アメリカ映画やインドのミュージカル映画のポスターには目を見張り、タンクトップにショートパンツ姿の西洋人女性に唖然とし、洗練されたアバヤをまとい、ベールを脱いで、シャネルのサングラスをかけているムスリムの女性たちが信じられなかった。

少年にとっては、はっとするような発見がひとつあった。彼がいままでに見たことのある女性の顔は母や身内だけで、それ以外の女性は写真でさえ見たことがなかった。雑誌でも広告の看板でも、ベールを着用していない女性を見せることはサウジアラビアでは禁じられているのだ。バーレーンの店にはいり、比較の対象が不意に得られたことで、少年はそれまで知ることができなかった事実を知った。自分の母親は美しい、という事実を。

当然ながら、あらゆる息子が自分の母についてそう思いたがるものだが、少年にはそれが思いこみではないことがはっきりわかった。母はまだ三十三歳、頬骨は高く、肌には染みひとつなく、アーモンド形の大きな目は知性に輝いている。まっすぐな鼻筋に、完璧な曲線を描く唇。さらにこれまで経てきた苦悩が、彼女に優雅さと威厳をもたらしていた。彼女を見た人は、この女性がこれほどつましい生活を送っているとは想像もできないだろう。

それから数日後の夜、妹たちが就寝したあとで、彼は台所の裸電球の下に座り、おずおずとした口調で、母さんはとても美しいと言った。声をあげて笑いながら、母は彼の額にキスしたが、ベッドにはいってからひそかに泣いた。女性の美しさに気づきはじめたのは、少年が成長した証であり、母は徐々に息子を失いつつあることを知っていたのだ。

そのあとの数週間で、彼女は三人の子どもたちをよい学校に入学させることができ、少年は六カ所のモスクをめぐったあとで、厳格で反西洋的なモスクを見つけた。父が生きていたら、きっとここで礼拝することに賛成してくれただろう。十五歳の少年が家族の男性をともなわず、一人きりで街角から歩いてきたというのは、どこの宗派でもめったにないことだ。そこで最初の金曜日の礼拝が終わったあと、生まれつき盲目の指導者（イマーム）は、他の数人の男たちとともに、彼を建物の裏手にある美しい庭での茶会に誘った。

紫のジャカランダの木の下で、少年はバーレーンに移住することになった経緯を自分からは進んで話さなかったが、男たちはそう簡単に納得しなかった。イマームに嘘をつくわけにもいかず、彼はついに、とつとつとした口調で父の死について明かした。話が終わったところで、男たちは頭を垂れ、口々に父を讃えた。「いやしくも息子にして、敬虔なムスリムなら、きみは信仰と信条を守ったお父さんのことを誇りに思うべきじゃないか」彼らは怒りをこめて言った。

地域社会から恥とされ、拒まれて、長いあいだ孤独感に打ちひしがれてきた少年にとって、この日の体験は救いだった。すでにこのモスクは、彼の人生のまんなかにぽっかりと開いていた空虚感を埋めはじめていた。

盲目のイマームは彼に、神は人間が越えられない試練を与えることはないと説いた。したがって、ジッダでの恐ろしい出来事は、父の深い信仰心と勇気を証明する試練だったのだ、と。その言葉とともに、イマームは手を伸ばし、指で少年の顔に触れ、その顔を記憶に焼きつけた。それは敬意の印であり、彼らが示す特別な歓迎を示すものでもあった。

少年は母親に、信者はいずれも教養の高い人々だとしか言わず、モスクで夜ごとにひらかれる講義に出席していることには触れなかった。イマームの言葉では、これは男の世界であり、男が自由に話せるのは、口外しないとわかっている仲間内だけなのだった。

こうして少年が、のちにムスリム同胞団の支部と判明する団体の政治思想に初めて触れたころ、ほかの家族は正反対の方向に向かっていた。バーレーンの一般家庭とちがい、少年の家にはテレビがなかったが、妹たちは日ごとに、学校やショッピングモールや広告の影響でポップカルチャーに染まるようになった。中東のほかの国々と同様、ポップカルチャーとはアラブ的文化のことではなかった。

妹たちがアメリカ的文化に染まっていくことをめぐり、少年と母のあいだに激論が展開され、ある晩、母は息子にきっぱりと言い渡した。すなわち、家族にとってはバーレーンが唯一の未来であり、母としては娘たちにこの国に順応し、友人を作ってほしいと思っている。いや、子どもたち全員に。もしそれが、サウジアラビアでの生活様式すべてを否定することだったとしても、あれほど惨めな思いをさせられた故国の文化を棄てることに、母はなんの未練もない、と。

母は、孤独は心を切り刻む刃であり、子どもには夢を抱く権利があるのだから、娘たちがいま幸せになろうと努めなければ、おそらくこの先ずっと幸せになれないのだ、と言った。母は彼にそのことを、洞察力をもって、真率に説いた。彼女にはそうしなければならない理由があった。それは、彼女自身のことでもあったからだ。母がこれほどの熱意で話すのを、彼はいままで聞いたことがなかった。彼はまた、もうひとつのことに気づいた。母は表面的には依然としてムスリムだが、心のなかでは神に見捨てられたと感じており、いまの彼女が信仰しているのは、人生と子どもたちだけであることに。息子は深く心配し、アッラーはいつもぼくたちを見守っているよと母に言うと、ベッドに下がった。

彼が眠ってから、母親は娘たちの部屋に行き、静かに二人を起こして抱き寄せた。母は二人に、あなたたちがこれまでとちがう光へ向かって成長しているのはわかるけれども、兄の家で彼を侮辱するようなことをしてはいけないわ、と言った。そして、ポップ音楽を聴くのをやめ、これからはベールをつけて登校すること、と言い渡した。

外見も気質も母親似の娘たちは、いっせいに反発しはじめた。母は彼女らを黙らせ、これは兄が彼女たちを愛しているからであり、兄は父に対する大きな責任を果たしたいと思っているだけなのよ、と言った。母は、考えを変えてほしいと懇願する娘たちを見て、笑みがこぼれそうになった。彼女は娘たちとある秘密を分かちあおうとしていたのだ。いままで彼女は、自分の母親以外の相手と秘密を共有したことはなかった。

「あなたたちに助けてほしいの」彼女は言った。「とても大事なことを、あの子と話しあわなければならないのよ。もしあなたたちが堕落していると思えば、あの子はまず賛成してくれないわ」

二人の娘たちは抗議するのも忘れ、母がいったいどんな話を持ち出してくるのかと思った。

「こんな暮らしを続けていくことはできないわ」彼女は言った。「この家のことだけじゃない。あなたたちのおじいさまは、もう若くないのよ。もしおじいさまが亡くなって、お金が届かなくなったらどうするの？」彼女は、娘たちが最悪の可能性を理解するのを待ってから、告げた。「わたし、仕事の口に応募したの」

娘たちが若きムスリムの女性として学ぶべきすべての教訓のなかで、この夜に母親から示された教訓ほど重要なものはなかった。母は彼女らに、人生の主導権を握ること、天国へ昇る唯一の階段は、自らが地上に作る階段であることに気づかせたのだ。娘たちは驚愕に目を見張った。仕事ですって？

母は娘たちに、学校でほかの子の母親から仕事の話を聞き、何週間も前にその会社に電話したと言った。あきらめかけていたところで手紙が届き、面接の日程を知らされた。彼女はまた、兄には何も知らせていないと言った。採用されないかもしれない、というより、初めての応募でいきなり成功するはずはないと思っていたからだ。息子とさんざん口論したあげく、何も得られなかったのでは意味がない。しかし、こうした明白な事実以外に母は何も話さず、もう夜も遅いからと言って娘たちを寝かせた。

翌朝、娘たちは母親を支援するため、自分たちにできることをした。映画スターのポスターをはがし、雑誌をゴミ箱に捨て、音楽のはいったテープや化粧品を目につかないところに隠したのだ。

面接当日、子どもたちが登校したあと、母親はなけなしの蓄えをかき集め、用意周到に練り上げた計画にもとづいて、街で最高級の店が集まる一角に出かけた。彼女はそこの小さなブティックで、模造品のルイ・ヴィトンのハンドバッグとグッチのサングラスを買った。

彼女は公衆トイレにはいり、古いハンドバッグの中身を取り出してルイ・ヴィトンの模造品に移し、古いほうをゴミ箱に捨てて、かぶっていたベールを脱いだ。彼女は自らの強みとなるものをすべて生かそうと決心した。息子から言われた、自分の美しさも含めて。それでも、いままでの人生で身についた控えめな姿勢を克服するのは簡単ではなく、サングラスをかけていても、鏡で自分を見る勇気はなかった。

はた目には現代的な美人にしか見えない彼女は、やっとのことで公衆トイレを出て、すぐ近くのオフィスビルに向かった。バーレーン唯一の電話会社バテルコの本社ビルだ。不安と昂ぶりを覚えながら、彼女はソファに座り、面接の順番を待った。彼女は、自分の感情が結婚式の初夜に覚えたときとあまりちがわないことに気づいた。いま、彼女は裸にされたような気持ちだった。

でも、こんなふうに出歩くのも楽しいかもしれないわね、と彼女は思った。

秘書がこちらに近づき、会議室へはいるよう促す。室内には男性二人、女性一人の管理職が待っており、この会社が〝顧客対応〟係を増やしていることを説明した。あなたはこのことについてどう思いますか？　そう訊かれた彼女は、いい考えだと答えた。この電話と。

会社のサービスに関する評判は非常に悪いので、そのような方針があることすら驚きだ、

上級管理職の男が彼女を見つめ、それから笑いだした。きょう一日、彼らは面接応募者から、ここはすばらしい会社だというお世辞ばかり聞かされてきた。しかしようやく、少なくともこの仕事の必要性を理解している人に会えたようだ。男は笑みを絶やさずに、仕事の大半は、過剰請求だと息巻く顧客に請求期間を説明し、複雑怪奇な料金プランを理解してもらうことだ、と言った。

彼女は面接官たちに、実務経験はまったくないが、それでも自分には専門的な能力があると言った。収入が乏しい未亡人なので、家計の出費をすべて把握して分析しなければならなかったし、そうした経費のなかにはバテルコの電話代も含まれる、と。不安のあまり、彼女はとめどもなく話しつづけ、目の前の相手がうなずいているのにさえ気づかなかった。実際のところ、面接官たちはあまり聞いていなかった。

それでも彼らには、顧客対応係の仕事に求められるのは、技術的な資格よりも、怒れる顧客をなだめる能力であることがわかっていた。ここにいる女性は、めったにないことに、知性と品位を兼ね備えているように見える。手がつけられないほど激怒している客でさえも、彼女が対応したら耳を傾けるかもしれない。

面接官たちは顔を見あわせ、目の表情や身振りで互いの意見を交換し、ひと言も話さず

に合意に達した。上級管理職の男が彼女の話をさえぎり、月曜日から仕事を始めてもらえるかどうか訊いた。彼女は興奮のあまり返事ができず、男が質問を繰り返したあと、ようやくイエスと言った。

会議室を出た彼女の脳裏には、激しい感情の波が渦巻いていたが、そのさなかにあってさえ、まだ娘たちに採用されたと知らせるわけにはいかないということがわかっていた。すべては最大の難関にかかっている。彼女の息子に。

夕食後、彼女はなにげない口調で、息子に近くの食料品店まで買い物につきあってほしいと言った。彼女は午後いっぱいかけて計画を練り、息子とともに外に出たとき、完璧なタイミングだと思った。その日は週末の始まりで、車の改造を請け負う店の外には若者の一団がたむろし、地元の工場で働くパキスタン人たちが街角にしゃがみ、気の荒そうな少年たちが数台の車に乗って映画館へ向かっている。歩きながら、彼女はこうした危険な要素を列挙し、ベールをしていようがしていまいが、もうすぐ娘たちは思うように外出できない年ごろになると言った。

彼はうなずいた。少年もまた、同じことを考えていたのだ。男として、彼は家長になり、女たちの貞操に責任を持たなければならない。

「わたしたちは、もっと治安がいい地区に引っ越さなければならないわ」彼女は言った。

「そうだね」彼は答えた。「でも、どうやって引っ越し代や家賃を払うの？」

った。

「わたしが仕事を探すわ」彼女は静かに言った。もう仕事を見つけたことはまだ言わなかった。

彼は立ち止まり、母親を見つめた。「そんなのおかしいよ！」彼は言った。

母はベールを下げ、恭順の意を表し、息子が最初に感じた怒りと驚きを賢明にやり過ごした。彼は食料品店のほうへ歩きだしたが、彼女は動かなかった。

「確かにおかしいかもしれないわね。でも、それならほかの選択肢を教えて」彼女は落ち着いた口調で言った。「ほかにどうやって、娘たちを守ることができるの？」

彼は店に向かって歩きつづけた。しかし彼女はじっとその場を動かず、よりよい生活への活路を求めて、息子と闘おうと腹を決めていた。

「わたしたち、いつまでも善意にすがって生きていくことはできないのよ！」彼女は息子の背後から呼びかけた。「そんな生きかたを求める男がどこにいるの？　どんな母親だって、そんな生きかたは許さないわ。仕事があれば、わたしたちは新しい生活を――」

彼女はしまいまで言わなかった。息子が振り返り、憤慨して、ゆっくり大股で母のほうに戻ってきたのだ。「答えはノーだ。そんなのまちがっている！」

彼は母の袖をつかんで引っ張ったが、彼女は必死に求めていた突破口をついに見出した。

「女が働くのは認められないという男もいるだろうし、怒りだすイマームもいるかもしれないけど、それは断じて、まちがってはいないわ」彼女は冷淡に言い返した。

彼女の息子は失言に気づいたものの、自分が言ったことを撤回するわけにもいかなかった。その代わり、彼は親子喧嘩を見守っている男たちの群れを示し、いったん口論を打ち切ろうとした。「まわりを見てよ」彼は言った。「これじゃあ、いい見世物だ」

それでも彼女は動こうとしなかった。「わたしが宗教の授業を受けたのはずいぶん前のことだわ」彼女は言った。「だから、ひとつ教えて。イスラム教のどこに、女がまじめに働いてはいけないという教えがあるの？」

「ぼくがまちがっていると言っているんだから――」しかし彼女は、そんなばかげた理屈をみなまで言わせなかった。

「だったら、あなたの意見は預言者ムハンマド――彼の魂に平安あれ――よりも強いというの？」彼女は尋ねた。

そんなことを考えるだけでも冒瀆だと思っていたので、彼はしばらく答えを返せなかった。

母はすかさず、隙を突いた。「お父さんの地位にあなたが就くのは神の意志だわ。だから、お父さんのように振る舞いなさい。あなたは、お父さんが娘たちにいまのような暮らしをしてほしがっていると思う？　お父さんは彼の妻に、こんな暮らしをしてほしがっていると思うの？」

答えはわかりきっていた。彼は、親子を隔てる性別の途方もなく大きなちがいに気づき、小さな窓に目を注いだ。それは母のベールの小さな隙間だった。一千年以上にわたり、アラブの男女が互いを見られるのは、この隙間を通してだけだったのだ。

彼女はその美しく、翳りを帯びた目で、彼の視線を受け止めた。「あなたのお父さんは、わたしたちにこんな暮らしをさせたがっていると思うのか訊いているのよ。さあ、答えて」母は詰め寄った。

息子は母を睨んで威圧しようとしたが、母は動じることなく、息子は目をそらした。しかし彼女はやはり母親なのであり、彼は母を心から愛していた。「母さんが働いたら、どのぐらいお給料がもらえるの？」彼はとうとう、そう訊いた。

5

バングラデシュ人の建設作業員たちがよけいなことをしていなければ、家族の平穏な日常はいつまでも続いたかもしれない。

母が働くことに息子が同意してから一カ月もしないうちに、家族は治安のよい地区に引っ越し、彼女は週五日、娘たちと同じバスに乗って出勤した。彼女のいままでの人生でこれほど充実していたことはなく、二人の娘たちと秘密を分かちあったことも楽しかった。しかしこうした日々は、少年の通う学校の隣で、小さなオフィスビルの建設工事が始まった二日後に終わりを迎えた。

工事現場の整地に不慣れなバングラデシュ人労働者が、ショベルカーの掘削機で地下の水道管や送電線を壊してしまい、そのせいで学校の空調設備が麻痺したのだ。運転していた不運な作業員が黒こげになった機械を呆然と見つめるのを、生徒たちは窓からはやし立て、その日は休校になると確信して喜んだ。

少年は母親を驚かせて昼食に誘おうと思ったが、マナマのバス交通網はジッダと同じぐらい当てにならず、彼が着いたときにはバテルコ本社ビルはすでに休憩時間で閉まっていた。母は社員用のカフェテリアにいるのだろうと思い、彼は午後の自由時間をどう過ごそうかと考えながら、飲み物を買いにショッピングモールへ向かった。

エスカレーターを降りたところで、彼は三十ヤード向こうに母の姿を見た。その瞬間、彼がバーレーンで築き上げてきたささやかな生活は粉々に砕けた。ベールを脱いで口紅をつけ、グッチのサングラスを額の上にあげて、彼女は同僚たちとともに、カフェで昼食をとっていた。

彼はベールを脱いで化粧をした母を見て、慄然とした。彼の目には、母は裸で人前にいるように映った。さらに悪いことに、彼女と同じテーブルには四人の男性が座っていた。ひと目見て、彼らがそこに同席していた女性たちの父や兄弟でないことははっきりわかった。

裏切られた思いに息が詰まり、吐き気を覚え、なんとかそれを押しとどめたものの、彼は悲しく惨めな気持ちに囚われた。彼が目にしたものは想像しうる最悪の光景であり、亡き父もさぞ失望するにちがいない。

彼は同僚たちの前で母に詰め寄り、彼女の顔をベールで覆って家に連れて帰ろうかと思った。しかし彼は必死に憤激をこらえ、その場を立ち去った。怒り、立ち直れないほど傷ついた彼は、知っている唯一の避難所であるモスクに向かい、イマームをはじめ、ムスリム同胞団の戦士たちからの慰めと忠告を求めた。

夜遅くに帰宅し、翌朝はわざと寝坊して、母や妹たちとは夕食の時間まで顔を合わせなかった。奇妙なことに、彼は前日にショッピングモールで見た光景についてはいっさい触れなかったが、食事のあいだじゅう、母は息子のただならぬ空気に気づいていた。

娘たちが就寝したあと、母は彼にどうしたのかと訊いたが、息子はむっつりとふさぎこむばかりで、何も話そうとしなかった。母に思い当たるのは、妹たちに関することだけだったので、それ以上無理に訊かないことにした。彼女にも兄弟がおり、少年の十代がいかに難しい年ごろかはわかっていた。

それから数日が経ち、彼はようやく座って母と口を利いた。彼は伏し目がちに、ここ数カ月の内省の結果、自分は宗教生活の道にはいることを決断した、と言った。神の意志があれば、いつかイマームになりたい、と。

母は呆然として息子を見つめたが、よけいな口は挟まなかった。彼女が息子に託していた夢のなかに、宗教の道は決してなかった。

彼は静かな口調で、霊的生活が困難な道のりであることは承知しているが、父の死後、宗教はほかの何よりも大きな救いをもたらし、イマームから何度か言われたように、父も彼の決断を大いに喜ぶにちがいない、と続けた。

確かにそのとおりであることは母にもわかっていた。ここ最近、彼が沈黙していた理由もそれで説明がつく。しかし彼女には、なぜか腑に落ちないところがあった。

彼女は自分の一人息子を見つめた。歳月を経るごとに、彼はますます父親に似てきて、そのゆえに、彼女の息子への愛も深まってきた。母は息子に、すべてを包み隠さず話してほしかったのだが、彼はまじろぎもせず見つめ返すだけだった。

「あと二週間でぼくは十六歳になる」彼は言った。「でもぼくがパスポートを得るには、母さんの許可が必要だ。一カ月間、パキスタンに行きたいんだ」

彼女は驚愕し、言葉が出なかった。パキスタンですって？　いきなり何を言いだすのよ？

「長い夏休みのあいだだから、学校の勉強に差し障りはないよ」彼はにべもなく言った。「クエッタ（パキスタン西部の町）の郊外に、有名な神学校（マドラサ）がある。宗教の道を志す若者にとっては、最高の学校だ。イマームが、ここで勉強すれば将来にとても有利だと言っているんだ」

母はうなずくしかなかった。盲目の指導者がそう言っているのが聞こえるような気さえした。その男は息子について、どんなことを知っているのだろう？　少年は背が高く屈強な体格をしており、運動選手のように引きしまっていた。母は、彼が宗教の勉学に明け暮れる生活だけで満足できるのだろうか、と疑問に思った。「わたしが了承したとして、お金はどうするの？」彼女はさしあたり、最も合理的に思える反論を選んだ。

「授業料は無料だ」彼は言った。「それに、飛行機代はイマームが出してくれる。宿泊は、モスクの人たちが現地の友だちに手紙を書いて、受け入れを頼んでくれるよ」

彼女は唇を噛んだ。こうした手回しをしていることは予想しておくべきだった。「じゃあ、出発はいつなの？」彼女は訊いた。

「十日後だ」彼は答えた。そんなに早く、と母が言うことは百も承知していた。

「いつ、ですって？」

「十日後だ」彼は繰り返した。母に聞こえていることはわかっていた。

彼女は自らの動揺を抑えるのがやっとだった。遅まきながら、いま彼女が息子を支援しないかぎり、親子のあいだには修復不可能な溝ができてしまうことに気づいたのだ。

「どう思う？」彼は訊いた。聞きたい答えはひとつしかないと迫るような口調だ。

「それほど高い志を持っているのなら、わたしが邪魔するつもりはないわ」彼女はようやく言った。「でももちろん、わたしだって心配なのよ。だからまずイマームに会って、きちんと手配できているかどうか確かめさせて。答えはそれからよ」

彼は快活に笑いながら立ち上がった。「大丈夫だよ。イマームも、母さんが訪ねてくると思っている」

二日後、面談して安心した母は、パスポートの申込書に署名し、その日の午後、彼はパキスタン航空の支店で航空券を買った。

母は荷造りや買い物などに追われながらも、誕生日にはいない息子のため、娘たちともにさらなる負担を引き受けた。出発日に誕生日祝いをして、息子を驚かせることにしたのだ。むろん隠しきれるはずはなかったが、彼は家族に調子を合わせ、食料品の買い物がいやに多いことや、学校やモスクの仲間に招待状が送られていることに気づかないふりをした。

午前四時、誕生パーティの当日、彼はすでに目覚め、服を着ていた。彼は足音を忍ばせ、妹たちの部屋にはいると、二人のベッドのそばに立った。妹たちは夜遅くまで準備していたので、疲れ切って身動きもしなかった。

彼はぐっすり眠っている妹たちのかわいらしい寝顔に見入り、おそらくこのとき初めて、いかに彼女たちを愛していたかを知った。しかし、いまは弱さを見せるときではない。彼は自らの名前が刻まれたコーランを二人の枕元に忍ばせると、彼女たちに別れのキスをした。

想像していた以上に重苦しい気持ちで、彼は廊下に出て母の寝室の扉を開けた。彼女は横向きの姿勢で、彼に向かいあうように眠っており、バスルームの常夜灯から漏れる明かりにほのかに照らされていた。

家族の誰にも知られないように、彼は三日前に航空会社の支店へ出向き、午前六時発の便に航空券を変更していた。ショッピングモールで談笑する母の姿を見て以来、彼は自らの感情を隠してきたが、別れのパーティとわかっている祝いの席で、感情の奔流を押しとどめていられるかどうか、確信が持てなくなったのだ。家族には一ヵ月で帰ってくると言っていたが、それは嘘だった。本当は、家族とふたたび会えるかどうかわからなかったのだ。

いまこうして母を見ていると、容易に別れられる方法はないことがわかった。砂漠で育った彼は、人生でただ一度だけ霧を見たことがある。ある日の早朝、父に起こされた彼は、白く立ちこめる蒸気が紅海を渡り、自分たちのほうへ流れてくる、来世を思わせるような光景を目にした。いま、ありし日の思い出が、そのときの霧のように押し寄せてくる。母の腹が妹をはらんで大きくなっていったこと、父が不服従をとがめて彼女の顔を強く打ったこと、父の冗談に母が美しい顔を輝かせて笑ったときのこと。希望から絶望、子どもじみた愛情から苦い失望に至る、さまざまな人間的感情が渦を巻き、彼に奇妙な触手を伸ばして、白く移り変わる宇宙のただなかに引きこもうとする。

遠くから、信者に早朝の祈りの時間を伝えるムアッジンの声が聞こえてこなかったら、彼はそのまま涙ながらに回想にふけっていたかもしれない。その声は夜が明けつつあることを示しており、それは彼がすでに予定より遅れていることを意味していた。彼はベッドに向かい、その女性に顔を近づけて、優しく頬にかかる寝息を感じた。戦場に斃(たお)れる男は、まずまちがいなく指で土をつかみ、大地を抱きしめて、その痛みと愛を感じようとしながら死ぬという。

少年はそんなことをまだ知らなかったが、自分の指を見下ろしたら、それが母のベッドカバーをきつくつかんでいたことに気づいただろう。彼は母の額にキスし、ひと言だけつぶやいた。いままで、彼女に一度も言ったことがない言葉だ。まるで自分の子どもに呼びかけるように、彼は母の名前をつぶやいたのだ。

彼は立ち上がり、扉へあとずさって、最後の瞬間まで母の姿から目を離さなかった。バックパックを抱え、新たな一日へ踏み出し、涙にくじけて足が家に戻らないよう、全速力で通りを走る。

通りの端には、手配どおりに車が待っていた。車内にはイマームのほか、ムスリム同胞団の支部で指導的な立場の男が二人乗っている。三人に迎えられ、彼は後部座席に飛びこみ、運転手は車を急発進させて空港へと向かった。

二時間後、母親はパーティの準備を仕上げるため、いつもより早く目覚めた。台所で彼女は、自分に宛てた手紙を見つけた。それを読みはじめると同時に、彼女は床から冷たい水が湧き上がり、腰から下が浸されるような気がした。脚の力が抜け、へなへなと椅子に座りこむ。

息子は簡潔な文章で、ショッピングモールで恥じらいを忘れた彼女を見たこと、彼女の行動には妹たちも共謀していると確信していること、彼の唯一の望みは、父親と同じく、女たちを守ることだったと綴っていた。

ちなのだ。

二ページにわたり、つたないながらも丁寧な筆跡で書かれた手紙を読むにつれ、彼女は多くの両親と同じ教訓を学んだ。親を最も残酷な形で傷つけるのは、たいがいは子どもたちなのだ。

最後の段落まで読んだところで、母はイマームに完全に欺かれていたことに気づいた。その内容は、かろうじて残っていた自制心を打ち砕き、喪失感と罪悪感と底知れない恐怖に彼女を陥れた。

息子が書いたとおり、彼がクエッタに行くことはまちがいなかった。しかし、そこにあるのは有名な神学校ではなく、急峻な山間に隠された、神学校とは異なる種類のキャンプだった。彼はそこで六週間の基礎訓練を受けたのち、かつて密輸業者が通った道を使って国境を越え、戦場に赴くのだ。

彼は手紙に、もともと宗教生活に従う気などなかったと書いていた。真の信仰に目覚めたムスリムとして、彼はアフガニスタンに向かうつもりだった――ソ連の侵略者に対するジハードに加わり、殺されようとしているイスラムの子どもたちを守るために。

6

九年に及んだアフガニスタン紛争で、百万人以上の人々が犠牲になったといわれている。しかし、〈サラセン〉はその一人にはならなかった。彼がそのあとで働いた悪行を思えば、大半の人々は、神の存在までは疑わないにしても、神の良識は疑うだろう。

国境を越えてから、〈サラセン〉は二年間ソ連軍と戦った。戦いの日々に別れを告げたのは、二月の凍てつく夜のことだ。長身で屈強な十八歳の若者になった彼は、尾根の上から、はるかヨーロッパへと続く道を見下ろしていた。

彼の背後では、密集する険しい岩山を三日月が照らし出し、山々では戦場に鍛えられた一万ものイスラム戦士(ムジャヒディン)たちが、衛兵のようにあたりを睥睨(へいげい)していた。

彼らはみな、さまざまなものを見てきた。ガソリンをかけられ、火をつけられたロシア人捕虜がのたうちまわる姿、切り落とされた生殖器とおぼしきものを口に詰められた仲間の遺体。しかしまばゆい星空の夜の彼らは、土星の環に立って帝国軍の宇宙艦隊を見送る反乱軍の戦士さながらだった。こんな光景は誰一人、いままで目にしたことがなかった。

眼下の広い谷間を四十マイルにわたって——アフガニスタンの軍事無線によると、さらに百マイルにも及んで——二車線の舗装道路は、低荷台トラック、大型トラック、戦車運搬車に埋め尽くされていた。数マイルおきに火の手が上がり、壮大な火葬のように夜を照らしている。火のそばに近づく車両から、助手席に乗った兵士が余剰物資を火のなかに投げこんだ。防寒着、糧食の箱、テント、救急救命キット。

ときおり弾薬や照明弾が誤って爆発し、兵士たちは慌てて車両から飛び降りた。照明弾は花火のように夜空を照らし、空前の規模の隊列を暗闇から際立たせた。車両の群れはアムダリヤ川に向かい、ウズベキスタンとの国境をめざしている。強大なソ連第四十軍が、ついにアフガン占領を断念し、撤退しているのだ。

〈サラセン〉はほかのムジャヒディンたちとともに、ソ連が負けた理由を正確に理解していた。それは反乱軍の勇気のおかげでも、モスクワが誤った戦争に介入したからでもなかった。それは、ソ連が神なき国だからだ。アフガンに勝利をもたらしたのは、ムジャヒディンの信仰のたまものにほかならない。

「神は偉大なり（アッラーフ・アクバル）！」高い峰の頂から、一人の声があがった。一万の戦士たちはそれに応えて唱和しはじめ、歓喜の声が山々を包み、こだました。「アッラーフ・アクバル！」唱和は果てしなく続き、本国へ引き揚げるソ連軍の兵士たちに降り注いだ。あまたの帝国の野望をくじいてきたアフガニスタンの前に、ソ連もまた屈したのだ。

二週間後、重武装した二十人の男たちが馬に乗って、〈サラセン〉をはじめ、歴戦の外国人戦士が根拠地にしている雪の多い村を訪れた。

訪問者の首領は、アブドゥル・ムハンマド・ハーン。多くの英雄が現われた時代にあってさえ、彼は伝説だった。四十代のころソ連軍の侵攻に対し、彼は一族を率いて戦争に参加した。しかし、別の部族から来た二人の〝軍事顧問〟の罠にはまり、凄惨な銃撃戦の末に捕らえられ、カブールの収容所で、ソ連軍の哨兵さえ気分が悪くなるほどのひどい拷問を受けた。彼は収容所で血なまぐさい反乱が起きた隙に逃亡し、意志の力により、満身創痍の身体を引きずって山間部の砦に帰還を果たした。

半年後、徐々に傷が癒えてきたところで、毎日何時間も棍棒や電極で拷問された恨みを晴らす機会が訪れた。彼の部下が、裏切った二人の男たちを生きたまま捕らえたのだ。しかし彼は、二人を拷問しなかった。その代わり二人は裸にされ、背中に重い鉄塊をくくりつけられて、大きな鋳型のなかであおむけの姿勢で寝かされた。鋳型には生コンクリートが流しこまれ、立ち上がれない彼らは、それを見ながら手足をばたつかせた。

身体と顔が隠れるぐらい浸かったところで生コンクリートは止められ、そのまま固められた。こうして、もがきながら悲鳴をあげる彼らの姿が、永遠にコンクリートに刻まれることになった。グロテスクな浮き彫りだ。

二人を生き埋めにしたコンクリートと、永遠に逃れようとする彼らの姿は、贄を尽くした要塞の謁見室の壁にはめこまれ、この地域の有力者アブドゥル・ムハンマド・ハーンを訪ねる客の誰もがそれを目にした。その後、彼を裏切ろうとする者は二度と現われなかった。

軍の護衛つきで凍てつく村に着いたとき、彼はすでに、この地方の知事を自任していた。この一帯で比類のない勢力を誇る軍閥の首領で、非常に敬虔なムスリムでもあったからだ。彼は権力者として、自分が治める広大な領域をまわり、外国から駆けつけてくれた戦士たちに感謝の意を表し、彼らの帰国の手配をしていた。

その長旅のあいだずっと、彼には誰よりも会いたい戦士がいた。〈サラセン〉の勇名は二年前から聞こえていたのだ。〈サラセン〉は、四十ポンドのブローパイプ携行地対空ミサイルを背負い、AK‐47を肩に担いで山中を行軍した勇士として知られていた。

ソ連軍の戦車隊がアフガン国境を最初に越えて以来、彼らは三百二十機のヘリコプターを失っていた。そのうち三機の〝ハインド〟と呼ばれる戦闘ヘリは、若きアラブ人戦士のブローパイプによって撃墜されたものだ。うち二機は戦況が最悪だった時期に、一機は先週行なわれた戦闘で撃ち落とされた。いかなる基準から見ても、驚異的な戦果だ。

アブドゥル・ハーン自身、ソ連兵が〝カブール・スポーツクラブ〟と呼びならわす収容所で受けた仕打ちの結果、生涯にわたって足を引きずることになった。しかし、荒々しいが端整な顔は、裏切った男たちをコンクリートの彫刻にしたときでさえ、笑っているように見えなくもなかった。そんな彼は、集まってきた外国人戦士たちの要望に耳を傾け、負傷の治療や旅費の支援といった頼みを引き受けた。ただ一人、後ろのほうに立っていた〈サラセン〉だけが何も言わず、何も求めることなく、かえってそのために、ハーンは彼に賞賛の念を覚えた。

全員が村の共同食堂で夕食を食べたあと、知事は〈サラセン〉を手招きし、燃えさかる炎の近くで二人きりになった。鞭打つような風が谷を吹き抜け、咆哮をあげて中国へ向かい、集落に雪を積もらせている。アブドゥル・ハーンは自ら茶を淹れ、この若者に向かって、きみは大変信心深いムスリムだと聞いている、と話しかけた。

十代の若者はうなずいた。ハーンはさらに、かつてムジャヒディンの指揮を執っていた宗教学者がいる、と続けた。その男は戦闘で片目を失い、カンダハルの街で、選び抜かれた弟子たちとともに神学校を創立した。弟子はみなかつての戦士たちだ。もしきみがそこでイスラム教を学ぶ栄に浴したいのなら、わたしは喜んで費用を負担しよう、とアブドゥル・ハーン知事は言った。

〈サラセン〉は鉄製のカップから茶をすすり、知事の勧めに応じてアメリカ製のタバコを引き抜いた。彼もまた、ムッラー・オマル（ウサマ・ビン・ラディンをかくまったタリバン政権の最高指導者）と彼が率いるタリバンのことは知っていた。タリバンとは、アラビア語で宗教的知識を探求する人という意味だ。彼は知事の申し出がうれしかったが、首を振った。「故郷に帰るつもりです。わたしが生まれた国へ」彼は言った。

「ジッダに？」知事は驚きを隠せずに訊いた。ほかの集まりで、彼は複数の人間から、この若者がジハードの長い旅に出るきっかけとなった公開処刑の話を聞いていたのだ。

「いいえ、リヤドに」彼は答え、知事は彼の意図を推し量った。リヤドはサウジアラビアの首都であり、国王ならびにサウード家の本拠地だ。「彼らが父に何をしたか、ご存じですか？」若者は、年輩の男の深くくぼんだ目を見ながら訊いた。

「何人かの戦士たちから聞いている」軍閥の首領は静かに答えた。

「それならおわかりでしょう。わたしは復讐をしに行くのです」

そこに怨恨の響きはなく、事実を淡々と述べているように聞こえた。だとしても、たいがいの若者が同じことを言ったら、知事は笑って聞き流し、上等のタバコをもう一本勧めただろう。しかしたいがいの若者は、猛り狂ったソ連軍のハインド戦闘ヘリに何度も対峙したことはない。それはどんな悪夢より恐ろしい体験なのだ。知事は〈サラセン〉を見ながら、彼自身が同じ立場だったら果たして、ブローパイプ携行地対空ミサイルだけを持って戦闘ヘリに立ち向かうことができただろうかと思った。アフガニスタンに生きる者なら誰もが知っていることだが、この携行ミサイルほど使う側にとって恐ろしい武器はない。それを担ぐはめになった者は、ほとんどが死んだも同然なのだ。

全長四フィートのミサイルを肩に担いで発射し、しかも手動で誘導する。つまり射手は発射後、小型の無線機のジョイスティックでミサイルを標的に命中させなければならない。危険はそれだけではない。ミサイルは発射時に強烈な閃光を発するので、標的にされたヘリコプターからは、いやおうなしにミサイルが接近するのが見える。

操縦士はただちに機体を旋回させ、多筒式の機関銃と五十口径の機関砲で応戦する。銃弾の雨あられを降らせ、操縦士は自分たちがやられる前に、ミサイルを操る敵の射手を殺そうとするだろう。

十七歳の若者が、守ってくれる両親も埋葬してくれる身内もなく、アフガニスタンの日没の岩山に一人きりで立ち、西日から伸びる長い影だけを盾に、地獄の使いの操縦士が浴びせる銃火に立ち向かうのだ。仁王立ちする若者には、世界が渦を巻き、周囲のものがすべて崩れそうに見えるにちがいない。耳をつんざくローターとエンジンの音、瞬く間に近づいてくる機関銃と機関砲の叫びに、逃げることも身じろぎすることもなく踏みとどまり、迫りくる死の危険のさなかでジョイスティックを操作して、永遠にも思える数十秒間、恐怖に駆られて急旋回する地獄の使いに向けてミサイルを接近させ、防備の手薄なエンジンの下部に弾頭を命中させる。機体が爆発する熱、肉が焼け焦げる死のにおいに呆然とし、不意に自分が助かったことに気づく。しかし、次回はそうはいかないかもしれない――こんな攻撃を何度も試みるというのは、誰にでもできることではない。

〈サラセン〉は、この捨て身の攻撃を三度も繰り返し、三度とも勝利を収めたのだ。アブドゥル・ハーン知事は、この若者の言葉を笑い飛ばすことはできなかった。

「ここにいるべきだ」軍閥の首領は静かな口調で言った。「サウジの治安機関は、きみが入国したら即刻逮捕するだろう。ジハードの戦士として、きみは有名だ。国境を通過することはできない」

「わかっています」〈サラセン〉は答え、茶のお代わりを二人に注いだ。「ここを出たら、まずクエッタに向かいます。武器市場で千ドルも出せば、好きな名前でパスポートを作れるでしょう」

「そうかもしれん。しかし、気をつけるんだ。パキスタンで偽造されたパスポートはひどい代物だからな。どこの国籍にするつもりだ？」

「レバノンに入国できるなら、どこでもかまいません。ベイルートには最高水準の医学校があります」

アブドゥル・ハーンは間をおいた。「きみは勉強して医者になるつもりなのか？」

彼はうなずいた。「わたしがサウジアラビア人でなくなったら、それ以外に故国に戻って生活する方法はありません」彼は言った。「サウジアラビアは外国人には閉鎖的ですが、医者には門戸をひらいています。外国人でもムスリムで、定評ある医学部の学位があれば、ビザはまちがいなく発行されるでしょう。もうひとつ、利点があります。秘密警察(マバーヒス)は医者を監視対象にしていません。医者は人命を救う職業ですから」

アブドゥル・ハーンは笑みを浮かべたが、じっと彼を見つづけた。「それには何年もかかるだろう」彼はようやく言った。

「あるいは一生かかるかもしれません」〈サラセン〉は笑みを返した。「しかし、わたしにはほかに選択肢がないのです。父には恩義があります。神がこの山でご加護を与えてくださったのは、そのためだと思うのです——サウード家を倒すために」

知事は長いこと、沈黙したまま座っていた。ハインドを三機も撃墜しただけでたいしたものなのに、この若き戦士はそれ以上のことを考えているのか。知事は驚くばかりだった。

彼は茶を揺すり、それから敬意を表してカップを掲げた。復讐がいかなるものかについては、知事は大半の人間よりよくわかっていた。「サウジアラビアと、そこでの復讐に」彼は言った。「神のおぼしめし（インシャラー）を」

「インシャラー」〈サラセン〉は答えた。それから十五年近くにわたり、二人が言葉を交わすことはなかった。知事とその護衛は、翌朝の夜明けとともに村を出発した。しかしその三週間後、外国人戦士たちが根拠地にとどまり、この年最後の吹雪が過ぎ去るのを待っていたとき、知事のまだ若い甥が二人、身体を引きずるようにして村にたどり着いた。

彼らは吹きすさぶ吹雪のなかで馬を解放しなければならず、馬が安全な場所へ避難しているというのに、二人の若者は嵐のなかをここまで歩いてきたのだ。なんの前触れもなく、まったく思いがけないことだったが、彼らは小さな油布の包みを携えて現われ、それを

〈サラセン〉に渡した。彼らといくつもちがわない、伝説的なムジャヒディンに。
台所で三人だけになり、知事の甥たちは彼が包みを改めるのに立ち会った。中身は、偽名で発行されたレバノンのパスポートだ。クエッタの市場で売っているような粗悪品ではなく、細部まで正規に登録されたものだ。パキスタンの首都イスラマバードで、腐敗したレバノン大使館員を買収し、このパスポートを作成するには現金で一万ドルがかかっていた。

パスポートと同様に重要なビザや許可証もはいっていた。それによると、この書類の持ち主は三年前にインドからレバノンに入国し、有名なインターナショナル・スクールで高校卒業の資格を取得したことになっていた。さらに包みの裏には、使い古しの紙幣で四千ドルがはいっていた。手紙や説明のたぐいはいっさいはいっていなかったが、そんなものは不要だった。きちんと手入れされたＡＫ－47のようなもので、これは戦いを終えた戦士から、始まったばかりの戦線へ赴く戦士への贈り物なのだ。

春の雪解けが始まるとともに、〈サラセン〉はアフガニスタンを出る長途の旅に出発した。裏道を通る彼の目には、戦争の傷跡があらゆるところに認められた。町は灰燼に帰し、戦場になった土地は荒廃し、泥濘のなかに死体が累々と横たわっている。しかしそのなかでも、生き残った家族たちは最も金になる作物を植えていた――アヘンのとれるケシだ。パキスタンとの国境に近づくにつれ、彼は難民の群れに出会った。故郷に帰ろうとする五百万もの避難民の第一波だ。彼らに逆らって進むのは、人の波を泳ぐようなものだった。

国境では検問がまったく機能しておらず、ある晴れた日の午後、彼は誰にも気づかれることなくアフガニスタンを出国した。過去を偽り、身元も偽っているが、正規のパスポートを所持している若者として。

やがて、わたしが彼を見つけ出すには大変な時間を要することになったが、それも無理はない。前にも書いたとおり、彼は幽霊同然の敵なのだ。

7

〈サラセン〉は、最初の季節風(モンスーン)が襲来する前にカラチへたどり着いた。アラビア海沿岸に不規則に広がるパキスタンの巨大都市だ。彼は手持ちのドルを使い、アラブ首長国連邦のドバイへ向かう古い貨物船の甲板に寝場所を確保した。ドバイからは、十あまりの航空会社からベイルートへの直航便が出ている。一週間後、彼がなんの問題もなくレバノンの入国審査を通過したことでパスポートの効力は実証された。

幾多の惨禍を経験してきたベイルートは、街の半ばが廃墟であり、住民の大半が負傷しているか、倦み疲れていた。しかしそれも、〈サラセン〉にとってはかえって好都合だった。この国は十五年に及んだ内戦から立ち直ろうとしており、打ちのめされた人々で満ちあふれているこの街では、彼のように身寄りのない市民も大勢いたのだ。

つねに優等生だった彼は、街で最も急進的かつ知的なモスクで家庭教師を見つけ、半年間熱心に勉強した結果、大学の入学試験にいとも簡単に合格した。大半の学生と同じく、高い授業料が悩みの種だったが、彼は幸いにも、国を再建して民主主義を促すことを目的とした奨学金制度が、アメリカ国務省によって運営されていることを知った。アメリカ大使館の職員は、書類の記入方法を親切に教えてくれた。

アメリカの助成金をふんだんに受けながら、〈サラセン〉は日中の時間を、礼拝と簡単な食事を除き、すべて医学の勉強にあてた。夜はテロリズムと革命思想について学んだ。毛沢東、チェ・ゲバラ、レーニンなど、主要な思想家の著作を読みあさり、アラブ民族主義者やパレスチナの過激派など、イスラム圏各地の活動家による講演にも出席した。寄付金を募っていたある活動家は、〝基地〟という意味の名の組織を作っているところだった――アラビア語のアル・カーイダである。〈サラセン〉はこの長身の指導者（シャイフ）のことを、アフガニスタンで戦っていたときから聞いていた。彼と同じサウジアラビア人だ。しかし、この日モスクに集まっていたほかの聴衆と異なり、〈サラセン〉は熱弁を振るってウサマ・ビン・ラディンの目に留まろうとはしなかった。部屋で最も静かな男が、たいがいは最も危険だという好例だ。

ある日そうした講演のひとつが、いつもは切手蒐集クラブに使われているみすぼらしい小さな部屋で行なわれた。しかしこの集まりに出席したことで、彼は人生を変えるような衝撃を受ける。悲しいかな、彼の体験はわれわれの人生にも大きく影響することになるのだが。皮肉なことに、この日招かれた講師が女性だったため、彼は欠席しようかと思っていた。彼女はアミーナ・エバーディと名乗ったが、おそらくこれは偽名だろう。彼女は、ガザでもとりわけ人口が密集したジャバリア難民キャンプの政治的活動家で、ここにはおよそ十万のパレスチナ難民が暮らしていた。この地球上で最も迫害されてきた一マイル四方の地区は、過激な運動の根拠地となっている。

彼女の演題は、人道的援助を必要としている難民キャンプの窮状を訴えるものだが、この日集まったのはわずか十人だった。だが彼女は国際的な無関心の波を泳ぐことに慣れており、聴衆が少なくても気にしていなかった。いつか、彼女のメッセージを聞いた人間の誰かが、すべてを変えてくれるかもしれないのだ。

その夜はひどく暑かったので、彼女は話を中断し、顔を半分だけ隠していたベールをはずした。「これぐらいの人数だと、家族の集まりにいるような気がします」彼女はそう言って、笑みを浮かべた。少人数の聴衆に異議を唱える者はなく、たとえ〈サラセン〉が反対しようとしていたとしても、彼女の顔を見た衝撃から立ち直ったときには、完全にタイミングを逸していた。

真剣な口調で話しつづけている、ベールを取った彼女の顔は、想像とまったくちがっていた。大きな目と表情豊かな唇、傷ひとつない肌。きつく後ろにひっつめた髪はボーイッシュな印象を与え、個々の造作はお世辞にも魅力的とは言えないのだが、なぜか笑うとすべての要素がかみあい、〈サラセン〉でさえ彼女が美しいということを認めざるを得なかった。

彼女は彼より五歳年上だったが、その目の形、生きることへの欲求は、上の妹にどこか似ていた。バーレーンを発って以来、家族といっさいの連絡を絶っていた彼は、不意に焦がれるような望郷の念に捕らわれた。

彼がその思いを押しとどめたとき、その女性は〝近くの敵〟という言葉を口にしていた。

「失礼」彼は言った。「なんとおっしゃいましたか？」

彼女はその大きな目を、冷静沈着な若者に向けた。深い信仰心を持った医学生だと聞いていたが、風雨にさらされたその顔から、戦場から帰ってきたジハードの戦士であることを彼女は確信した。彼女はこうした人々をよく知っていた。ジャバリア難民キャンプには、元ムジャヒディンが大勢いる。

彼女はこの医学生に深く敬意を払いながら、アラブ世界のほとんどすべての問題は、いわゆる近くの敵によって引き起こされていると言った。もちろんイスラエルのことだ。彼らのせいで、アラブの全域に無慈悲な独裁政権が樹立され、サウジアラビアのような腐敗した封建的な君主国は西洋に取りこまれている。

「わたしはこれまでずっと、わたしたちの近くの敵が滅びれば、大半の問題は解決されると聞かされてきました。しかしわたしには、それが可能だとは思えません。近くの敵はあまりに情け容赦なく、わたしたちを迫害し、殺すことになんのためらいも覚えません。

しかし、彼らが生き残り、繁栄しつづけられるのは、彼らが〝遠くの敵〟に支援されているからです。ほんのひと握りの先進的な思想家、賢人たちだけがこのことに気づき、遠くの敵を倒すことができれば、近くの敵はすべて崩れ去ると説いています」

「理屈の上ではそうかもしれません」医学生が反論した。「考えかたとしては完璧でしょう。しかし、実行するとなると話は別です。アメリカのような強大な国を倒すことが、果たして可能ですか？」

彼女は笑みを浮かべた。「みなさんがよくご存じのとおり、ジハードの戦士たちは、アメリカと同じぐらい強大な国をアフガニスタンから退けたではありませんか」

〈サラセン〉は激しい動揺を覚えながら、自宅までの五マイルを歩いた。彼はこれまで、サウード家をいかにして打倒すればよいのかはっきりわからず、サウジアラビアの反体制派がことごとく外国を拠点としていることには相応の理由があると認めざるを得なかった。国内で生活している反乱分子、あるいはサウジに入国した反対派はすぐに通報され、処刑されてしまうのだ。まさしく彼の父親に、同じことが起こった。しかし、遠くの敵に壊滅的な打撃を与えれば、国内にはいることなくサウジの君主制を崩壊させることができる。なんという着想だ。

狭いアパートメントの戸口に足を踏み入れるとき、彼には進むべき道が見えていた。医者になることは変わらないが、サウジアラビアには戻らない。それから先、どうすべきかはまだわからなかったが、時が来ればアッラーが示してくれるだろう。しかし彼は、それまでアラブ世界の誰もが考えつかなかったような方法で戦いを始めることになる。

それにはまだ何年もかかり、克服不可能に思える多くの障害が現われるが、大量虐殺をめざす彼の長い旅路はここから始まった。彼はこのとき、アメリカの心臓部を攻撃することを決意したのだ。

8

〈サラセン〉が啓示を受けてから十年後、はるか遠くのパリの路上で、わたしは見知らぬ男と議論していた。足を引きずった黒人だ。

ブラッドリー警部補には、やがてわたしの命を預けることになるのだが、このときのわたしは内心で彼を呪っていた。彼はわたしの本に関して話をしたいなどと言っているが、こちらからすれば、あれほど慎重に練り上げた偽の身分を完全に見破られたということだ。

わたしにどれほどの甚大な損害を与えたか知らぬげに、彼は説明しはじめた。一時間前、彼がわたしのアパートメントの前に着いたちょうどそのとき、わたしとおぼしき人間がタクシーに乗りこむのが見えた。彼もタクシーを捕まえ、マドレーヌ広場まで追いかけると、その区画を周回してわたしを捜したが、見つけられなかったのでアパートメントに戻り、手がかりを探そうとした。さっきドアをノックしたのは彼だったのだ。しかし、部屋にいるかどうかわからなかったので、通りでわたしが現われるのを待っていたというわけだ。

彼はさぞ楽しんでいただろうと思うと、わたしはこの男がますます嫌いになってきた。

殴り飛ばしたかったが、できなかった。怖かったのだ。わたしの居場所が彼に突き止められたということは、ほかの人間に突き止められる可能性もあるということだ。たとえばギリシャ人に。自分自身の感情はさておき、彼がどうやってわたしを突き止めたのかを知っておかなければならない。

「コーヒーでも飲まないか?」わたしは快活な口調で言った。

ぜひ喜んで、と彼は答え、コーヒー代はおごらせてほしい、と言った。軽率にも。そのときわれわれがいたパリの界隈で、エスプレッソとエクレアを食べようとしたら、彼は年金の積み立てを取り崩さなければならないかもしれない。しかしそのときのわたしは、彼に忠告をするつもりはさらさらなかった。

われわれは二、三歩距離を置き、黙ってフランソワ・プルミエ通りを歩きだした。しかし五ヤードも行かないうちに、わたしは立ち止まらなければならなかった。ブラッドリーはがんばって追いつこうとするのだが、思っていたより右足の具合は悪かったのだ。

「生まれつき、よくないのか?」わたしはぶっきらぼうに訊いた。それだけ不機嫌だったのだ。

「そいつは左足だ」彼は冗談で答えた。「右のほうは、去年からだ」

「仕事で、それともスポーツで?」わたしは彼と歩調を合わせながら、気詰まりにならないように訊いた。

「仕事だ」彼は少し間をおいた。「ロウアー・マンハッタンで、何も考えずにある建物に駆けこんだ。そういうことをしたのは初めてではなかったが、あのときばかりは勝手がちがった。死ななかったのは幸運だった」その口調から、あまり詳しく話したくないのがわかった。

「腰をやられたようだな」歩く速度をさらに落としながら、わたしは言った。彼の歩きかたと、医学部時代の実習の記憶から、わたしには確信があった。

「ああ、チタンとプラスチックに入れ換わった。かなりのリハビリが必要だと言われたが、八カ月もかかるとは思わなかった」

腰に重傷を負い、チタン製のピンで骨を固定させている殺人課の刑事。わたしには、大口径の銃弾による負傷に思われた。彼はそのあと何も言わなかった。正体を暴かれたというのに、わたしは彼に好意を覚えたと言わざるを得ない。仕事で修羅場をくぐり抜けたと自慢話をする警官以上に性質の悪い相手はいない。もしいるとすれば、スパイぐらいだろう。

信号で立ち止まり、わたしは石灰石造りのホテルを指さした。建物の前には、三台の真新しいロールスロイス・ファントムが駐まっている。「プラザ・アテネだ」わたしは言った。「あそこでコーヒーが飲める」

「高そうだな」彼は答えたが、実際に伝票を見たら目の玉が飛び出るだろう。

回転ドアを通り、大理石のロビーを抜けてホテルの壮麗な回廊に出た。そこには背の高い扉が並び、パリで最も美しい中庭へ通じている。

中庭のカフェは客室から見下ろせるようになっており、建物の壁は蔦で覆われていた。青葉に囲まれたバルコニーには赤い雨よけがかかり、宿泊客は窓から、コンサート用のグランドピアノ、装飾的に刈りこまれた植木、ロシアの新興財閥のようなヨーロッパ各地の成金の客を見ることができる。われわれは、客室の窓からほとんど見えない奥の席に座った。重傷を負った警官は、世界で最も厳重に秘匿された諜報員の隠れ蓑をどうやって暴いたか、説明を始めた。

彼は多弁ではなかった。それでもすぐに、彼が建物に駆けこんだときに負った傷は、腰を骨折したという次元ではなかったことがわかった。肺の片方が破裂し――おそらく、もう一発の銃弾を受けたのだろう――脊髄を損傷したのみならず、頭を強く打ったため、三週間の集中治療を要した。

最初の一週間、彼が生きられるかどうかはきわどいところで、妻のマーシーは決して彼のそばを離れようとしなかった。彼女と医師たちがあらゆる手を尽くした結果、彼はからくも生還し、集中治療室から高度治療室へ移されることになった。しかしそこで、彼の症状は肉体的な負傷だけではなかったことが判明した。彼がいかなる深淵を見つめていたにせよ、話すことはまれになり、感じることはより少なくなっていた。それは恐怖のせいだったのか、臆病さのせいだったのか、誰かを救うことができなかったせいなのかはわからず、彼はそのことを話そうとしなかった。しかし、その建物でどんなことに遭遇したにせよ、彼はそこに自分の少なからぬ部分を置き去りにしてきたのだった。

「わたしは確かに生きていたが、あのときのわたしは、あの日仕事に出かけた人間の抜け殻だった」彼は静かに言った。「精神が麻痺し、断絶してしまうのは、肉体的な傷よりも恐ろしいことだ。わたしにとってだけでなく、マーシーにとってもそうだった」

　妻の愛さえも、彼の顔を光に向けることはできなかった。彼自身はそう言わなかったものの、これはかつて砲弾（シェル）ショックといわれ、いまは心的外傷後ストレス障害（PTSD）と呼ばれている症状であることをわたしは確信した。何週間も抗不安薬が投与されたが改善の兆しは見られず、医師たちは、むしろ自宅療養したほうが回復の見こみはあるのではないかと提案した。もしかしたら、入院ベッドを空けたかったのかもしれない。

　マーシーがアパートメントの模様替えをするのに二日かかった。夫婦の寝室の一角を理学療法用のスペースにし、彼のお気に入りの本、音楽など、興味を引きそうなものでいっぱいにした。

「しかし、それも効果はなかった」彼は続けた。「わたしはあまりに多くの怒りを抱え、心理学者が言う〝生存者の罪悪感（サバイバーズ・ギルト）〟の重い症状にかかっていた」

　このとき初めて、わたしは彼の遭遇した出来事で死者が出ていたことに気づいた。相棒を亡くしたのだろうか、それとも部下を？　あとから振り返ってみれば、わたしがこのとき真相に気づかなかったのは驚くべき愚かさだった。しかしそのとき、わたしは自己防衛で頭がいっぱいだったうえ、詳しい状況まで考える余裕はなかったのだ。彼も矢継ぎ早に話していた。

彼は話を続けた。愛の力で看病すれば、回復するのではないかというマーシーの希望はすぐに潰えてしまった。重度の精神疾患が、それまでうまくいっていた人間関係さえも傷つけてしまったのだ。

彼が職務で負傷したため、マーシーに医療費の心配はなかった。心がずたずたになるような三週間のあと、彼女は意を決して、ニューヨーク州北部の高名な介護施設に電話した。つらく苦しい日々を過ごしながら、彼女は、ひとたび夫が入所を許可されたら、もう二度と家に戻ってこられないのではないかと思った。

わたしは麻薬やアルコール依存者の自助グループに何度も出席した経験があるので、会が始まって二十分もすれば、誰かが立ち上がって、底に落ちたらあとは長い坂を上がるだけだ、と言いだすことを知っている。それと同じことがマーシーにも起こった。遅くまで起きていたある晩、彼女はその日の朝届いた、ハドソン・フォールズ（ニューヨーク州北部の村）・ウェルネス財団のアンケート用紙に記入を始めた。

隣の部屋では夫が眠り、人々が次々に死んでいくのを目の当たりにする夢を見ている。

アンケート用紙に記入を進めていくうちに、彼女は夫と分かちあってきたたくさんの記憶を思い出し、これまで味わったなかで最も深い絶望の谷にいるような気がした。もちろん自分では気づいていなかったが、そのとき彼女は〝底〟を見たのだ。アンケートに、患者が自分のそばに置いておきたがる、好きなものは何かという質問があった。何もない、と彼女は答えた。ここで重要なのは、彼女がいままで、思い当たるあらゆるものを試してみたということだ。アンケートを続けようとした彼女は、その言葉を見つめ、奇妙な思いに捕らわれた。「何もない」彼女はそっと声に出した。

　マーシーは聡明な女性だった。彼女はニューヨークのチャータースクール（保護者、教員、地域団体などが公費の補助を受けて自主運営する学校）の高校で教師をしており、大半の女性と同様、愛について深く考えてきた。結婚生活でさえ、相手を喜ばせようとして世話を焼きすぎると、相手はかえって自分から遠ざかり、嘲笑し、喧嘩になり、追いつめられる結果になりかねない。ときにはじっと我慢し、相手がこちらへ近づいてくるのを待つことも必要だ。適度なバランスを保つのである。

　彼女は振り返り、寝室の扉を見た。これまで彼女は、夫を回復させようと八方手を尽くしてきた。バランスはとうに崩れている。彼女は、彼が心のなかに築いた深い監房から姿を現わし、自分のもとへ戻ってくるよう一計を案じた。

　その七時間後、薬の作用による眠りから覚めたブラッドリーは、どこかいつもとちがう場所にいるような感覚に捕らわれた。ここは彼とマーシーが共有してきた寝室ではなく、彼が見慣れた部屋ではないような気がしたのだ。確かに、扉も窓も同じ場所にある。しかし、この部屋を特徴づけていたもの、ここを彼とマーシーの場所にしてきたものが、ことごとくなくなっていた。

写真も絵も、床に散らかっていたものも跡形もなく消えている。テレビは見当たらず、二人とも気に入っていたキリム（幾何学模様が特徴のトルコの絨毯）まで姿を消してしまった。ベッドと理学療法の道具以外、何もない。どこを見まわしても真っ白な部屋で、まるで世界の果てのようだ。

自分がどこにいるのかわからず混乱し、彼はベッドを降りて、骨折した大腿部を引きずって部屋を歩いた。ドアを開け、隣の宇宙を覗きこむ。

妻はキッチンで、慌ただしくコーヒーを淹れていた。ブラッドリーは黙って彼女を見つめた。二人は二十年間連れ添ってきたが、彼の目には、妻がますます美しくなっていくように見えた。長身痩軀の彼女はシンプルなヘアスタイルだが、それが整った容貌を引きたてている。しかし彼女のいいところは、自らの美貌を意識していないように見えることだ。もちろんそれが最も賢明な方法と言えるのだが、そのために彼女はますます魅力的に映るのだった。

二人が愛した家のなかで妻を見て、ブラッドリーは恐ろしい予感に息を呑んだ。彼は、自分が置き去りにしてきたものを見せられているのではないかと思ったのだ。ひょっとしたら自分は、あの建物から脱出できずに死んでしまったのかもしれない。

そのときマーシーが彼に気づき、笑いかけた。彼はほっとした。寝室の戸口で幽霊を見た人間は、幽霊に向かって笑いかけたりはしない。ハロウィーンにあまり関心を示さず、墓地を怖がるマーシーなら、なおのことだ。

この数ヵ月で初めて、マーシーの心が躍った。彼女の新戦略が功を奏し、夫が心の監房から出てきて顔を覗かせてくれたのだ。「もう仕事に出かける時間なの。夕方には戻ってきて食事を用意するわ」彼女は言った。

「仕事？」彼は訊いた。思いがけない事態に戸惑っている。彼が負傷して以来、彼女は仕事をずっと休んでいた。

彼女は何も言わなかった。答えが知りたければ、彼は自ら働きかけなければならない。彼が呆然と見ている前で、マーシーはトーストを口に押しこみ、コーヒーの携帯用マグカップをつかんで扉に向かい、軽く手を振って出かけた。

寝室の戸口で取り残されたブラッドリーは、一瞬その場にたたずんでいたが、包帯を巻いた脚の痛みに耐えかねて、彼自身にとって理にかなっていると思われる唯一の行動を取った。隣の宇宙から出て白い部屋へ戻ったのだ。

彼は横になったが、どれだけがんばってみても、向精神薬の影響で、何が起こったのかを明確に考えることはできなかった。静寂のなかに、病身で一人取り残され、彼は決断した。この事態を解決するには、薬を絶つしかない。それは危険だが、重要な決断だった。ついに彼は、自発的に回復に向けた行動を取ったのだ。

結局マーシーはその晩、彼に食事を用意しなかった。断続的に眠っていたため、そのまま起こさないことにしたのだ。食事の代わりに、彼女は夫のベッドわきのテーブルに、新刊のハードカバーを置いた。いままで何を試しても彼の興味を引くことはできなかったが、今度ばかりは手に取ってくれるのではないかと祈るような気持ちだった。彼のために本を買おうと思い立ったのはその日の朝のことで、学校が終わるとすぐ、彼女はクリストファー・ストリートの書店に急いだ。ゾディアック・ブックスという店だ。黄道帯を意味する店名にもかかわらず、占星術とは関係ない。サンフランシスコで〝ゾディアック・キラー〟と名乗った連続殺人鬼が、犯罪マニアの店主にインスピレーションを与えたのだ。

マーシーはこれまで、ゾディアックの店内に足を踏み入れたことはなかった。夫から聞いて知っていただけだ。急勾配の階段を上がると、倉庫のような広いスペースに世界の犯罪、科学捜査、捜査活動に関する本が山と積まれており、彼女は圧倒された。マーシーはカウンターの奥にいる年輩の店主に、探しているものを説明した。捜査技術に関する事実にもとづいた本で、プロの目にかなうもの、と。

店主は身長六フィート七インチで、書店より辺境の森林にいそうな大男だった。元FB

Iの犯罪心理分析官（プロファイラー）をしていた店主は、おもむろに彼女を先導して埃まみれの棚の列を通りすぎ、〝新刊〟と表示された本や雑誌の前に来た。しかし、なかには四十年ぐらい経っていそうな本もある。床に置かれた、出版社から届いたばかりの小さな箱から、彼はドアの楔になりそうな分厚い淡黄色の本を取り出した。

「その人は病気だと言っていたね」巨漢は言いながら、高度な専門書をひらいて彼女に見せた。「五十ページも読めばくたくたになるだろう」

「そうですね」彼女は言った。「それでも、この本がいいんですか？」

店主はにやりとし、店内に手を振って言った。「この本に比べたら、ここにあるほかの本はみんな屑みたいなもんだ」

こうして、わたしが何カ月もかけて書いた本がブラッドリーのベッドわきのテーブルに置かれることになった。翌朝早く、彼は目覚めてその本に気づいたが、手も触れなかった。その日は土曜日で、マーシーが朝食を持ってくると、彼は本のことを訊いた。「これはなんだい？」

「あなたには面白いかもしれないと思って。よかったら、読んでみて」彼女は、夫に無理強いしないように言った。

彼は本には目もくれず、朝食をとった。その日彼女は、寝室を覗くたびに失望感を募らせた。本に手を触れられた形跡はなかった。

マーシーは知らなかったが、その日の彼は、起きた瞬間から激痛に見舞われていた。向精神薬の服用をやめた反動で、頭が割れるように痛い。身体がまだ慣れていないための禁断症状だ。とりとめのない思考が浮かんでは消え、考えたくないのに何かを思い出してしまう。

夕食を用意するころには、マーシーは望みを捨てていた。夫が本に興味を示さないので、彼女はウェルネス財団の申込書を取り出し、病院へ戻るのがあなたのためよ、と夫に告げる予行演習を始めた。しかし、それが敗北に聞こえないようなうまい言いかたは彼女に思い浮かばず、施設に入れられると聞いて彼が落ちこむことはまちがいなかった。しかしマーシーも、もはや精神的に限界を迎えており、涙をこらえながら絶望的な事態を覚悟した。

だが彼はベッドで身体を起こし、わたしの本を三十ページまで読んでいた。汗にまみれ、顔は苦痛にゆがんでいる。どれほどの難事業であっても、なぜか彼には、この本を読むことがマーシーにとって大事だとわかっていた。彼女は寝室にはいってくるたびに、視線を本に向けていたのだ。

マーシーは彼を見て、食事のトレイを落としそうになったが、驚いたそぶりを見せたら、彼が怖がってまた自分のなかに引きこもってしまうのではないかと思い、ふだんどおりに振る舞った。

「こいつは嘘だ」彼は言った。いやな予感がする。一瞬上向きになった彼女の気持ちが、ふたたび沈んだ。彼はまたもや癇癪を起こすだけで終わってしまうのか。

「ごめんなさい、本屋さんに訊いたらこの本を――」彼女は答えた。

「いや、本のことじゃない。この本はすばらしい出来だ」彼はいら立たしげに言った。「著者のことさ。わたしの直感だが、FBIの人間ではない。あいつらのことはわたしにもわかる。新たな分野を開拓しようとするような連中ではない。この著者は、もっと優秀だ」

彼はマーシーに近くへ来るよう促し、印をつけた箇所を見せた。しかし彼女は本を読むふりをしながら、夫のほうをちらちらと見ていた。彼が突然本に関心を寄せたのは光明だろうか、それともそう思うのは早計だろうかと考えていたのだ。昏睡状態から意識を取り戻した人が何かに突然興味を示したが、それは一時的なものにすぎず、すぐに元の状態に戻ってしまったと、本で読んだことがある。

彼は夕食用のナプキンをトレイから取り上げ、顔の汗をぬぐった。そのあいだにマーシーは、本の最初のほうをめくってみた。著者の経歴で彼女は手を止めたが、顔写真は掲載されていない。「じゃあ、これを書いた人は誰なの？」彼女は訊いた。「ジュード・ガレットの正体はどんな人だと思う？」

「さっぱりわからん。そいつがこの本のどこかでへまをして、手がかりを教えてくれることを祈るばかりだ」彼は言った。

その週末も彼の関心が冷めなかったのを見て、マーシーはほっとした。彼は本をじっくり読み進め、これはと思った一節を読み上げ、ベッドわきに座っている彼女と意見交換する。本の内容に集中し、科学捜査のことを考えるにつれ、彼は必死に忘れようとしていたあの罪のことを思い出さずにはいられなくなった。あの建物で遭遇した出来事が断片的に心に浮かび、息がせわしなくなり、汗が噴き出してきた。

そして日曜日の夜、どこからともなく言葉が堰を切ったようにあふれ出し、ブラッドリーは彼女に、自分はコンクリートの墓のような場所に閉じこめられ、そこは真っ暗で、いっしょにいた瀕死の男の顔も見えなかったと打ち明けた。彼は泣きながら、自分にはその男の最期の言葉を聞くことしかできなかった、と言った。それは、彼の妻と二人の幼い子どもたちへのメッセージだった。彼女の夫は、初めて妻の腕のなかで泣いた。マーシーは、夫が回復への軌道に乗ったことを確信した。

ブラッドリーは徐々に読書に戻り、マーシーは付き添って、彼の言葉に答えた。彼は何時間も経ってから、この作者は頭のいいやつだ、と言った。こいつはうっかり自分の正体をばらすようなことはしない、と。それから冗談めかして、こいつの正体を暴くことができたら、優秀な刑事の証かもしれんな、と言った。夫婦は顔を見あわせた。

マーシーは無言で、隣の部屋からパソコンを持ってきた。この瞬間から、わたしの正体探しは彼らのライフワークになり、リハビリになり、二人の新たなラブストーリーになったのだ。

しかしわたしにとっては、災難以外の何物でもなかった。

9

十九語。プラザ・アテネの中庭に座っていたわたしは、何ひとつ認めるつもりはなかったが、なぜこの本の著者がパリにいると思ったのか、ブラッドリーに訊いた。すると彼は、十九語と答えた。総計三十二万語になる本のなかで、いまいましい十九語がわたしの秘密を明かしてくれたのだ、と。

彼によると、そのうちの七語は、血の色が褪せていく過程を表現している一節にあったという。わたしはその部分を正確に覚えていた。わたしは少年時代、毎年秋になると鮮やかな赤から茶色に変わる特定の種類の樹木になぞらえて、血の色の変化を表現した。それがどうしたというのか？　本の内容を細大漏らさず確認したブラッドリーは、植物学の教授を訪ねてその木のことを訊いたのだ。その結果、どうやらその樹木は東海岸に固有の種類らしいことがわかり、わたしは期せずして、自分が育った地域を明かしてしまったわけだ。

ほかの十二語は、二百ページあとの凶器に関するくだりに出ていた。わたしが取り上げた事件では、ラクロスのスティックが使われていた。本のなかでわたしは、高校時代に生徒がそれを使うのを見たことがあるからわかった、と書いた。ブラッドリーはわたしに、全米ラクロス協会に問いあわせた結果、東海岸の百二十四の高校がラクロスを体育の選択科目に採用していることがわかった、と言った。彼らはさらに絞りこんだわけだ。

一方、マーシーはニューオーリンズに住むジュード・ガレットの従姉妹を探し当て、彼が生前ほとんど読書をしておらず、もっぱらスポーツテレビ放送ネットワーク（ESPN）しか見ていなかったことを突き止めた。彼女の言葉で、ガレットが高校を卒業したのは一九八六年だったことがわかり、ブラッドリーは本の内容から、本物の著者もガレットと同年代だと推測した。

彼はラクロスを採用している東海岸の百二十四校に問いあわせ、ニューヨーク市警の刑事として、一九八二年から一九九〇年のあいだに高校を卒業した男子生徒の名簿を取り寄せた。それだけ広い範囲から捜索すれば確実だと踏んだのだ。ほどなく膨大なリストが届き、このなかに真の著者がいると彼は確信した。

しかし、そのなかから名前を絞りこむのは気の遠くなるような作業だった。ただ、該当する高校の大半は私立学校であり、彼らはつねに寄付金を募っている。その財源になる可能性が最も高いのは卒業生であり、同窓会の名簿以上に有用なデータベースはない。彼らは卒業生全員の詳しい記録を保管しており、ブラッドリーは弁護士やウォール・ストリートの銀行家の名簿と突きあわせながら、辛抱強く手がかりを探した。

有力な候補はなかなか見つからなかったが、彼とマーシーはある晩、コールフィールド・アカデミーという学校のスコット・マードックという卒業生に注目した。

「彼は一九八七年に高校を卒業した」ブラッドリーは言いながら、世界一高いエクレアにかぶりついた。「それからハーバードに合格して医学を学び、心理学の博士号を取得している。前途洋々たる若者だが、そこで足跡はふっつり途絶えている。同窓会でも、彼の住所、職歴、動向は把握していなかった。卒業後、彼が何をしているかはいっさいわかっていないんだ。忽然と姿を消してしまった。わたしと妻が調べてみたなかで、こんな人間は彼一人だけだ」

彼はこちらを見、わたしの反応をうかがった。わたしは無言だった。何か話すどころではなかったのだ。いまになってスコット・マードックの名前を聞くことになろうとは。諜報の世界に身を置いていたあの最悪の時期、わたしが裁判官と死刑執行人の一人ふた役を務めていたころ、自分でもときどき、あのスコット・マードックはどうなったのだろうと思うことがあった。

長い沈黙のあとで、ブラッドリーが口をひらいた。「その後数週間にわたって調査を続けた結果、ハーバードから連絡があった。マードック博士はランドという会社に就職していたということだ。それが判明したのは、彼が学内でスカウトされ、その記録が残っていたからだ。しかし、ここからが不思議なところだ。当のランド社は、この男のことを聞いたことがないと言うんだ。

同業者の団体、免許委員会といった機関に問いあわせても、結果は同じだった。われわれに把握できたかぎり、スコット・マードック博士はハーバードを卒業したとたん、地球上から突然消えてしまった。彼はどこへ行ったのか？　われわれは自問しつづけた」

背筋を駆け抜けた悪寒が、瞬く間に全身に広がった。二人はスコット・マードックを掘り起こし、彼が姿を消したことを知ったのだ。これだけでもたいしたものだが、まだ続きがあるにちがいない。わたしは身構えた。

「高校の卒業者名簿からスコット・マードックの住所がわかった」ブラッドリーは続けた。「それでわれわれはグレニッチに行った。インターホンに出た相手に、わたしがニューヨーク市警の者だと言ったら、門がひらいた」

わたしは彼を見た。マンハッタンで苦心惨憺して手がかりを探った彼とマーシーは、わたしが少年時代を過ごした家の果てしなく続く私道、庭園の湖と建ちならぶ厩舎、アメリカで最も美しい十軒のひとつとして紹介されたこともある家を見て、どう思っただろうか。わたしの考えを読んだかのように、ブラッドリーは静かな口調で言った。「あんな家がアメリカに存在するとは知らなかったよ」

企業乗っ取り屋として有名な現在の家主は、老マードック夫妻はともに亡くなっていると彼らに告げた。その家主によると、マードック夫妻には一人しか子どもがおらず、その子がどうなったのかはわからないが、大金持ちにはちがいないだろうということだった。

翌日、二人の〝捜査官〟は死亡者名簿を調べ、ビルとグレースの記録を見つけた。「われわれは、両方の葬儀に参列した数人と話した」ブラッドリーは言った。「だが彼らによると、スコットはどちらの葬儀にも参列していなかったそうだ」

その口調から、彼がそのことをきわめて奇妙だと思っているのがわかった。しかしわたしには、できることなら万難を排してビルの葬儀に参列したかったと言うつもりはなかった。事前に知っていれば、わたしはまちがいなく参列していた、と。

ブラッドリーには、わたしが痛いところを突かれたのがわかったようだ。しかしそれ以上追及してこなかったので、わたしは彼を紳士的な配慮の持ち主だと思った。その代わりに彼は、スコット・マードックが彼らの追いかけている人間だと確信した、と言った。

「二日後、それを裏づけることがわかった」

どうやら、彼とマーシーはわたしの社会保障番号を照会したらしい。少なくともコールフィールド・アカデミーからハーバード大学時代までわたしが所有していた番号を、ワシントンに問いあわせて詳細に調べようとしたのだ。二人はその番号がどこで発行されたのか、何者かの手で入れ替えられた形跡はないかなど、マードック博士の行方を探る手がかりを知りたかった。しかし、得られた回答はいたってそっけないものだった。その番号は発行されていない、という回答だ。

わたしは座ったまま、押し黙っていた。〈機関〉で裏の事務処理をしていた愚か者が、大失敗をやらかしたのだ。どうしてこんなことになったのかはすぐにわかった。わたしが新たな身元を与えられ、諜報員として現場に出る準備を整えたときに、特別チームがわたしの元の名前と略歴を消し去ったからだ。彼らは銀行口座を閉鎖し、クレジットカードを解約し、パスポートを無効にした。わたしという秘密工作員と以前の身元を結びつける糸口になりかねないものをすべてなくすために。多くの若者と同様、この秘密工作員も外国をさまよい、やがて消える運命にあるのだと彼らは思っていた。

この事務処理係の一人が、職務熱心さのあまりか、監督不行き届きのゆえかはともかく、わたしの以前の社会保障番号を抹消してしまえば効率的だと考えたにちがいない。社会保障局にわたしが死んだと告げるなり、番号を使われないまま放置しておくなり、ほかにやりようはいくらでもあったはずなのだが、彼らは番号の抹消を依頼するという、してはならないことをしてしまった。

彼らが犯した過ちのゆえに、わたしはいま、この状況に直面している。コネティカット州の若者が所有していた社会保障番号は、政府によると発行されていなかった。ブラッドリーでなくとも、ただならぬ事態であることはわかるだろう。

「社会保障番号がブラックホールに消えたとしたら、それはＣＩＡのような機関の仕業にちがいない。わたしはそう考えた」目の前の警察官は言った。それは、彼が抱きはじめていた疑念を裏づけるものだった。あの本に載っていた事件の詳細な点がいくつも変えられていたのは、それらが諜報機関がらみの事件だったからではないか、という疑いを。

こうして、こちらの意のままになる医者との楽しい時間になるはずだった夜は見るも無惨に吹き飛び、事態はたちまち悪化の一途をたどっている。わたしが書いた本によって、ブラッドリーはスコット・マードックを見つけ出し、彼がジュード・ガレットと同一人物であることを確信するに至った。そしてブラッドリーは、わたしがどういう分野の仕事をしていたのかに気づいた。

しかし、この状況はどれほど深刻なのだろうか？　わたしは自問した。とてつもなく深刻だ、とわたしのなかの諜報員が答える。わたしはパリにいられるのも、今晩で最後だと思った。

もう一刻の猶予もない。わたしは彼に、静かな冷酷さをにじませて言った。「時間は無限ではない、警部補。ひとつだけ答えてくれ。ではあんたは、ガレットがスパイだと思っているわけだ。しかし、その男は世界のどこにいてもおかしくはない。なぜ彼がヨーロッパにいると思った？」

「学校だ」彼は言った。

学校？　コールフィールド・アカデミーから、どうやってわたしがヨーロッパに配属されたとわかったのか？

「われわれが学校を訪問したとき、教職員の何人かが彼のことを覚えていた。彼らによると、変わった生徒で、授業中に発言することをいっさい拒んでいたが、外国語の成績はきわめて優秀で、とりわけフランス語とドイツ語が得意だったそうだ。その生徒が長じて政府の秘密機関に採用されたとしたら、南米に配属されるとは思わないだろう？」

「確かにそうかもしれない」わたしは答えた。「しかし、ヨーロッパには七億四千万の人間がいる。あんたが彼の居場所をパリだとわかったのはなぜだ？　誰かがあんたに居場所を教えたにちがいない。そうだろう？」

それはあらゆる諜報員にとって、最悪の悪夢だ。偶然であれ故意であれ、裏切りに遭った諜報員の大半が死ぬ。警察官は、ずいぶん見くびられたものだと言いたげな表情でわたしを見た。「密告してくれるやつがいたら、さぞかし楽だっただろう」

彼は話を続けた。スコット・マードック探しを始めて数カ月後、彼はこう確信した。その男が諜報機関の一員になったのであれば、別の名前を探さなければならない、と。マードックがアメリカの秘密工作員だったとしたら、どうやって外国に侵入するだろう？　ブラッドリーの推測では、最も安全で確実な方法は、政府機関の下級職員を装うことだ——貿易アナリスト補佐や商務担当官といったようなな。

ブラッドリーの父親がワシントンで国家公務員をしていたため、彼はこうした職員の人事が目立たない政府の刊行物に全部収録されていることを知っていた。そうした告示にはたいがい、職員の学歴、年齢、職歴、郵便番号、生年月日といった、一見ささいな情報も記載されている。

ある晩、寝付かれなかった彼は、絶えず身分を変えて偽りつづけるというのはどんなものなのか想像してみた。国境を越える緊張感のなか、とっさに際限のない嘘のつじつまを合わせ、反射的に答えなければいけないとしたら。

ブラッドリーは、もし自分がそのような立場に置かれたら、偽の身分のなかに容易に思い出せる事実をまぎれこませるだろう、と考えた。少年時代に住んでいた家の電話番号、嘘の生年と本当の誕生日、両親の本当のファーストネーム。

「きみならわかるだろう」彼は言い、われわれはコーヒーを飲んだ。

確かに、鉄条網の張りめぐらされたブルガリア国境の検問所で、制服を着た人相の悪い男に質問を浴びせられたときには、生きた心地がしなかった。検問所の男はタバコと前日の夕食のにおいを漂わせながら、わたしの書類を隅々まで調べ、思いもよらないような質問をしてきた。少しでも答えに詰まるようなら、秘密警察に通報し、こいつはアメリカ人だかイギリス人だかカナダ人だか知らないが、嘘をついていると言って点数を稼ぎ、名をあげようとしていたのだ。

わたしには彼の言うことがよくわかった。しかし動揺のあまり、ひと言も答えられなかった。ブラッドリーは自らの思考力だけを武器に、秘密工作員が外国に侵入する方法や、命を守るために偽の身分をもっともらしく見せる方法を正確に描き出してみせたのだ。正直に言って、わたしは怒っているのがだんだん難しくなり、賞賛の念を覚えはじめた。

ブラッドリーは言った。彼は自分の仮説についてマーシーと話しあい、二人は実験をすることにした。スコット・マードックの前半生について収集したすべての情報のなかから、彼らは二十の項目を整理したのだ。彼女が仕事に出ているあいだ、彼は一日がかりで自分のコンピュータに、過去十年分の政府職員について記載された刊行物をダウンロードした。連邦官報だ。

ある晩、彼とマーシーは整理した項目をサーチエンジンに入力し、どこかで一致する人物が見つかることを祈りながら、官報に掲載されている途方もない量の情報を検索した。

三十六時間後、一致する項目が三件見つかった。ひとつはグレニッチの郵便番号だ。フィレンツェで開催された国際芸術評議会のアメリカ代表に任命された人物が、同じ郵便番号を使っていた。これが何を意味するのかはよくわからなかった。二件目は、もう少し興味を引いた。ある商務担当官が、ハーバード大学でスカッシュをしていたことが判明したのだ。スコット・マードックと同様の経歴で、捜している人物である可能性が高いように思われた。しかし二人が読んでいたのは、彼の追悼記事だった。三件目は、リチャード・

ギブソンという人物で、ジュネーブで開催された世界気象会議のアメリカ代表オブザーバーを務めていた。彼の略歴に記載されていた生年月日と学歴は、一部がスコット・マードックと同じだった。出身高校はコールフィールド・アカデミーだ。

「われわれは同窓会の名簿に当たってみたが、リチャード・ギブソンという卒業生はコールフィールドにはいなかった」ブラッドリーは淡々とした口調で言った。

驚異的な成果だった。彼とマーシーは、コネティカット州に特有の樹木を糸口に、リチャード・ギブソンまでたどり着いたのだ。わたしがジュネーブのクレマン・リシュルーでマルクス・ブーハーと話をしたときに使った隠れ蓑だ。

ギブソンという名前がわかったことで、この方法が通用することを確信し、二人の〝捜査〟にはますます熱がはいった。三週間後、同じ方法で、アメリカ財務省に在籍する下級職員が引っかかった。ルーマニアで開催された国際会議に出席していたその職員は、ピーター・キャンベルという名前だった。

「わたしはルーマニア財務省に問いあわせ、この会議の運営に携わっていた職員を見つけた。その職員はピーター・キャンベルの入国ビザやパスポートの記載事項を保管していた。国土安全保障省の友人に頼んで調べてもらったところ、同じパスポートでフランスに入国した人物がいることがわかった。

フランス政府によると、キャンベルはフランスに入国したのみならず、パリでの長期滞在を申請していた。彼が書いた申請書を見ると、あるヘッジファンドの経営者ということだったので、マーシーが証券取引委員会に問いあわせた。しかしピーター・キャンベルという免許取得者はおらず、申請書に書かれたヘッジファンドも実在していなかった」

わたしが沈黙していると、ブラッドリーは上着のポケットに手を入れ、二枚の紙を取り出してテーブルに置いた。

ひとつは古い高校の卒業アルバムのコピーで、コールフィールド・アカデミーのスカッシュ・チームのメンバー四人の写真だった。一人だけ、離れたところに立っている生徒がいる。いっしょにプレーしてはいるが、チームの一員ではないかのようだ。彼の顔が囲まれ、名前が書かれていた。スコット・マードックと。

二枚目は、フランスの長期滞在申請書に添付されていた、ピーター・キャンベルのパスポートの顔写真だ。二枚の写真が同一人物であることはまちがいなかった。わたしだ。返す言葉がなかった。

「そういうわけで、わたしの考えはこうだ」ブラッドリーは言った。「スコット・マードックはコールフィールド・アカデミーにはいり、ハーバードで学んだあと、政府の秘密機関の一員になった。彼は秘密工作員として無数の偽名を使い、そのひとつがキャンベルだった」

わたしは卒業アルバムの写真を見つめ、スカッシュ・チームのメンバーのことを思い出そうとした。一人はデクスター・コーコランというぞっとするような大柄な生徒だ。誰もが彼のことを嫌っていた。コーコランのことは覚えている。しかしほかのメンバーは、ことごとくいやなやつらだったはずだが、まったく思い出せない。心理学者なら、意識的な抑圧とでも言うかもしれない。

「たぶんマードック博士は諜報界から追放されたか、あるいは精神的に疲れてしまったのだろう。確信はないが」ブラッドリーは語を継いだ。「しかし彼はキャンベルのパスポートを使ってフランスに入国し、本を書き、自分の知識を公開して、ジュード・ガレットという、死んだFBI捜査官の名前で出版した」

それでもわたしが反応しなかったので、彼は肩をすくめた。「それで、きみとわたしがここにいるというわけだ」

確かにそのとおりだ。もうひとつ、まちがいなく言えることがある。ブラッドリー夫妻は見事に目的を達成したということだ。しかし、前にも書いたように、彼らに発見できたのなら、ほかの人間が発見する可能性も充分にある。

わたしに残された選択肢はひとつしかなかった。それでわたしは立ち上がった。逃げるのはいまだ。

10

ブラッドリーはホテルの美しい中庭から壮麗な回廊につながる扉で、わたしに追いついた。足を引きずっていることを考えれば、驚くべき速さだ。

わたしはそっけなく別れを告げ、中庭を出ようとした。しかし彼は追いすがり、わたしの腕を摑まえた。「頼みたいことがある」彼は言った。「そのために、マーシーとわたしはパリまで来たんだ」

わたしは首を振った。「もう行かなければならない」

「頼む――聞いてくれ……」彼は深呼吸し、次に言うべき言葉を探した。しかしわたしはそのいとまを与えず、彼の手を振り払い、回廊にはいりかけた。

「だめだ」彼は権威のこもった声で言った。周囲を見まわすと、近くのテーブル席に座った人々がいっせいに視線を注いでいる。騒ぎを起こすと面倒だ。わたしのためらいが彼に猶予を与えた。

「暗闇に深くもぐると、以前とは何もかもがちがって見える」彼は静かに言った。「心身に傷を負ったあと、わたしの考えかたはすべてにおいて変わった。人生、マーシーとの関係、わたしの仕事。とりわけ、仕事についてだ。負傷してよかったことがあるとすれば——」

もううんざりだ。「すまないが」わたしは言った。「傷を負ったのは気の毒に思うし、あんたが回復して何よりだが、わたしにもやらなければならないことがある」お涙ちょうだいの話を聞く暇はなく、もう二度と会わないだろう男の回顧録を聞くつもりもさらさらなかった。これからパリを去り、新たな隠れ蓑を作らなければならず、あるいは人生設計も変更を迫られるかもしれないのだ。一刻も猶予はなかった。

「あと一分——もうひとつだけ」彼は食い下がった。

わたしは一瞬考えたが、ため息交じりにうなずいた。思えば、彼にいささかの借りを感じていたのかもしれない。わたしの以前の人生をどうやって調べ上げたのか、率直に明かしてくれたからだ。わたしはしかたなくその場にとどまり、とっとと話を終わらせろ、という無言のメッセージを全身から発した。身の上話ならエルサレムの嘆きの壁の前ですればいいじゃないか、と。

「きみはわたしに、どうして負傷したのかを決して訊かなかった。そのことに感謝したい。もちろん、プロはたいがいそんなことを訊かないものだが。こういう仕事をして危険な目に遭わない人間はほとんどいない。だからそんなことを話しても意味がない」

はいはい、ごもっとも。プロがなすべき配慮ぐらい、言われなくてもわかっている。いったいわたしに何を頼みたいんだ？　わたしはそう思った。

「わたしは建物のなかに閉じこめられたと言った。もう少し説明したい。世界貿易センタービルが崩壊したとき、わたしはツインタワーの北棟にいたんだ」

11

　ブラッドリーはなおも話しつづけたが、わたしには聞こえていなかった。いつの間にかわれわれはテーブルに戻っていたが、わたしは自分の愚かさを呪うあまり、話がちっとも耳にはいってこなかった。彼がＰＴＳＤを患ったのも、何週間にもわたって集中治療を受けたのも、生存者の罪悪感で苦しんでいるのも、死者の群れから自分を呼びもどすために、不可能に等しい著者の正体探しが必要だったのも合点がいく。

　ブラッドリーは、暗闇のなかである男を抱え、最期の言葉を聞いたと言っていた。そのあいだにも、彼らを閉じこめたコンクリートの墓の外ではロウアー・マンハッタンが炎に包まれていた。それなのにわたしはおめでたくも、彼が腰と肺に銃弾を受けたものと思いこんでいたのだ。その程度の能力しかなかったのであれば、きっと退職して正解だったのだろう。

　彼の声で、わたしは苦々しい自己嫌悪から覚めた。ブラッドリーが携帯電話を取り出し、何かを訊いている。「電話をしてもいいだろうか？　マーシーに知らせておきたいんだ」

わたしはうなずいた。彼は妻の応答を待ち、わたしに背を向け、聞き取れない声でふた言、三言話した。通話を切ると、ウェイターに合図してコーヒーとケーキのお代わりを頼んだ。彼が限度額なしのクレジットカードを持っているといいんだが、とわたしは思った。「わたしはまだ九月十一日のことにしか触れていない」彼は言った。「なぜならそれが、きみに頼みたいことの前提になるからだ」

「続けてくれ」わたしは穏やかに言った。身の上話なら嘆きの壁でしてほしいなどと思ったことに、やましさを感じていたのだ。

「わたし自身の回復のために、思い切って世界貿易センタービルの跡地（グラウンド・ゼロ）に戻り、北棟が建っていた場所を訪れたことがある」彼は言った。「わたしは長いこと、現場を見ていた。とても寒かったその日、わたしはようやく気づいた。わたしの怒りはあまりにも根深いところにあり、完全に回復する望みはもうないことに。

しかしわたしは、旅客機をハイジャックした犯人たちに怒っていたわけではない。彼らはもう死んでしまったのだから。わたしが受けた傷に対してでもない。わたしはこうして生きているのだから。

わたしが怒っていたのは、不正義のためだ。世界があまりにも無慈悲だからだ。あの日、ごくふつうの人々が大勢死んでいったのは、火災のせいでも瓦礫のせいでもない。それは彼らの同情心のなせる業だったんだ。彼らは、ほかの人間の命を救おうと必死に努力した結果、その代償に自らの命を失うことになった。それもほとんどは、赤の他人のために」

彼はコーヒーを口にしたが、飲みたくて飲んでいるわけではないことはわたしにもわかった。時間稼ぎをし、どう続けるべきかを考えているのだ。わたしはじっと待った。彼には必要なだけ時間をかける権利があると、わたしは思った。

「あの日、ツインタワーに何人の障害者が働いていたか、考えてみたことはあるだろうか？」しばらくして、彼は訊いた。

「わたし自身、そんなことは考えもしなかった」彼は続けた。「旅客機があのビルに激突するまでは。もちろん車椅子に乗っていたら、脱出ははるかに難しくなる。エレベーターが使えればいいが、そうはいかない。そんなことは誰だってわかっているだろう？　どこのビルでも、非常時には階段を使うよう表示されている。だが、そのときに歩けなかったらどうする？　仮にわたしがビル火災に遭遇したら、ミスター・キャンベル、わたしが望むのは自分の足で歩けることだけだ。そうすれば、逃げられるか死ぬかは五分五分になる。度が過ぎる望みではないだろう？　五分五分のチャンスがほしいというだけのことさ。

さて、一人の男がいた。彼は金融機関に勤めており、防火訓練には必ず参加して、脱出用の椅子の場所を把握していた。そういう椅子を見たことがあるだろうか？　アルミ製の折り畳み式椅子で、前後に長いハンドルが突き出している。それを数人で持ちあげ、乗っている人を運び下ろすんだ。

彼は下半身不随だった。きっと、障害を克服して仕事を得られたことが誇らしかっただろう。妻や子どももいたかもしれない。

九月十一日は学校の始業日で、子どもの送り迎えで遅刻した従業員も多かった。つまり彼は、アメリカン航空の旅客機が激突したとき、北棟の事務所で一人きりだった。

そのときの衝撃で、彼は車椅子ごと事務所のまんなかまで吹き飛ばされた。窓越しに吹き上げる炎が見え、迅速に行動しなければ死ぬことがわかった。

彼は自分の脱出用椅子を見つけ、それを膝に載せて非常階段へ向かった。その途中で彼はずぶ濡れになった。スプリンクラーの水がかかったからだ。しかも照明は消えていた。

彼はエレベーターのロビーに出たが、窓がないために真っ暗だった。チャンスを与えてくれたのは、ビルのメンテナンス要員だった。その数年前から、彼らは災害時にも場所がわかるよう、非常扉に夜光塗料を使っていた。おかげでどれだけの人命が救われたかは、神のみぞ知るところだ。

彼は車椅子に乗ったまま非常階段Aの扉を開け、踊り場で脱出用椅子をセットした。決して力が強いわけではなかったが、一人でやり遂げた。

そこからは自力で動けないので、彼は燃えさかるビルのなかで踊り場に座り、自分にできるただひとつのことをした。じっと助けを待ったんだ。

北棟には三カ所の非常階段があった。そのうち二カ所は幅四十四インチで、一カ所は五十六インチだった。それは大きなちがいだった。幅が広い階段では、二人がすれちがうことができ、曲がり角も狭くはなかった。その曲がり角の広さが、脱出用椅子を運び下ろす人間にとっては死活的に重要なんだ。きっと想像できるだろうが、運命とは残酷なもので、下半身不随の男が向かったのは狭いほうの階段だった。

ビルに居あわせた人々はみな、どちらに逃げるか選択を迫られた——下に降りるか、屋上でヘリコプターの助けを待つか。屋上へ向かった人々は死んだ。屋上に通じる扉は、自殺を防ぐため閉鎖されていたからだ。

非常階段Aには煙と埃が充満し、そこに人々が押しかけ、壊れたパイプの穴や止まらなくなったスプリンクラーから水が降ってきて、滝のように階段を流れ落ちた。それでも、脱出用椅子に座った男は大声を出さず、助けを求めなかった。彼はただじっと待っていたんだ。奇跡を求めていたんだろう」

ブラッドリーは言葉を止めた。奇跡について考えていたのだろう。ややあって、ふたたび口をひらいたとき、その声は震えを帯びていたが、彼はなんとか感情を押しとどめた。

「かなり下の階で、それほど体格のよくない中年の男が、脱出用椅子に座っている男のことを聞きつけ、大声で叫びだした。いっしょに上へ戻り、下半身不随の男を運び下ろしてくれる人を集めたかったんだ。

三人の男たちが呼びかけに応じた。ごくふつうの人たちだ。彼らは中年の男に続いて階段を上り、四人で脱出用椅子の柄を持ち、正しい方向に進んだ。屋上に向かわず、地上をめざして降りたんだ。人々がぶつかりあい、煙が充満し、水浸しで、角がひどく狭い階段を」

彼はふたたび間をおいた。「彼らは六十七階から男を運び下ろした！　そして一階に着いたあと、どうなったと思う？　外に出られなかったんだ。

運び下ろすのに大変な時間がかかったため、先に崩壊した南棟の影響が北棟にも及んでいた。彼らの行く手にあるものは、崩れたコンクリートの山だけだった。背後には火炎が迫っていた」

ブラッドリーは肩をすくめた。わたしは沈黙を貫いた。仮に自分の声が震えないという自信があったとしても、わたしに何が言えただろうか。わたしには〝悲しみは沈むことなく漂う〟という言葉しか思い浮かばなかった。

「彼らは引き返し、中二階へ通じる扉からロビーに出た。それからまもなく、悲劇は起きた。ビルが崩落したんだ。車椅子の男と救助にあたった二人は安全な場所に逃れたが、いっしょに彼を救ったほかの二人は助からなかった」彼はしばし、言葉を止めた。「彼らがなぜ死んだかわかるだろう、ミスター・キャンベル？」

「同情心か？」わたしは言った。

「そのとおりだ。さっき言ったように、彼らの命を奪ったのは降り注ぐ瓦礫や火災ではない。彼らは他人の命を救おうなどと考えたから死んだ。そのことにわたしは怒っているんだ。いったい、この話のどこに正義がある？」

彼は気持ちを落ち着かせようと、ひと呼吸置いて言った。「わたしはこんな世界で暮らしたいとは思っていなかった」

どうやらブラッドリーがグラウンド・ゼロを訪れたのは一度きりではないようだった。雪の降る夕暮れどき、かつてツインタワーが建っていた広大な更地にたたずむ彼の姿が、わたしの目に浮かんだ。生きる理由を求めて苦悩し、ぽつんとたたずむ彼の姿が。

幸い、マーシーも彼といっしょだった。ブラッドリーは彼女の手を握りながら、自分の苦しみを打ち明けた。すると、彼女は冷静な口調で尋ねた。「それなら、あなたはそのことをどうしたいの？」

彼は妻が何を言っているのかわからず、困惑して彼女を見た。「言いたいことはわかるわ、ベン。あなたはこんな世界で暮らしたいとは思っていないのね」彼女は言った。「そのことはわかった。でもそれなら、あなたは暗闇を呪って生きるの？　それとも、灯を ともすの？　もう一度訊かせて。あなたはそのことをどうしたいの？」

これがマーシーだ。夫とともに試練を経てきた彼女は、断固として屈するつもりはなかった。

「もちろん、彼女の言うとおりだった」ブラッドリーは続けた。「帰り道、二人でどうすべきか話しあったよ。

負傷したせいで、わたしは9・11に関する捜査活動の状況をよく知らなかった。それでアップタウンまで歩きながら、彼女が教えてくれた。十九人のうち、十五人のハイジャック犯がサウジアラビア出身だったこと。事件後、ビン・ラディンの家族がサウジから国外追放されたこと。犯人たちの大半が期限切れのビザでアメリカに滞在し、何人かは飛行機の操縦法を学んでいたが、着陸させる方法には興味を示していなかったこと。

まちがいなく言えるのは、ハイジャック犯たちはおびただしいミスを犯していたが、それでもわれわれより優秀だったということだ。わたしの縄張りで三千人もの人間が殺されたことが、その何よりの証拠だ。グリニッジ・ヴィレッジまで来たころには、わたしとマーシーのアイディアは形が見えてきた。

わたしは夜通しそのアイディアに肉付けし、翌日の月曜日には、ニューヨーク大学に出向いてわたしの灯をともした」

彼はワシントン・スクエア公園に向きあった広い会議室で、居並ぶ大学の理事たちに、ダボスの世界経済フォーラムに肩を並べる可能性のあるイベントを始めたい、と切り出した。毎年一回、世界の第一線で活躍する捜査官を招いた講義、セミナー、特別クラスなどを開催するのだ。革新的なアイディアや最先端の科学捜査を披露する場を設けるのである。各分野の会合は最優秀の専門家が議長を務め、あらゆる制約や組織の壁を越えたものになるだろう。

「わたしは窓の外を指さした」ブラッドリーはわたしに言った。「かつてツインタワーが建っていた場所を。『あのような連中は、きっとまたやってきます』わたしは言った。『しかもそのときには、より優秀になり、巧みになり、強くなっているでしょう。われわれも、そうならなければいけません。捜査官として、われわれはみなひとつの明確な目標を持っています。今度こそ、やつらを打ち負かしてやる、と』

会議室にいた十一人のうち、わたしが味方にできたと思えたのは三人だった。それでわたしは車椅子の男の話を聞かせ、ここがグラウンド・ゼロからいちばん近い大学だということを思い出させた。みなさんには特別な責任があるのだ、もしみなさんがやらないのなら、いったい誰がやるんだ、と。

話が終わるころには、理事たちの半分ぐらいが恥じ入り、数人は涙を流し、投票の結果、満場一致で賛成してくれた。この調子なら、わたしは来年には市長選に出馬できるかもしれない」彼は笑おうとしたが、自分でも面白いとは思っていないようだった。

世界犯罪捜査フォーラムの準備は予想より順調に進んでいるということで、彼は講師を引き受けたり、参加を承諾したりした人々の名前を列挙した。

錚々（そうそう）たる顔ぶれに、わたしは驚いた。彼は言った。「確かに、なかなかの大物ぞろいだ」それから、わたしを見つめた。「ただ一人を除いては」

彼はわたしに答えるいとまを与えなかった。「きみの本はわれわれの分野にきわめて大きな影響を与えた」彼は続けた。「ここまで来たからには言わせてもらおう。きっときみは気づいていないだろうが、これほどレベルの高い内容を教えられる人材はほかに――」

「それであんたははるばるパリまで来たんだな」わたしは言った。「わたしを勧誘しに？」

「それもひとつの理由だ。もちろん、わたしがここへ来たのはジュード・ガレットの謎を解くためだったが、その目的は達成した。これはきみにとっても、世界に貢献するチャンスなんだ。きみの正体を言えないのは承知している。だったら、ガレットの捜査を長年手助けしてきた調査員ということにすればどうだろう。名探偵ホームズにドクター・ワトソンありだ。それならきっと――」

「黙れ」わたしは言った。きっと彼には聞きなれない言葉だろう。わたしはテーブルを見つめ、それから視線を上げて、彼の耳にしか聞こえないように声を落として言った。

「これからわたしは、かつての仕事で守っていたルールをすべて破ることになる。あんたに、ひとつ本当のことを教えてやるんだ。たぶん、わたしのような仕事をしていた人間からこういうことを聞けるのは、今回だけだろう。だからよく聞け。

あんたがわたしを見つけ出したのは、驚異的な手腕だ。もしも新しい本を書くことがあったら、あんたの仕事のこともぜひ書きたい。秀逸な読み物になるだろう」

彼は肩をすくめてみせた。さぞかしうれしかっただろうが、喜びの表現としては控えめだった。

「あんたはたくさんの名前を探し、多くの隠れ蓑を暴いたが、わたしが実際のところ、祖国のために何をしてきたかは知らないだろう？」

「そのとおりだ」ブラッドリーは答えた。「それを知りたいかどうかもわからない。そうしたたぐいの秘密には触れないほうがいいと思っていた」

「その点は正しい。しかしこの際だから、わたしから教えよう。わたしは大勢の人間を逮捕し、逮捕できない人間は殺した。逮捕した人間を、やむを得ず殺したこともある」

「なんてことだ」彼はささやいた。「わが国はそんなことをしているのか？」

「殺人課の刑事や裁判官だって、同じことをしているんじゃないのか？　だが、こうした行動は精神に重くのしかかってくる。年を取ってきたらなおさらだ。それでも、わたしが人種差別で非難されることだけはないだろう。わたしは世界を駆けめぐって仕事をしてきた。葬ってきたなかには、カトリック教徒、アラブ人、プロテスタント、無神論者、それからユダヤ人も数人いる。逃したと思われるのは、ゾロアスター教徒だけだ。しかし連中の正体がわかっていれば、仕留めていただろう。問題なのは、わたしが傷つけた人たち、つまり標的の家族や友人が、いわゆるキリスト教の教えを熱心に実践しているとは思えないことだ、ミスター・ブラッドリー。とりわけ〝汝の右の頰を打たれたら、左の頰を差し出せ〟という教えは、屁とも思っちゃいない。あんたはセルビア人を知っているか？　彼らは一三八九年、コソボの戦いでオスマン・トルコに負けたことをいまだに怒っている。だが、クロアチア人やアルバニア人のほうが性質が悪いと言う者もいる。こういう手合は何十年も血眼になってわたしを追いまわす。ここまで言えばわかるだろう。わたしがパリに来たのは、群衆にまぎれるためだったんだ。一般市民としての生活をしたいのさ。そういうわけで今晩は、よい知らせをもらったとはお世辞にも言えない。だからフォーラムに参加するなどお断わりだ。命あっての物種だからな」

わたしは立ち上がり、手を差し出した。「さよなら、ミスター・ブラッドリー」

彼は手を握り、今回は止めなかった。中庭の客はほかに誰もおらず、わたしが出て行くと、キャンドルの灯のなかを一人きりで座っているブラッドリーはいかにもわびしそうに見えた。

「健闘を祈る」わたしは振り返って叫んだ。「セミナーはすばらしいアイディアだ。祖国に役立つだろう」背を向けて、ふたたび歩きだす。と、目の前に一人の女性が立っていた。

彼女は笑いかけてきた。「夫の顔を見ると、答えはノーだったようね」マーシーだ。ブラッドリーが、さっき電話で場所を知らせたのだ。

「そのとおりだ」わたしは言った。「わたしは参加できない。理由は彼に言った」

「それでも、彼のために時間を割いてくれたことにお礼を言うわ」彼女は穏やかに答えた。「こんなに長いこと、話を聞いてくれて」

その口調に怒りはなかった。彼女の唯一の関心事は、夫の幸福だけのように思えた。わたしはすぐに、彼女が好きになった。

ブラッドリーはわれわれを見ていたが、ウェイターに合図して勘定を頼もうとした。

「ベンはあなたのことを絶賛しているわ」マーシーは言った。「彼はたぶん言っていないでしょうけど、彼は楽しみのために、あなたの本を三回読んだのよ。そしていつも、あなたが書いたような事件のせめて半分でも解決したいと言っているわ」

わたしはブラッドリーのちがった一面を垣間見たような気がした。彼は自らの才能に見あう大舞台には決して立てないと思いこんでいる、一流の捜査官なのだ。わたしは大半の人間より、職業人としての悔恨を抱えて生きることのつらさを知っている。実際、そのときにもわたしは、ずっと前にモスクワで自分がしたことの影響を考えはじめていた。わたしのせいで、二人の幼い娘たちはどうなったのだろう、と。

マーシーに腕を触れられ、わたしは物思いから覚めた。ふと見ると、彼女が名刺を差し出している。「ニューヨークの、わたしたちの家の電話番号よ。気が向いたら、電話をちょうだい。すぐにとは言わないわ。そのうちでいいから」わたしがためらっているのを見て、彼女は笑みを浮かべた。「二、三年先ぐらいでも歓迎するわよ」

それでもわたしは受け取らなかった。「彼は善人だわ」彼女はまじめな口調で言った。「わたしが知っているなかで、最も善良な人間よ。善良と聞いて、たいがいの人が思い浮かべるよりずっと。それは、彼にとって大きな意味があることなの」

もちろん電話することはないとわかっていたが、受け取らないのも二人を不必要に傷つけることになるように思われ、わたしはうなずいた。わたしが名刺をポケットに入れたとき、ブラッドリーがこちらに向きなおり、静かな中庭越しに、彼とマーシーの目が一瞬合った。

その無防備な一瞬、二人ともわたしが見ていることに気づかないで、社交上のよろいを脱ぎ捨てた。二人はそのとき、パリにいるのでも五つ星ホテルにいるのでもなく、愛のなかにいた。おそらく世界貿易センタービルの北棟が崩落する前も後もそこにいたのだろう。もちろん彼らは若者のようにのぼせあがってはいない。陰謀と奸策に満ちたこの世界で、まだそうしたものが存在していると思うと、心が温かくなった。今晩の出来事は、まんざらひどいことばかりでもなかったのかもしれない。

その瞬間は過ぎ去り、視線を戻したマーシーに、わたしは別れの挨拶をした。背の高い扉を通り抜け、カフェの給仕長が衛兵よろしく立っている机のそばで足を止める。給仕長とは顔なじみだったので、わたしはもてなしの礼を言い、最後に残った客にもう一度ワゴンを運んで、勘定の足しに二百ユーロを渡すよう頼んだ。

なぜわたしが払うことにしたのか、自分でもよくわからない。きっと魔がさしたのだろう。

12

アメリカン航空の便は早朝にニューヨークに着いた。黒雲が大都会を覆い隠し、雨と突風が吹きすさぶ。パリを離陸して二時間後、〝シートベルトをお締めください〟と表示されたランプが点灯し、その直後、気象条件は瞬く間に悪化して、機内サービスはすべて中止された。機内食は食べられず、酒も飲めず、眠ることもできなかった。ここまで悪くなれば、あとはよくなるだけだ、とわたしは自分を慰めた。

わたしはカナダの外交官であることを証明する、非の打ちどころのない書類一式を携帯していた。おかげでファースト・クラスに乗っていても怪しまれることはなく、アメリカの入国審査でも何も訊かれずに通過できた。手続きは滞りなく進み、わたしはスーツケースを持って降りしきる雨のなかへ出た。祖国へ帰ってきたのだ。それなのに、思っていたほどの安堵感はなかった。長年離れていた故郷は、わたしが知っていたころとは何もかも変わってしまった。

わたしがプラザ・アテネでブラッドリー夫妻と別れてから、十八時間が経っていた。ひとたび隠れ蓑が暴かれたことに気づいたら、やるべきことはわかっていた。訓練で明確に指示されていたのだ。まず逃げること。次に、どこでもいいから潜伏すること。それから味方とふたたび落ちあい、遺言書を書き残すこと。最後の部分はいささか大げさかもしれないが、隠れ蓑が暴かれるというのは、それぐらいの覚悟をしなければならないことなのだ。

わたしの見るところ、再起を図れる可能性が最も高い潜伏先はアメリカだった。敵にとって、同胞のなかに埋もれたわたしを見つけるのは難しくなるが、理由はそれだけではない。わたしがこの先、身の安全を確保するには、いままでに残してきた自分自身の痕跡を消し去り、ブラッドリー夫妻が開拓した道に続く者が現われないようにしなければならなかった。

パリでわたしは、プラザ・アテネから六分で自分のアパートメントまで帰り、部屋にいるとすぐ、航空会社に電話をかけた。運よく、いちばん早い便のファースト・クラスにひとつだけ空席があった。

それにしても、潜在意識の働きとは奇妙なものだ。着替えをひっつかみ、請求書の支払い手続きをすませて慌ただしく荷物をまとめていたとき、なぜかマードック夫妻の弁護士から送られてきた二通の手紙のことが頭をよぎったのだ。わたしは古い手紙類を入れたファイルをあさり、それらを手荷物のなかに放りこんでから、最後に残った課題にとりかかった。金庫の中身をどうするか、だ。

三挺の拳銃、全部で十万ドル相当の外国通貨、八通のパスポートは、どれも持ち出すわけにはいかなかった。荷物室に預けるスーツケースに入れることもできない。金属探知機かX線で中身が知られたら、たとえ外交官を偽装していても、わたしは厳しい検査を受けることになるだろう。しかもそれらが偽造のパスポートだと判明すれば、何週間も拘束されて、わたしの正体を明かすよう迫られ、なぜこのようなものを所持しているのか説明させられることになる。本来は〈機関〉を退職した時点で、偽造のパスポートや連絡先のリストは返却しなければならなかった。

わたしはマットレスの継ぎ目を切り裂いて開け、詰め物をいくらか出すと、金庫にはいっていた商売道具にテープを巻いた。アメリカに着いたら、哀れっぽいコンシェルジュのフランソワに電話して、部屋の家具一式を運送業者に送ってもらおう。商売道具をなかに入れると、わたしはマットレスの継ぎ目を接着剤で留め、カバーをかけなおし、それからタクシーを呼んでシャルル・ド・ゴール国際空港へ向かった。

十時間後、わたしはジョン・F・ケネディ国際空港の雨のなかに立ち、ふたたびタクシーに乗ってミッドタウンへ向かった。車中でわたしはフォー・シーズンズ・ホテルに電話をかけ、部屋をとった。これぐらい大規模なホテルのほうが潜伏しやすいのだ。

三日間、不動産屋をまわった末、わたしはノーホーの界隈に狭いロフトを借りた。ささやかな部屋だが朝日が差し、そこに移った一日目に、弁護士からの手紙を探して電話をかけ、面会の予約をした。

午後遅く、弁護士とわたしは、セントラルパークを望む広々とした事務所に座った。彼が〝ビルの遺産について解決しておくべきささやかな問題〟と形容していた案件は、結局わたしの人生を大きく変えることになる。

それから数日間、わたしは深夜の街を歩きまわり、その件を頭のなかで何度も反芻した。心理学者だったら、〝内在化しようとした〟と表現するかもしれない。足の向くまま、混みあったバーやレストランを素通りし、流行のクラブや人気の映画館に並ぶ行列を迂回した。とうとう靴ずれができ、わたしは痛みとともに、これまでいわゆるふつうの生活をほとんどしていなかったことに遅まきながら気づかされ、弁護士から告げられたことを心のなかで受け入れはじめた。それから初めて、わたしは自分の痕跡を抹消する問題の解決に乗り出した。

最初に電話をかけた相手は、ＦＢＩの女性監督官だった。〈機関〉が閉鎖されたときに、わたしはヨーロッパ支局のファイルを彼女に渡していたのだ。彼女は副監督官の一人に対応するよう指示し、わたしがかつての〈青の騎手(ライダー・オブ・ザ・ブルー)〉だったことを彼に耳打ちした。その翌日、わたしはごく平凡なダウンタウンの高層ビルの、みすぼらしい会議室で彼らと面会した。

わたしが彼と二人きりで話したいと言ったので、付き添っていた二人の部下は部屋を出て行き、そのあとでわたしは、スコット・マードックの社会保障番号が抹消されたことで、危険がわたしの身に迫っていると訴えた。副監督官はしばらく啞然としていたが、抹消した人間をひとしきり罵ったあと、電話を一本入れ、該当の番号を復活させた。

「今後はこの番号を注視しよう。誰かがこの番号について照会してきたら、きみに知らせる」彼は言った。「ほかに用件は？」

「技術者に、コンピュータのデータベースのなかにはいってもらい、内容を変更してほしい。わたしについての情報、それにわたしが使ってきた偽名に関する情報がたくさん出まわっている。それらを消去してもらわなければならない」

「政府のコンピュータか？　それとも民間の？」彼は訊いた。

「両方だ」わたしは言った。「コールフィールド・アカデミーという学校の同窓会の記録から、連邦官報にいくつも載っている告知まで」

「そいつは無理だ」副監督官は言った。「データベースはいじってはいけないルールになっていてね。最高裁の判決で、われわれに閲覧はできても、触れることはできないと言われているんだ。役に立ちそうな人間を紹介することさえも違法になるんだよ」

わたしは引き下がらなかった。自分が長年にわたって国家に貢献してきたことを訴え、なぜあえてルールを破ってもらわなければならないのかを説いた。

副監督官は思慮深げにうなずいていたが、どうしたことか、いきなり人が変わったようにまくしたてた。「ルールを破る？　きみがわたしに言っているのは、コンピュータをハッキングしろということじゃないか――それがわが国の課報組織にどれだけの負担をもたらすと思う？　もう、そのへんのコンピュータおたくが通用する世界じゃないんだ。いまのサイバー空間を跋扈（ばっこ）しているのは、車ごと宝石屋に突っこむ強盗みたいなやつらだ。標的のサイトに殴りこみ、どれほどの損害が出ようがおかまいなしに、金目のものをごっそり奪う――」

わたしは呆然とした。最高裁がなんと言おうが、サイバー犯罪がどれほど進化しようが、そんなことは二の次だ。わたしはただ、自分の過去を消し去りたいだけなのだ。どうやらタブーに触れてしまったらしいが、かといってこのままでは身の安全を確保できない。

しかし彼は勢いに乗り、しゃべりつづけている。「宝石屋強盗より高い技術を持ったやつらもいる」彼は続けた。「いわば空き巣狙いだ。標的のウェブサイトに侵入し、あらゆるものをコピーして、誰にも気づかれないうちに逃げる。技術はピカイチだよ。たとえば、一人で千五百万件もの抵当情報を盗んだやつがいる。千五百万件だぞ！　その中身は、クレジットカードの番号、社会保障番号、銀行口座番号、自宅住所だ。それだけの情報で、犯人が何をするかわかるか？」

「別人になりすますのか？」わたしは言ったが、話の行方がよくわからなかった。

「もちろんだ。しかし、自分で使うわけじゃない。自分一人のために、そんなに膨大な情報を盗んでも意味がない。犯人はその情報を、ロシア・マフィアに売り飛ばしたのさ。彼から聞いたところでは、最初の百万件は一件一ドルで話をもちかけた。それから、だんだん値段を釣りあげ、最後は一件十ドルにした。たぶん一億ドルはせしめただろう。モニターの前に座っているだけで、だ。

きょうび、銀行強盗が平均いくらになるか知っているか？」彼は訊きながら、テーブルに身を乗り出した。「たった九千ドルだ。おまけに一発食らうかもしれん。そんな割の合わないことをしようと思うやつがいるか？」

わたしは肩をすくめた。そんな話を聞きに来たのではない。

「犯人の男は二十三歳。たぶん、この道では世界最優秀だろう」

「刑期は何年だ？」わたしはおざなりに訊いた。

「まだ決まっていない。もしかしたら刑務所行きは免れるかもしれん。それは彼がわれわれにどの程度協力してくれるかによる。目下われわれは、同様の犯罪をしている連中、通称〝サムライ・ハッカー〟の捜査中でね。彼のハンドルネームは〈バトルボイ〉（Battleboi）なので、われわれもそう呼んでいる」

「〈バトルボーイ〉（Battleboy）じゃないのか？」わたしは聞きちがいかと思い、訊いた。

「いいや、最後は〝i〟だ。ヒスパニックでね。マイアミ育ちだが、いまはこの近くに住んでいる。カナル・ストリート沿いで、薬局の上だ」

彼はわたしを見据えた。わたしの疑問は氷解し、なぜ彼がこの話をしたのかがわかった。

「まあ、わたしが抱えている事件の話はこれぐらいにしておこう。何か違法なことを口走る前に、このあたりでやめておいたほうがいい」彼は言った。「ほかに何か、役に立てそうなことは？」

「もうない。充分すぎるほどだ。ご配慮に感謝する」わたしは心から言った。

彼は立ち上がり、出口へ案内した。戸口で立ち止まり、彼はわたしに向きなおった。

「社会保障番号の問題では、力になれてよかった。きみの評判は聞いている。同僚のあいだでも有名だよ。〈青の騎手〉にお会いできて、本当に光栄だ」

彼の言葉は敬意に満ちあふれ、握手には力がこもっていて、わたしがたじろいだほどだった。彼は部下たちとともに、エレベーターに向かうわたしを尊敬のまなざしで黙って見送ってくれた。自分が燃え尽きたあとも名声が残っているとは、いささかうれしかったのと同時に複雑な気分でもあった。

外に出ると、タクシーを捕まえて市内を走り、通行人の顔を眺めた。夜に向かって伸びていく影を見ながら、わたしは奇妙な孤立感を覚えた。自分の国にいながら、異邦人のような気がしたのだ。この道をたどれば、生きる屍（しかばね）になるのはわかっていた。いずれわたしも、公園のベンチや、図書館の閲覧室や、駅でぽつんと座っている人たちの仲間入りをするだろう。しかし、だからといってどうしようもない。隊商は砂漠を進まなければならず、犬は吠えなければならない。いまのわたしは、過去を葬らなければならないのだ。

タクシーが薬局の前で停まった。わたしはその建物の端まで歩き、壁際に戸口を見つけた。インターホンはひとつしかなく、その隣には日本語で何か書いてある。いやはや。

FBIの男が言ったことを勘ちがいしたのだろうかと思いながら、わたしはインターホンを押した。

13

インターホンから聞こえてきた男の嗄れ声は、英語だった。わたしは、近くのビルの二十三階にいる共通の友人から、ここへ来るよう提案されたと言った。入口の鍵が開けられ、階段を上りながら、わたしは四台の隠しカメラが設置されているのに気づいた。きっとロシア・マフィアを警戒しているのだろう。

廊下に足を踏み入れ、暗闇に目が慣れてきたところで、初めて相手の姿が見えた。廊下の行く手に、このがたが来た建物に似つかわしくない重厚な鉄扉の陰で〈バトルボイ〉が立っている。四百ポンドはありそうな肥満した体格が目を引いたが、驚きはそればかりではない。この巨漢はかつての日本の大名のような服を着ていたのだ。これぞ〝サムライ・ハッカー〟だ。

彼は相当値が張りそうなシルクのキモノをまとい、大きな足に足袋をはき、黒い髪に油を塗ってまげを結っている。さながらヒスパニックの相撲取りだ。彼はわずかに頭を下げた。最低限の礼儀だ。たぶん、二十三階にいるＦＢＩの友人のことが好きになれないのだろう。それでも彼は、わきによけてわたしをなかに入れた。

どうやら、彼の領地はこの建物の四部屋分しかないらしいが、床は美しい畳張りで、障子が空間を仕切っている。壁一面に飾られている富士山の浮世絵は、おそらく彼の一件十ドルのデータで二万件分に匹敵するだろう。

部屋に靴のままはいりかけたわたしは、危うく重大なマナー違反を犯すところだった。畳の間にはいるときは靴を脱ぎ、来客用のスリッパにはきかえなければならないのだ。わたしは野蛮人のブーツを脱ぎながら、彼をなんと呼べばいいのか訊いた。

彼はきょとんとした。「どういうことだ——聞いていないのか？」

「もちろん、聞いているとも」わたしは答えた。「ただ、面と向かって〈バトルボイ〉と呼びかけるのはおかしな気がしただけだ」

彼は肩をすくめた。「おれは気にせんよ。くだらんことを考えるな」彼は言い、畳の座布団に座るよう促した。

「副監督官は、きみに協力してもらっていると言っていたが」わたしは、さも権力者の意向でここに来ているかのように言った。

彼は嫌悪の表情でわたしを見たが、否定はしなかった。「何が望みだ？」

われわれは足を組んで座り、わたしはスコット・マードックにつながるすべての記録を、学校の同窓会のデータベースから消去してほしいと説明した。まずやりやすいところから手をつけようと思ったのだ。

彼はマードックとは何者なのか訊き、わたしは知らないと答えた。「この男の過去を闇に葬るよう、決められたんだ。われわれは、それ以上知る必要はない」

彼はマードックの生年月日、同窓会の詳細など、別人とまちがわないための情報を訊いた。わたしが答えると、彼はキモノを整え、数分で準備すると言った。

「チャは？」彼はなにげなく言ったが、その意図はわたしにもわかった。彼は日本語を使うことで、わたしに劣等感を覚えさせたいのだ。しかし、その手には乗らなかった。

わたしは昔の夏の記憶をたぐった。血まみれの砂浜、あたり一面に横たわる首を斬り落とされた死体、切腹の儀式に臨む武士たち。なんのことはない、バカンスで読んだジェイムズ・クラベルの『将軍』の記憶だ。壮大な叙事詩のような作品にちりばめられていた、いくつかの重要な日本語をわたしは覚えていた。チャは茶のことだ。

「ハイ、ドウモ」わたしは言った。おぼろげな記憶だが、確か「喜んでいただきます」という意味で、「このくそ野郎」という意味ではなかったはずだ。

どうやら正解のようだった。「日本語を話せるのか？」彼は驚きと畏敬の入り混じった口調で訊いた。

「まあ、ほんの少しだけ」わたしは控えめに言った。

彼が手をたたくと、障子がひらいた。すらりとしたヒスパニックの若い女が、赤いシルクのキモノを着て部屋にはいり、お辞儀をした。わたしの胸に、古来、偉大な哲学者たちを悩ませてきた疑問がよぎった。なぜ、魅力のなさそうな男たちにかぎって、目が覚めるような美人をものにするのだ？

彼女は彼より二歳ほど年下に見え、大きな目と官能的な唇の持ち主だった。近くから見ると、彼女が伝統的なキモノを自由に着こなしているのがわかった。胸と尻のラインがこれほど強調されたキモノは、東京ではまず見かけないだろう。動きやすいように、彼女は後ろの裾から臀部まで深い切りこみを入れていた。彼女が部屋を動きまわるたびにシルクが波打ち、身体にぴったり張りつく。それでも、彼女がパンティやブラのストラップが見えないかどうか気にする必要はなかった。下着をつけていなかったのだ。その結果、彼女は狂おしいほど魅力的に見えた。

「お茶はいかがですか？」彼女は訊いた。

わたしはうなずき、〈バトルボイ〉がわたしのほうを向いた。「こちらはレイチェルサン、だ」彼女はわたしを一瞥し、かすかに笑みを浮かべた。

〈バトルボイ〉？　レイチェルサン？　薬局の上のいにしえの日本？　ＦＢＩがこの男の能力をどう評価しているにしろ、あまり期待する気にはなれなかった。わたしは介護施設にでも迷いこんでしまったのだろうか？

しかしその三時間後、わたしの見方が根本的に誤っていたことが証明された。レイチェルがロレンツと呼んでいたこの男は、同窓会の記録からわたしにまつわるデータを見事にすべて消去したのだ。のみならず、コールフィールド・アカデミーやハーバード大学自体が管理している、同窓会よりはるかに複雑なシステムのファイルも消去できるということだった。

「成績や出席の記録も消せるのか？」わたしは訊いた。「スコット・マードックがコールフィールドやハーバードに通ったという痕跡もなくせる、と？」

「当たり前じゃないか？」彼は声をあげて笑った。「このくだらん星には膨大な数の人間がいる。おれたちもその一人だ。おれたちの存在を証明する記録はみんな、ハードディスクのコード番号になって収まっている。そのコード番号を消せば、おれたちは存在しないも同然になるんだ。データを付けくわえれば、なりたいものになれる。教授の資格がほしかったら、学部の名前を言ってくれ。億万長者になりたかったら、プログラムをちょっといじれば思いのままだ。なんなら、おれを神と呼んでくれたっていい」

「ありがとう。でも〈バトルボイ〉の呼び名が好きになってきたよ」わたしは笑いながら言った。

その夜遅く、わたしの目の前で、彼はマードック博士の学問的な業績を示す最後の記録をサイバー空間から消し去った。「もったいないことだ。これだけの成果を消してしまうなんて」彼は言った。

わたしには何も言えなかった。脳裏に記憶が甦り、養父のビルのことが思い出される。わたしの卒業式を見に来てくれたのは、ボストンまで古いフェラーリを飛ばしてきたビル一人だけだった。

ロレンソがデータにアクセスした痕跡を残さなかったことを確かめると、わたしは次の要望を伝えた。政府のコンピュータや官報の告知に記載された情報も消去してほしい、と。

「数はどれぐらいになる？」彼は訊いた。

「二百、あるいはそれ以上だろう」

彼の表情は、まるで切腹の介錯を頼まれた武士のようだった。

「ひとつ当ててみようか。こいつは至急やってほしい仕事なんだろう？」しかし彼は、答えを待たなかった。訊くまでもないとわかっているのだ。「その告知のコピーを持っているのか？　それとも、どこに載っているかもおれたちで探さなければならないのか？」

わたしは言葉に詰まった。情報はすべて、ベン・ブラッドリーとその妻が持っているが、彼らに頼むのはなんとしても避けたかった。「その点は考えてみよう」わたしは答えた。

「おれたちで一から探すとなれば、何カ月もかかるだろう。どうするか決めたら知らせてくれ」彼は言い、ラックに並んだハードディスクの電源を消した。

わたしを送りだすとき、彼は世間話をできる程度には打ち解けていた。「おれは三年間、日本語を勉強した。ちっともわからなかったがね。あんたはどこで日本語を覚えた？」

『将軍』を読んだんだ」わたしは答えた。驚きから覚めたあとの彼の反応は、きわめて寛大なものだったと言わなければならない。彼はころりと騙されたことを怒らずに腹を抱えて笑い、その目は茶目っ気を帯びて輝いた。レイチェルが彼に惹かれた理由が、少しだけわかったような気がした。

「なんてこった」彼は目から涙をぬぐって言った。「おれはこの六時間、ずっともやもやしていたんだ。高校で授業がさっぱりわからなかったときのような気分だった」

笑いで気分がほぐれたのか、靴をはいているわたしに、彼はさらに訊いた。「あんたはFBIで何をしている？」

「わたしはあそこの人間ではない……少し事情が込み入っていてね。ただ、かつては彼らの同業者だったとだけ言っておこう」

「あんたはスコット・マードックなのか？」

わたしはふたたび声をあげて笑った。「わたしにあれだけの学位があったら、きみに頼むまでもなかったとは思わないか？」いささかの苦い思いと冗談をないまぜにした口調で、わたしは言った。必要なときには、これぐらいの嘘はやすやすとつける。

「あんたが誰だろうと、二十三階にはよく出入りしているんだろうな」

「そんなことはない。なぜだ？」

「できれば副監督官に伝えてほしいんだ。刑を軽くしてほしいって」

「わたしが聞いたかぎり、きみが協力を続ければ、実刑は免れるはずだ」

「だろうとも」彼は苦々しい笑い声をあげた。「だからこそ、やつらはサイバー犯罪特別対策班を立ち上げたんだ。やつらにとって、すばらしい新世界というわけさ。おれの見るところ、やつらはとことんおれから搾り取ったあげく、最後に裏切るだろうな。おれは見せしめにされるんだ」

わたしは首を振り、それは被害妄想だ、彼らはそんなやりかたをしないと言っておいた。しかし実際には、もちろん彼の言うとおりだった。数ヵ月後、ＦＢＩはこの男のあら捜しをしてさまざまな容疑をでっちあげ、むちゃくちゃな司法取引を持ちかけたのだ。結局、大事に飾っていた富士山の浮世絵まで売ったあげく、彼は弁護士を雇う金が続かなくなり、有罪を認める書類に署名するしかなくなった。レヴェンワース刑務所に十五年服役するというのが、彼の受けた判決だった。

そして彼は刑務所で朽ち果て、誰からも忘れ去られるところだったが、思いがけない事態の変転が起こる。〈サラセン〉の捜索が、彼に最後のチャンスをもたらしたのだ。

14

〈サラセン〉は昼食時の直前にシリア国境へ到着し、ベイルートから乗ってきたバスを降りた。片手に医療器具のはいった鞄を、もう片方の手に特徴のないスーツケースを提げた彼は、誰もが驚くような計画を心に秘めていた。

彼が優等で医学部を卒業してから五年が経っており、そのあいだに何をしていたかは謎に包まれてきた。わたしがこの間の彼の足取りをたどるのには長い時間を要したが、ひとつだけまちがいなく言えることがある。シリアの入国審査官の前に出たときには、彼はひとつの大きな謎に答えを出していた。長年、朝から晩まで考えつづけた結果、どうやってアメリカを攻撃するかという問題に答えを見出したのだ。

難民キャンプの人々のために活動している医師として入国を申請したおかげで、彼のレバノン国籍のパスポートにはすぐに入国許可印が押された。空港にたむろするタクシーの運転手や、さまざまな商売の客引きをやりすごし、ゴミが散乱する駐車場を左折して路線バスに乗ると、ダマスカスの市街へ向かった。

市内の大規模なバスターミナルで、彼は鞄とスーツケースを手荷物預かり所に預け、わきの出入口から路地に出て街中を歩きだした。できるだけ移動の痕跡を残さないことに決めていたので、タクシーさえも使わなかった。

一時間以上、埃っぽい道を歩くと、通りは陰惨な雰囲気を増してきた。ダマスカスは二百万ほどの人口を抱えているが、そのうち五十万人は貧困にあえぐパレスチナ難民だ。

高速道路の立体交差付近で、彼はようやく目当てのものを見つけた。立体交差の下には人けがなく、排気ガスで黒ずんだコンクリートの支柱が林立しているだけだ。その敷地は色とりどりのランプ、よれよれの旗に飾られ、旗にはコーランの一節が書かれていた。敷地の所有者が正直な商売をしていると思わせるためのアリバイだ。ここは中古車販売店だった。

スクラップ寸前の車が並んでいる店で、〈サラセン〉は年代物のニッサン・サニーを選んだ。ゴミの山からダイヤモンドを掘り出したと持ちあげる店員に、〈サラセン〉は全額現金で支払った。さらに五シリア・ポンドを上乗せして手続き書類を省略させ、夕暮れの街に消えた。その車のエンジンはひどく消耗していたが、〈サラセン〉は気にしなかった。移動手段としての機能は二の次だったのだ。とりあえず、寝泊まりできればそれでよかった。安ホテルでさえ、従業員は宿泊客の顔をかなり覚えているものだ。彼は三時間車を走らせた末、人目につかない場所を見つけた。スーパーマーケットの裏の駐車場だ。そして、そこに住みつきはじめた。

それからの数週間で、彼は目的を達成するのに必要な物資を調達したが、彼自身の衛生状態はひどいものになっていった。衣服は垢じみたにおいを放ち、自分でも耐えがたいほどだった。しかし、ほかに選択肢はなかった。計画の成否は、自らをホームレスと見せかけることができるかどうかにかかっていたのだ。そこで彼は長いあいだ標的の施設を偵察し、着々と準備を整えた。

ダマスカス郊外の、周囲から孤立した場所に、ガラスとコンクリートでできた四階建ての建物がある。表に出ている看板には〈シリア先端医学研究所〉と書かれているが、その本当の目的はよくわかっていない。この国の指導者たちは、病気になったらロンドンやパリの開業医にかかっているのだ。

西洋諸国の諜報機関は、この施設が核兵器や生物兵器の研究に使われているのではないかと懸念を示していたので、中東上空を飛んでいるアメリカの偵察衛星八基のうち一基が絶えず監視していた。衛星は建物の窓から見える顔を撮影し、配達される物品をすべて記録し、排出される化学成分を分析したが、不運なことに、施設周辺の様子はまったく撮影していなかった。その結果、ホームレスの男の画像は残っておらず、シリアの秘密警察から得られた断片的な情報しか手がかりはなかった。

ある金曜日の夕方、建物の端にある庭を巡回していた守衛が、二本のヤシの木のあいだに防水シートがかけられ、植物に水をまくための給水栓までシートの日陰になっているのを発見した。その数日後、今度は小さな調理用コンロ、どこかから拾ってきたとおぼしきガス容器やぼろぼろのクーラーボックスがホームレスの住居に加わっていた。しかしそれでも、駐車場に車を置いて施設に向かう人々は、新来のホームレスの姿は目にしなかった。年季のはいったコーランとすりきれた毛布が置かれてからも同様だった。

そのころには、それらを撤去するのは手遅れだった。イスラム歴で九番目の月であり、最も神聖な時期であるラマダーンが始まっていたのだ。毛布の上に置かれていたコーランは、ムスリムたる者は物乞いや旅人や貧窮者に施しを与えなければならない、という暗黙のメッセージだった。ラマダーンの期間中に、敬虔な信者がホームレスを追い払うような真似をするだろうか？

そのとき初めて、自らの宗教に守られて〈サラセン〉が現われた。中古のサニーをスーパーマーケットの駐車場に置き去りにし、乾燥した低木から歩いて姿を現わして、まるで長年ここにいたかのように防水シートの陰に腰を下ろす。それもまた、彼の周到な計画の一部だったにちがいない。髭も髪も伸び放題で、長いチュニックをまとい、頭に布を巻いた姿は、無数のパレスチナ難民と区別がつかない。彼は給水栓を開けていくらか水を飲むと、コーランを読みはじめた。

決められた時間になると、彼は鍋に水をくみ、一日に五回、礼拝の前に身を清め、敷物をメッカの方角に向けた。ただしその方角には守衛のトイレもあったので、彼がどちらに敷物を向けたのかは見解が分かれるところだろう。

ともあれ、この男を追い払おうとする者は誰もおらず、こうして〈サラセン〉は第一関門を突破した。翌朝、彼は働きだした。駐車場に並ぶ車の窓を拭き、ゴミを拾い集めてアル＝アバ第三駐車場の管理人を自任するような振る舞いをした。大半の難民のように金を求めることはしなかったが、誰かが不意に慈善行為をしたいという欲求に駆られたときに備えて、歩道にブリキの受け皿を置いていた。

いかなる基準に照らしても、彼の行動は見事だった。その数週間後、研究施設の幹部が手足のない遺体で発見されたとき、警察とシリアの諜報機関は周囲の建物を徹底的に捜索し、ホームレスの男を容疑者としてモンタージュ写真を作ろうとした。身長五フィート十一インチ、体重百八十ポンド、濃い鬚(ひげ)に覆われ——それではなんの手がかりにもならなかった。

諜報界では、誰かの正体を覆い隠すためにでっちあげられた職業や経歴は〝隠れ蓑〟と呼ばれる。アル＝アバ第三駐車場の管理人を自任していたみすぼらしい風体の男は、パレスチナ難民という隠れ蓑を効果的に作り上げ、ベイルート大学医学部の卒業生にしてアフガン紛争の英雄という正体を覆い隠したばかりか、ほとんど誰の記憶にもとどまることなく逃げおおせたのだ。プロの諜報員でさえ、これだけのことをやり遂げたら大成功というべきだろう。いかなる支援も訓練も受けてこなかったアマチュアであれば、まったくもって驚異的というほかはない。

この研究施設の庭に居ついて一週間。〈サラセン〉は一日で最も暑い時間帯を、コーランを抱えて建物の正面扉近くにあるヤシの木立の陰にうずくまり、クーラー用の導管の壊れた部分から吹いてくる涼しい風に当たって過ごした。通りすぎる人々は、このホームレスの創意工夫を見て笑みを浮かべたが、実は彼にとって、この程度の暑さはなんでもなかった。地獄を思わせるようなアフガンの夏の酷暑を生きてきた〈サラセン〉から見れば、ダマスカスの秋は快適そのものだったのだ。彼が導管の下にうずくまっていた真の目的は、厚板のガラス越しに、建物にはいる全員に行なわれるセキュリティ・チェックを見守ることだった。そうすることで彼は、この場所で働いている人々の行動パターンと体重を見定めていたのだ。

この研究施設の副所長が帰るのはいつも最後だった。このバシャール・トラスという名の五十代の男は、シリアの支配階級に属し、以前はこの国の秘密警察で要職に就いていた。つまり下品な言葉で恐縮だが、人間の屑だ。

だが彼が高い地位にいたことも、化学者としての資格を持っていたことも、秘密警察にいたころに囚人を徐々に絞め殺すのが好きだったことも、彼が選ばれたことには関係なかった。トラス自身も含めて誰もが驚くだろうが、彼が殺された理由は、彼の体重が百八十ポンドで、ヤシの木のあいだにうずくまっていた医師とほぼ同じだったことだ。

標的を定めたら、あとは待つだけだった。イスラム世界ではどこでも、ラマダーンの三十日にわたる日中の断食、礼拝、禁欲は、イド・アル＝フィトルと呼ばれる盛大な宴、贈り物、もてなしで幕を閉じる。イドの祭りの前日の夕方になると、誰もが早めに仕事を切り上げて翌日に備え、明け方の礼拝をすませてから、一日じゅう大宴会を繰り広げるのだ。

ダマスカスも例外ではなく、午後四時になると銀行や事務所は閉まり、商店も営業をやめて道路は閑散とする。トラスが研究施設の正面の扉から出るや、制御室の守衛が電子ロックを作動させた。つまり、建物の内部は無人になったのだ。トラスのみならず誰もが知っていたが、副所長の姿が見えなくなるとすぐさま、守衛たちはシステム全体をロックし、こっそり帰宅して、自分たちも宴の準備をするのだった。

数年前、所長がイドの期間中も守衛たちを勤務させようとしたことがあったが、彼らだけでなく、守衛が通っているモスクからも強硬な反対を受けたため、誰もが以前と同じように知らないふりをすることにした。それに、この国が警察国家であることはトラスが誰よりもよく知っていた。政府機関の建物に侵入しようとするような愚か者がいるだろうか？

彼はその数分後、庭のあいだの小道を通り抜けて車へ向かう途中に、答えを知ることになる。周囲のまばらな建物も駐車場も人けがなく、角を曲がり、生垣やヤシの木で視界がさえぎられたところで、背後から物音が聞こえたときには、彼もさすがに少し警戒した。振り返ると、そこにはあの愚鈍なパレスチナ人がいたので、トラスは苦笑した。このパレスチナ人はこれまで、トラスのSUVのフロントガラスを何度も強引に拭いたが、彼は一ピアストルたりともブリキの受け皿に入れてやったことはなかった。

物乞いはこちらを追いつめたと思いこみ、ぺこぺこ頭を下げながら近づいて、施しを求めて受け皿を差し出しながら、「イドおめでとう（ムバラク）」と、この時期の伝統的な祝いの言葉をつぶやいている。トラスは慣習に従い、祝いの言葉を返したが、施しをしてやるつもりはなかった。彼は受け皿を手で払いのけ、小道を歩きだした。

〈サラセン〉の腕が目にも留まらぬ速さで伸び、トラスの首に巻きついた。彼は驚愕し、息ができなくなった。

副所長は憤りとともに、意地でも金はやらん、と思った。わたしを殺さないかぎり、この難民は施しにありつけないだろう。その次に思ったのは、ゴミ溜めに住んでいたような物乞いが、いったいどうしてこれほど力が強いのか、ということだった。

トラスは空気を求めてあえぎ、おぼろげな記憶から、首を絞められたときの護身術を思い起こして、いちかばちかやってみようとした。しかしそのとき、彼は首の根元に焼けつくような痛みを覚えた。熱さに目がくらみながらも、息ができれば大声を出していただろう。それがナイフではないことはすぐにわかった。ナイフであれば、喉が切り裂かれ、生温かい血が胸元にほとばしるにちがいないからだ。漠然とそう思った瞬間、火の玉が首の筋肉に炸裂し、血管に突き刺さった。

たじろぐほどの痛みを覚えながらも、彼は何をされたかわかっていた。注射針を刺され、薬剤を注入されたのだ。この状況下でそこまで考えることができたのは驚くべき冷静さであり、しかも彼の考えは完璧に正しかった。混乱と恐慌状態のなかで、トラスは一刻も早く助けを呼ぼうとしたが、体内に注入された薬剤の成分によって、口の筋肉は突然麻痺し、頭のなかで渦巻いている叫びはひと言も出てこなかった。

化学成分は手足も麻痺させ、彼は恐怖とともに、どうあがいてもそれを止められないことに気づいた。手に力がはいらなくなり、握っていた車の鍵が落ちる。襲撃者の指がすかさず伸び、鍵を受け止めた。トラスは、自らの生殺与奪の権がこの男に握られたことを知った。

15

トラスは膝から崩れ落ちた。〈サラセン〉は彼が倒れないように身体を支え、トラスの車に向かって運んだ。これまで〈サラセン〉が何度もフロントガラスを拭いた、黒いアメリカ製のSUVだ。車に行く途中で、彼は立ち止まった。

彼はトラスの顔を殴り、相手の目によぎる痛みと憤激を見た。

計画を練るあいだ、彼が抱いていた大きな懸念は、体内から麻酔性の強い静脈鎮静剤が検出された場合、化学的標識によって製造番号を追跡される可能性だった。製造番号がわかれば、彼が勤務しているレバノンの地方の病院からその鎮静剤が持ち出されたことが判明し、シリアの秘密警察の捜査班はさほど手間取ることなく、犯行と同じ時期に休暇をとっていた勤務医を突き止めるだろう。

しかしベイルートには、ロバが引く荷車に獣医薬品を山積みにした大きな闇市場があった。その結果、トラスの体内に注射されたのは追跡不可能な馬用の精神安定剤(トランキライザー)であり、〈サラセン〉は、自分が正しく分量を計算したことを祈るしかなかった。〈サラセン〉は相手の筋肉だけを動かなくさせ、意識は失わせたくなかったのだ。目がどんよりしてしまっては、トラスは使い物にならない。何が起きようと、この獲物には目を覚ましていてもらわなければならなかった。

〈サラセン〉は彼の顔面を、力を計算してふたたび強打し、SUVに向かって引きずった。フロントガラスを拭きながらトラスの動きを観察していたので、鍵のボタンを押せばドアを開錠できることはわかっていた。〈サラセン〉はボタンを押して後部ハッチを開け、そのなかで獲物を拘束した。

車の内部は洞窟のようだった。地中海からペルシャ湾に至る酷暑の国々で、ワスタを持っている人間と持っていない人間を区別するまちがいのない方法がある。俗語でぼかし（マフフィー）、つまり太陽光をさえぎるために車のガラスを曇らせる割合だ。法律では十五パーセントに規制されているが、強いワスタを持っていれば、それだけマフフィーが濃いガラスを入れられる。

トラスが大変なワスタの持ち主であることは、彼のキャデラックが八十パーセントという、威圧的なほどのスモークガラスを使っていることから明らかだった。車内の様子は外からほとんど見えず、これからやろうとすることを考えれば理想的だ。〈サラセン〉は獲物を残していったん車を降りると、ハッチを閉め、運転席に乗りこんで鍵を挿しこみ、エンジンをかけた。車を走らせるつもりはなかったが、エアコンを最大にして車内を冷やしたかったのだ。スイッチを操作すると、後部座席の背もたれが倒れて平坦になり、身体をばたつかせるトラスが、甲板でのたうちまわるマグロのように見えた。

何週間もかけて練り上げた計画どおり、〈サラセン〉はポケットから絶縁テープを取り出し、平らになった後部スペースへ移動した。トラスが恐怖のまなざしで見守るなか、彼の生殺与奪の権を握る主人は両の手首をつかみ、左右のドアハンドルを握らせて絶縁テープで固定し、彼にあおむけの体勢をとらせた。トラス自身が、かつて全裸の女を同じ体勢で拘束し、愉悦を覚えながら〝尋問〟したあげく、女が悲鳴もあげられないほど疲れ切ったところで絞め殺したことがあった。

次に主人はトラスの両足、大腿部、胸もテープで平坦にした座席にくくりつけ、身動きできないようにした。だが、彼がその次にとった行動はいかにも奇妙だった。テープを使い、トラスの額と顎をヘッドレストにきつく固定したのだ。トラスは何をするつもりか訊こうとした。まるで、頭だけでも逃げ出さないように押さえつけているようだ。しかし、口からはよだれが流れるばかりで、言葉は出てこなかった。

〈サラセン〉はひそかな満足感を覚えながら、怯えきった目を泳がせて何か話そうとする彼を見た。トランキライザーの量は正しかったのだ。手足を大の字に広げて固定されたトラスが動けないのを確認してから、〈サラセン〉は後部のハッチを開け、周囲に誰もいないのを確かめると、車を飛び出して自分の野営地へ駆けだした。

俊敏な動きで彼は防水シートをはがし、その上にガスコンロやその他の物品を積んで、科学捜査の専門家の手がかりになるようなものを何ひとつ残さなかった。それらを防水シートで包んで縛り、肩にかついで、古いクーラーボックスも拾いあげる。前もって、中身は入念に準備していた。まるで奇怪なピクニックにでも出かけるように。

最後に準備したものが、いちばんの心配の種だった。大きな氷の袋だ。どうやってこれを入手するか、彼は何週間も熟考したが、やってみると拍子抜けするほど簡単だった。人のいい守衛が、イドになると彼らもいなくなると教えてくれたとき、その男に、自分もささやかな祝いの宴をしたいので、飲み物を冷やす手助けをしてほしいと頼んでみたのだ。

「職員用のキッチンの冷蔵庫から、いくらか氷を分けてもらえませんか？」彼は守衛に頼み、よきムスリムである守衛はつい数時間前に、律儀に氷を届けてくれた。

「イド・ムバラク」彼らは挨拶をかわし、〈サラセン〉は氷をクーラーボックスに詰めこんだ。ボックスのなかには、残飯とコーディアル（甘味と香味のある濃厚な味のアルコール飲料）の瓶が何本かはいっていたが、これらは目くらましだった。本当の中身は、彼が必要としていた専門的な道具類であり、それらは二重底の下に隠されていたのだ。

クーラーボックスを抱え、防水シートを背負って、〈サラセン〉はSUVに駆け戻った。後部ハッチのひらく音が聞こえると、トラスは血走った目で、パレスチナ人が荷物を積み、自分もなかにはいって、ふたたびハッチを閉めるのを見た。不吉なことに、主人は運転席に手を伸ばしてスイッチを押し、すべてのドアをロックして二人きりになった。

〈サラセン〉は副所長のポケットに手を入れ、携帯電話と財布を取り出し、中身を改めたが、現金やクレジットカードには目もくれず、トラスがセキュリティ・ゲートを通過するためのキーカードだけを抜き取った。それこそ、彼が探していたものだ。

自信を得た彼はひざまずき、慎重にトラスの頭と向きあうと、クーラーボックスの蓋を開けた。残飯類を取り出し、二重底の留め金をはずす。隠しスペースから彼は、丸められ、ひもで縛られた厚手のビニール袋を取り出し、わきに置いた。それから、ふたつのプラスチック製の容器に氷を詰めはじめた。落ち着き払い、秩序立った動作。

不意にトラスは気づいた。この男は医者だったんだ！　彼は心のなかで叫んだ。麻酔のせいで声が出ないのだ。両目が狂ったように動きまわる。想像もできないほど恐ろしいことが起きる予感がした。

この病的な男は、いったい何をたくらんでいるのだろうか？　面倒を引き起こさず、おとなしくしていれば将来は安泰にちがいないのに、なんだって駐車場の掃除などしていたのだろう？　トラスは知りたかった。

いますぐわかる答えは、この男に何かしらの計画があるにちがいないことだ。そして彼の経験上、計画を抱いた男はたいがい狂信的な連中で、理性に訴えて説得できるような相手ではない――仮に筋肉の制御が回復し、言葉が出てくるようになったとしても。

医者は透明なビニールの手袋を隠しスペースから取り出した。それを見てトラスは、さらに得体のしれない恐怖を覚えた。いったいなんのためだ？　彼は叫びたかった。疑問に答えるように、医者は彼に話しかけた。ちがう状況であれば、患者の気持ちを汲んだ見事な診察だと賞賛されたかもしれない。「これから、おまえの両目を取り出す」彼は言った。

16

なんだって⁉　トラスはパニックに襲われた。目をどうするって⁉

〈サラセン〉は、ふたつの黒い目玉によぎる激しい反応を見た。本当はトラスにそんなことを説明しなくてもよかったのだが、恐怖とアドレナリンによって瞳孔をひらかせ、目を充血させたかったのだ。血液の量が多いほど、目を切除したあとも長もちするだろう。

「わたしはおまえのことを知らない」〈サラセン〉は言った。「だからこれは、個人的な感情とは無関係だ」しかし実際にはもちろん、〈サラセン〉はこの男がどんな人間か知っていた。この男のような人間が、かつてジッダで彼の父を投獄し、処刑したのだ。

個人的な感情とは無関係だと⁉　トラスは脳裏で悲鳴をあげた。思ったとおり、この男は狂信者だ。狂信者は決まってそう言う。彼は全身の力を総動員して、筋肉を動かし、拘束から逃れようとした。〈サラセン〉は、男の身体がかすかに震えるのを眺めた。哀れなものだ。

トラスの両目に涙があふれた。恐怖と、やり場のない怒りと、憎悪の涙だ。〈サラセン〉は身をかがめ、厚手のビニール袋を取り上げてひもをほどき、中身を広げた。外科手術用の器具を、彼はトラスに見せつけた。さらに恐怖を募らせ、アドレナリンを分泌してくれればよい。袋のポケットから彼が引き抜いたのは、四インチの鋼製のメスだった。

トラスの目が引きつけられた。メスだと？ なんでもいい、何かしなければ。彼の目の反応に、〈サラセン〉は満足した。「まずは右目から始める」彼は言った。

死に物狂いの力を奮い起こし、トラスはひと言だけ声をあげた。「いやだ」彼は苦しげにささやいた。

仮に〈サラセン〉に聞こえていたとしても、彼はなんの反応も見せなかった。「目を切除するのは、比較的簡単だ」彼は冷静な声で言い、メスの柄を握った。

トラスはどす黒い恐怖と絶望にとりつかれ、人間の身体で最も攻撃に弱いとされる部分にメスが近づくのをなすすべもなく見守った。医者の親指と人差指がまぶたを押さえつけ、刃が右目に大きくのしかかる。

〈サラセン〉は大胆な動きで、まぶたにメスを入れた。「医学的には、眼球摘出と呼んでいる」彼は解説した。

トラスは嘔吐しそうになった。できることならそうしたかった。誰でもいいから、この狂人を止めてくれ。

血がしたたり落ち、右目の視界がかすんでいく。この悪魔のような医者の親指が、鼻梁と眼球のあいだで動いているのがわかる。〈サラセン〉は眼球をよけ、眼窩筋を見つけて、切断した。

トラスは焼けつくような痛みを覚えた。しかし、それでもまだ、右目が動いているのがわかった。こいつめ、失敗したか。そのとき〈サラセン〉が、最後の血管を見つけた。視神経とその血管だ。そして、そこを切断した。

トラスの視野の半分が瞬時に消え、ブラックホールに吸いこまれた。右の眼球が飛び出した。

〈サラセン〉は、手早くやらなければならなかった。結紮糸（けっさつし）で眼球の血流を止め、眼液を保ちつつ、眼球を氷漬けにして衰弱を遅らせなければならない。エアコンを最大にしたのもそのためだった。彼は次に左目にとりかかった。できるだけ急ぎ、右目の二倍のスピードでえぐり出した。

トラスは数秒で残りの半分の視野も失い、意識を失いそうな痛みのなかで、自分が失明したことを知った。

〈サラセン〉はキャデラックのロックを解除し、駐車場を駆け抜けて研究施設の正面扉へ向かった。片手に持ったプラスチック製の容器には、氷漬けにしたトラスの両目がはいっている。

しかし、まだ彼は計画の第一段階を達成したにすぎなかった。次の問題は体重だ。

17

〈サラセン〉がトラスの財布から奪い取った暗号化されたキーカードを使うと、研究施設の正面扉は簡単にひらいた。

守衛の机は無人で、建物の内部に人けはなかったが、金属探知機はまだ動いていた。彼はそこも難なく通過した。数時間前に腕時計をはずし、ポケットからも金属類を取り出しておいたのだ。彼は六歩進んだところで立ち止まった。

目の前には狭い廊下がある。彼は前に進むしかなく、突き当たりには鉄製の自動扉があった。床は金属のパネルだ。

クーラーの壊れた導管から吹いてくる風で涼んでいると見せかけ、厚板ガラスの窓越しに内部をうかがっていたときに、彼はこの建物のセキュリティ・システムに関する多くの秘密のうち、ひとつを解読していた。床が体重計になっているのだ。職員は金属製の床に踏み出す前に、暗号化されたキーカードを別のリーダーに通さなければならない。そうするとコンピュータが、データベースに登録された職員の体重と、床を歩く人間の体重を照合するのだ。

このようなシステムがなければ、〈サラセン〉はトラスの襟首を捕まえて、彼の背後を歩くだけですんだだろう。だがこの床を百八十ポンドの男が二人歩いたら、たちどころに警報が鳴り響き、彼らは建物から出られなくなるにちがいなかった。

手術用の手袋をはめたまま、〈サラセン〉はトラスのカードをリーダーに通し、隠された体重計の上を歩いた。システムが体重のちがいを感知したら、前後にシャッターが下りて、彼を閉じこめるかもしれない。

しかし、何事も起こらなかった。思ったとおり、彼とトラスの体重はほぼ同じだったのだ。次が最後の関門、網膜スキャナーだ。彼は氷を詰めた容器を棚に載せ、トラスの目を両手に持った。右目と左目を確かめる。滑りやすい眼球を親指と人差指で押さえながら、彼は両方の目を自分のまぶたに強く押しつけ、眼窩にはめこんだ。何も見えないまま、スキャナーが認証してくれるよう祈り、顔を壁際の機械に向ける。

手袋をはめた手が障害にならないことはわかっていた。システムはプラスチックや眼鏡の縁、コンタクトレンズ、メーキャップなどを感知しないように設計されているのだ。認証システムが問題にしているのは、目の内側にある網膜の血管だけだった。その模様は、地球上の七十億の人類それぞれで異なっており、一卵性双生児でさえちがう。

メーカーのふれこみによると、このテクノロジーをあざむくすべは存在しない。確かに、死人の網膜は瞬く間に活動が衰えるが、問題は、生きている人間から取り出して三分以内の、まだ血液を残した目をかざした場合、センサーがバシャール・トラスとみなすかどうかだった。〈サラセン〉のみならず、答えは誰にもわからない。いままでにそんなことを試みた者はいないだろう。

〈サラセン〉がこれまで観察した結果、大半の職員がスキャナーの前に立っていた時間は約二秒だった。それで彼は、三つ数えて顔をそむけた。トラスの目を氷に戻し、突き当たりの金属の扉を向く。そしてふたたび、秒数を数えはじめた。扉がひらくまでの時間は、最長で四秒のはずだった。

ゆっくり六つまで数えてひらかなかったら、逃げなければならない。脱出プランは、厚板ガラスを強打することしかなかった。一度認証されなかったら、システムはロックされ、キーカードをかざしても正面扉はひらかないだろう。外に出たら、SUVを運転してあらかじめ偵察しておいたゴミ廃棄場の近くに駐め、トラスを殺し、そこから二十マイル歩いてバス停へ向かう。国境が封鎖される前に、できるだけ早く検問所へ向かうしかなかった。

八つまで数えたところで、彼は踵を返そうとした。計画は失敗しようとしている。自己嫌悪に襲われ、突き上げる不安とともに脱出するしかないと観念したとき、鉄の扉がひらいた。彼は通過した。

なぜ扉がひらくまで時間がかかったのかは、謎としか言いようがない。トラスの目になんらかの変化を認めたシステムが混乱し、通常より複雑な判断を強いられたか、あるいはただ単に、待機状態から覚めるのに時間がかかっただけかもしれない。しかし、そんなことを気にしている余裕はなかった。彼は大股で鉄扉から広い空間に足を踏み入れた。だが、期待していたような達成感や昂揚感は訪れず、それどころか、彼は意気阻喪した。高い壁、鉄条網、監視カメラのせいで、彼はこれまで、正面のガラス越しにしか研究施設を見ることができなかった。そのときの印象をもとに広さを推測していたのだが、いまになって、それが深刻な過ちだったことがわかった。というより、致命傷になりかねない。鉄扉の内側は、思っていたよりはるかに広かったのだ。

これほど広い場所から彼の探しているものを見つけるのにどれだけの時間がかかるのか、あるいはそのあいだにトラスが発見されるかどうかは、アッラーにしか知りえないだろう。友人や家族が、職場にかけても携帯電話にかけても彼と連絡を取れなかったら、駐車場へ捜しに来ることはまちがいない。

自分にどれくらいの持ち時間があるのか、〈サラセン〉にはわからなかった。彼らはすでにこちらへ向かっているかもしれない。わかっているのは、時間が限られていることと、捜索範囲が途方もなく広いことだ。トルコのことわざで言えば、針で井戸を掘るようなものである。

丸腰で、誰かが来たらまちがいなく殺されるとわかっていながら、彼は五本の広い廊下のうち一本目を走り、他の廊下との交差点を右に曲がった。しかし、なかほどで立ち止まった。防弾ガラスと無人のセキュリティ・デスクに阻まれ、先へ進めなかったのだ。〈サラセン〉が最初に駐車場に住みついたとき、週末の茶を分けてくれた二人の守衛が、この建物の奥深くには後方散乱X線検査装置があると言っていた。これまで、この施設から持ち出されたものが何もないのは、この装置によって出入りする人間が裸同然にされるからだ。X線は身体のさまざまな部位を測定することもできる。右大腿骨の長さや、鼻から耳たぶまでの距離もわかってしまうのだ。網膜スキャナーとちがい、正真正銘の本人でなければ通れない。

世界の先端医療機関でも、防弾ガラスで守られた部屋に後方散乱X線検査装置を備えたところはないだろう。〈サラセン〉には、その奥にはこの施設で研究されている、世にも恐ろしい物質がたくわえられていることがわかった。彼とて、そこまで侵入するつもりはさらさらない。自分の推測が正しければ、防弾ガラスの奥まで行く必要はなかった。

彼は身をひるがえし、交差点まで引き返した。見知らぬ外国へ来た異邦人の彼が探していたのは、非常にまれにしか存在しないが、奇妙なことに、まったく無害な物質だった。それは箱のなかの小さな瓶にはいっており、ここで働く人々を守るために使われているはずだ。

二本目の廊下と部屋の迷路にはいり、暗闇のなかで脅威に警戒しながら進んでいると、壁と天井の境目に並ぶ照明がいっせいに点灯した。彼は立ち止まり、振り返って廊下を見た。

誰かが建物にはいり、照明をつけたのだろうか。彼は全身を耳にして敵の位置を探った。遠くで電話が鳴り、何かがコツコツ当たる音がする。外側のシャッターが風に打ちつけられる音だ。その間隔は、彼の心臓の鼓動とほぼ一致していた。足音や衣擦れの音、拳銃をホルスターから引き抜く音がしないか、耳を澄ます。しかし、そんな音はしなかった。

そこで彼は、不意に気づいた。恐怖の念が消えうせる。照明はタイマーで自動的に点灯するのだ。それは、夜が訪れたことを意味していた。

18

研究施設の閑散とした駐車場で、ナトリウムランプがいっせいに点灯した。しかしトラスには、黄色い光が見えなかった。もう彼には何も見ることはできないが、明かりがともる音は聞こえ、それは精神を鼓舞した。夜が訪れたということは、あの汚らしいパレスチナ人の逃げる時間もなくなっているのだ。

この世のものとは思えない痛みが額の奥深くに突き刺さり、眼窩からまだ血が流れ落ちているのがわかる。しかしトランキライザーの効き目は消えつつあり、痛みが募ると同時に、トラスの力も回復しつつあった。

彼は頑健で力も強かったが、精神が弱っていてはそれも役に立たない。建物を出たとき、彼はすでに予定より遅れていたので、家族は心配しているにちがいなかった。夜の訪れとともに、心配はますます募っていくだろう。

妻と四人の成人した子どもたちは、長女宅のプールサイドに集まってしびれを切らしているはずだ。心当たりのある連絡先にはとっくに電話しているだろう。たくましい身体つきをした二人の息子たちは、父のあとをついで秘密警察で辣腕を振るっているが、母や姉に聞こえない場所で父の愛人に電話をかけ、父を家族の義務から引き離したと非難するかもしれない。

夜になっても連絡がつかなければ、二人の息子たちは車に乗って父のたどった道筋をたどり、事故に遭わなかったかどうか確かめるにちがいない。秘密警察の一員として、二人はつねに武装しているから、トラスは生きつづけて、二人ができるだけ早く自分を見つけるよう手助けする必要がある。おぞましい怪我を負わされ、苦痛と吐き気を覚えながらも、彼にはそのための方法がわかっていた。

彼は顔を左右に振り、頭を拘束している絶縁テープをしだいに緩めていった。髪の毛、皮膚の一部、髭がはがれ、それにはひどい苦痛をともなったが、頭を自由に動かすことができれば、胸と腕を巻いているテープを嚙み切れる。

さっき彼は、あの狂信者が自分の携帯電話をポケットから抜き取るのを感じ、自動車電話の受話器を架台から上げるのを見ていた。そのあと、両方の電話がアスファルトにたたきつけられる音を聞いた。しかし、あの愚か者は緊急脱出に備えて、車のエンジンをかけっぱなしにしたまま出て行った。やつは、この高級車にはハンズフリーシステムが備えつけられているのを知らないのだ。トラスが両手の自由を回復し、運転席まで手を伸ばすことができれば、目が見えなくても手探りでステアリングのボタンを押し、電話を使える。

けさ、彼はこの車から長男の携帯電話を呼び出していた。ステアリングのボタンを押せば、自動的にリダイヤルされる。トラスは頭上のマイクが拾えるぐらいの声を出せばよい。受話器はいらない。

「研究所、駐車場」彼はささやくような声で予行演習した。

息子たちが彼の声を聞き、ここへ着いたら、そのときにはあのパレスチナ人には神のご加護が必要だろう。トラスが尋問した裸の女に強引に挿入したとき、女は慈悲を求めて叫び、その数時間後には、すみやかに死なせてほしいと嘆願した。しかしあのときの悲鳴も、息子たちとその同僚があの狂信者にあげさせる苦痛の絶叫に比べればのどかなものだろう。彼はしだいに声を大きくして、ふたつの言葉を繰り返しながら、ようやく頭と顎をテープからはがした。痛みに思わずうめき、声をあげる。涙腺が残っていたら、涙を流しただろう。

彼は少しのあいだ座って苦痛を鎮めようとした。そのとき、仮に誰かがキャデラックのスモークガラスに顔をくっつけて車内を覗いたら、眼窩がうつろになり、髪がごっそり抜け落ちて、顔面の皮膚がはがれた男が見えただろう。

男が胸に巻かれたテープを嚙み切ろうとしているのを見つづけた者がいたら、彼の断固たる決意を見て、あと数分粘れば自由になれると教えたかもしれない。

19

沈没したスペインのガレオン船の破片を、疲れを知らないおもちゃのダイバーが持ちあげようとし、五匹の美しい熱帯魚が泳ぎまわって、ダイバーのヘルメットから立ちのぼる気泡を通りすぎる。

研究施設の贅沢な幹部棟の応接室は、壁一面が水族館のような水槽に覆われていた。水槽の不気味な反射光が、侵入した〈サラセン〉を照らし出している。どこを探してよいかわからず途方に暮れながら、静まりかえった室内を移動する途中、彼はひときわ鮮やかな魚に目を引かれた。

二十年以上見ていなかったにもかかわらず、彼はすぐに思い出した。「アンフィプリオン・オケラリス」自分でも思いがけないことに、学名が口を衝いて出てきた。あらゆる熱帯魚のなかで、父が最も気に入っていたのはこの魚であり、週末に勤務があったときには、彼は海辺の研究所に幼い息子を連れていき、大きな研究用の水槽を見せたものだ。最も大きな水槽にはイソギンチャクがひしめいていた。美しいが毒を持つ、海の花だ。

「このカクレクマノミを見てごらん」父は言った。「世界中でこの魚だけが、イソギンチャクの触手に触れても毒を吸収せず、死なないんだ。どうしてだろうね？　わたしはその答えを探しているんだ」

これだけの年数を経て、秘密研究施設に一人きりでいながら、皮肉な思いは〈サラセン〉の脳裏を去らなかった。父と同様、彼もまた死をもたらす病原体にかかわる研究に憑りつかれているのだ。

できればもっと魚を眺め、純真無垢だったころの記憶を思い起こしたかったが、いまは時間がなかった。水槽から目を転じると、最初は気づかなかった暗がりに通路が見えてきた。その突き当たりに扉があり、彼は直感的に、そこが探していた場所だとわかった。その部屋の壁には、赤新月(せきしんげつ)社のマークが掲げられていた。

イスラム圏での赤十字社に当たるこの印は、ここが研究施設の医務室であることを示している。この施設に赤新月社の医務室があることを、〈サラセン〉はレバノンの病院で勤務している看護師から聞いて知っていたが、ここへ導いてくれたのは父が好きだったカクレクマノミであり、彼は天の配剤に感謝した。

医務室には鍵がかかっておらず、彼はすばやくなかにはいり、薬品類が置いてある奥の診療スペースへ急いだ。この医務室があるのは、勤務中に急病になった職員を手当てしたり、新入職員の健康状態をチェックしたりするためだ。実際、ここには心電図、体力測定用の装置、除細動器、人工呼吸装置など、充分な設備が備えられていた。

その中央部には薬の調剤室があり、何年も病院に勤務している〈サラセン〉は、そこに慣れ親しんだにおいを嗅いだ。カウンターの奥の壁際には、薬品の箱や外科用品が棚に整然と並んでいる。鍵がかかった鉄格子の戸棚にも、薬が収納されていた。麻酔薬、幻覚剤、アンフェタミン、鎮静剤として使われるアヘン製剤などだ。

しかし彼は、これらを素通りした。さらに奥の小部屋にはいり、冷蔵ケースの列を見る。彼がこの神に見放された国を訪れ、駐車場で犬のような生活をしてきた目的がここにあるはずだった。

高鳴る希望と不安を胸に、彼は冷蔵ケースのガラス戸の前を歩いた。専門家としての彼の目が、血液製剤や温度に敏感な薬品のガラス瓶を確かめる。どこの病院にもあるような、職員用の飲食物も置かれていた。しかしそのなかに、彼の探していたものはなかった。一歩進むたびに、絶望感が募る。これまで耳にしてきた噂は、単なる噂でしかなかったのだろうか。自分はそれを真に受け、勝手に妄想を膨らませていたのか。愚かなことに自分は、見たいものしか見ていなかったということか……。

彼は祈る思いで頭を垂れ、最後の冷蔵ケースに目をやった。棚には厚紙でできた八つの箱がはいり、小さなガラス瓶を収めている。ラベルに印刷された複雑な専門用語を見て、〈サラセン〉は、これがまさしく自分の探していたものであることを確信した。

鍵のかかっていない冷蔵ケースを開け、半分ほど空きがある箱から、六本のガラス瓶を取り出した。瓶にはいっている透明な液体は、二百年前にイギリスの小さな村でなされた実験のたまものであり、〈サラセン〉は瓶を布にくるみ、ポケットにしまいながら、自分が遠からずカクレクマノミとよく似た存在になるだろうと思った。彼もまた、美しいが敵意に満ちた環境で、致死性の毒から守られつつ動きまわることになるのだ。これは決して誇張ではなく、文字どおりの意味だった。やがてわたしは死に物狂いで彼を捜すことになるのだが、その旅は時間との恐ろしい戦いであり、その過程で見つかった彼の正体を示唆する手がかりといえば、二枚の紙きれだけだった。そのどちらにも〝カクレクマノミ〟という言葉が書かれていた。

ガラス瓶をポケットに収めた彼は、カウンターに置いてあった薬品の目録に目を向け、三年前までさかのぼって瓶の数を入念に書き換え、薬品がなくなっていることを誰にも気づかれないようにした。それから目録を戻し、廊下に出て扉を閉めた。手術用のビニール手袋をはめていたおかげで、医務室に彼の痕跡はいっさい残らなかった。彼は巨大な水槽の前を走り抜け、しんとした長い廊下を通って正面扉へ戻った。

あと二分もあれば、誰からも気づかれずに帰国の途に就けるはずだ。しかし、ひとつ問題があった。ＳＵＶに監禁した獲物が、彼を出し抜こうとしていたのだ。

20

トラスは胸に巻かれた絶縁テープを噛みちぎった。欠けた切歯から血が流れているが、自分では気づかず、テープの残りから両腕を振りほどいて上半身を起こした。

両手の血行が回復し、痛みにあえぎながら、彼は身体を前に投げ出し、両足と大腿部のテープも断ち切ろうとした。バランスを失うたびに体勢を立てなおして自分を鼓舞し、両手をステアリングに触れて電話のボタンを押すイメージを描く。そうすれば、二人の息子たちがサイレンを鳴らし、数分でタイヤをきしらせて駐車場に現われるだろう。

彼が味わおうとしていたのは救いではなかった。復讐だ。片足のテープを引きちぎると、ブーツをはいた足で残りのテープを蹴飛ばした。完全な暗闇のなかで手探りしながら、彼は膝立ちになった。自由を回復したのだ。

二百ヤード隔てたところで研究施設のガラスの扉がひらき、〈サラセン〉が現われた。トラスの目がはいったプラスチックの容器を持ち、建物を飛び出して駐車場への道を急ぐ。キャデラックのＳＵＶに戻るまであと二十秒。エンジンをかけっぱなしにしていたので、すぐにギアを入れて駐車場を出るつもりだ。ぐずぐずしていたら施設の電子ロックが作動し、構内が封鎖されるかもしれない。

駐車場のナトリウムランプが点灯しているのを見て、彼は念のために花壇を左に迂回し、様子をうかがうと、一気にアスファルトを駆け抜けて黒いSUVに向かった。車がサスペンションのうえで揺れていた。車内で誰かが動いている……。

拘束したはずのトラスが、シートを倒した後部からステアリングに突進し、サスペンションを揺らしていたのだ。彼の肩が運転席の背もたれにぶち当たり、そのまま身体ごと運転席に転げ落ちた。バランスをとろうと伸ばした片手が、運よくステアリングをつかんだ。〈サラセン〉はトラスの目がはいったプラスチックの容器を落とし、車に突進した。トラスが何をしようとしているのかはわからなかった。アクセルを踏んで車をどこかにぶつけるつもりか、ギアを壊して運転できないようにしたいのか、鍵をかけて〈サラセン〉を締め出すつもりかはともかく、あらゆる危険の源が運転席にあることを彼は直感した。

この一瞬の決断を誤れば、死ぬのはトラスではなく自分かもしれなかった。のみならず、彼の計画そのものの成否がこの一瞬にかかっていた。彼がより善良な人間であれば、すなわち妻子とともに暮らし、子どもたちにささやかな夢を託し、人並みの生活を送って殺戮よりも愛に多く接していれば、ふつうに運転席のドアを開けるほうを選び、それによって時間を浪費しただろう。しかし〈サラセン〉は、わたしのように場数を踏んできた殺し屋と同じ行動を選択した。拳で運転席のスモークガラスをぶち破ることにしたのだ。

腕を振り上げたところで、彼は恐怖心を覚えた。ガラスが防弾加工されている可能性に思い至ったのだ。トラスがまだ秘密警察の一員だったら、その可能性はある。しかし、この大きく派手なキャデラックは、彼の私用の車にちがいない。いずれにしろ、〈サラセン〉に迷っている暇はなかった……。

トラスはすでに運転席に座り、電話のボタンを探り当てて押していた。システムがすぐに作動し、リダイヤルした。もうすぐ助けが来る。

白いトヨタのランドクルーザーが、祭日前夜の空いている高速道路でサイレンをけたたましく鳴らし、ラジエーターグリルに取りつけた赤と青の警告灯を点滅させながら、古代からのオアシスに生まれた都市の郊外を疾走して、研究施設に急行していた。車内では、髪を短く刈りこんだトラスの二人の息子たちが目を凝らし、消防車や救急車、壊れたガードレールなど、事故をうかがわせるものがないかどうか確かめている。

トヨタのダッシュボードで電話が鳴り、兄弟はモニターに表示された発信者の番号に注目した。父だ。

〈サラセン〉の拳がキャデラックのウインドウをたたき割り、トラスの鼻梁を強打した。アフガンのムジャヒディンにしかできないような強烈な一撃で、彼の鼻中隔が砕かれ、血しぶきが飛び散る。トラスはたまらず助手席に倒れこみ、苦痛にもだえ苦しんだ。

トヨタのランドクルーザーの車内で、助手席に乗っていたトラスの息子が、受話器を取り上げてひと言、叫んだ。「父さん！」返事がない。

彼らの父親はうめきながら、運転席と助手席のあいだでのたうっていた。しかしまだ意識はあり、息子が必死に呼びかける声が聞こえてきた。臨終の床で回心した男のように、トラスはいま、救いを求める短い言葉を口にしさえすればよかった。「研究所、駐車場」と。

受話器もないのにどうやって電話を使えるのかわからず、〈サラセン〉は混乱した。聞き覚えのない声が父親に呼びかけ、トラスが身体を起こしかけて返事をしようとする。〈サラセン〉はふたたび、一瞬での決断を迫られた。彼はトラスにも自らの混乱にもかまわず、手を伸ばし、イグニションキーをひねって引き抜き、エンジンを止めて、車内の電気系統を遮断して電話を切った。

トラスは何が起きたのかわからず、砕かれた鼻の痛みと闘っていた。彼にわかったのは、救いを求める言葉を伝えられなかったということだけだ。それでも彼は、身体を起こそうとした。

疾走するトヨタの車内で、二人の息子たちは通話が途切れる音を聞き、助手席にいた息子がすぐにかけなおした。彼らにはまだ父親の所在が把握できていなかったが、とにかく研究施設へ急ぐことにした。

トラスが、片肘を突いて起き上がったとき、SUVの助手席のドアが勢いよくひらく音がした。そして〈サラセン〉の力強い両手が襟首をつかみ、彼を無理やり助手席に移した。トラスは抵抗しようとしたが、勝ち目はなかった。

〈サラセン〉は助手席のシートベルトを伸ばし、獲物の血まみれの首と腕にきつく巻きつけ、疲労困憊した男をシートに座らせて、身動きできないように縛った。シートベルトの留め金を締め、トラスが動けないのを確かめて、いったん車を降りる。彼は容器を落とした地点に戻り、トラスの目がはいったプラスチックを拾いあげて、車へ駆け戻った。

エンジンをかけると、ふたたび電話が鳴りだした。〈サラセン〉はもう一度エンジンを切りたくなったが、システムがどのように作動するか知らなかったので、放っておくことにした。SUVを急加速でバックさせ、車輪でウインドウの割れたガラスの破片を砕いた。いかなる痕跡も残したくなかったので、本当は降りて拾いたかったのだが、これ以上ここにいたくなかった。先ほどはどこからともなく声が聞こえ、いまも電話の呼び出し音が鳴り響いていることから、捜索が始まったことは確実だった。しかも相手がどこまで接近しているのかわからない。また、建物で目的の薬品を探すのに予想以上に手間取ったことで、〈サラセン〉は神経を消耗させ、計画の変更を迫られた。

彼は方向転換してアクセルを踏み、車の後尾を振りながら連絡道路に出た。しかし、高速道路にはいって空港の長期間用駐車場に駐め、トラスを殺害して車ごと放置しておくという計画は断念し、代替計画に切り替えて、すみやかに車を処分することにした。

まさにこのために、われわれ全員にとって事態はきわめて厄介なことになる。彼は連絡道路を走りつづけ、そのまま研究施設の裏手へ抜け出した。拳銃を携えたトラスの息子たちが、高速道路を下り、研究施設の正面玄関を通りかかったが、黒いキャデラックはわずか十秒差で彼らの視界から消えていた。

わずか十秒の差が、大きなちがいとなった。ささいな出来事によって無数の人命が左右されたことは、往々にしてある。もし、ヒトラーを暗殺しようと仕掛けられた時限爆弾が、間際になって会議室の机の下に移動されていなければ。もし、帝政ロシアの皇帝(ツァーリ)が、レーニンの兄を処刑していなければ。もし――しかし、わたしの悲しい経験によれば、このようなときにかぎって神は事態に介入しようとせず、運命は悪いほうへ転がるのだ。

トヨタに乗っていた男たちは、すんでのところで間にあわず、父の車を発見できなかった。したがって彼らは追跡することができず、秘密警察はまんまと〈サラセン〉に逃げられた。しかも、研究施設から六本の小さなガラス瓶がなくなったことには誰も気づかなかった。

21

息子たちが駐車場を探し終わる前に、〈サラセン〉はめざしていた道を見つけた。彼がその道でキャデラックのヘッドライトを消すと、車は暗闇に飲みこまれ、長くでこぼこしたアスファルトに溶けこんだ。

道路の片側には市営のゴミ集積場があり、〈サラセン〉は車を徐行させ、あたりに固まっているカモメや野犬の群れを驚かせないように気を配った。ゴミ集積場の反対側は低木しか生えていない荒れ地で、廃車が山と積まれ、あたりを流れる運河は雑草に覆われて、よどんだ水が悪臭を放っている。

〈サラセン〉は金網のフェンスのあたりで速度を落とし、蝶番(ちょうつがい)が取りつけられたゲートを押し開け、楽天的な不動産業者がかつて〝工業団地〟と呼んでいた行き止まりにキャデラックを停めた。正面には崩れそうな建物が並んでいる。おそらく盗難車の解体をしているのであろう修理工場、再生した洗濯機を売っている低層の倉庫、ラム肉加工場に改造された五棟の車庫。こんなところで食事に使う肉が加工されていることは、市民にはあまり知らせないほうがいいだろう。

鼻を砕かれた激痛、絞首刑の縄のように首にきつく巻かれたシートベルト、ろくに殺菌もしないメスで目をくりぬかれたことによる発熱や炎症があいまって、トラスは譫妄(せんもう)状態に陥っていた。〈サラセン〉はドアを開け、シートベルトをはずして、彼を腐臭の漂う静けさのなかに引きずり出した。生ぬるい空気を吸いこんだことでトラスはわれに返り、よろめきながらも立ち上がった。

「なかなかよく絞まっていた。プロの仕事だ」トラスは嗄れ声で言った。その言葉と同時に、彼はアスファルトの割れ目でつまずき、切れ切れの声で、神と天の光が見えるとささやきはじめた。

〈サラセン〉は、そうした現象が起こりうることを知っていた。腕を切断された人々がまだ自分の指を感じるように、失明した人間はしばしば、この世のものならぬ光を見ることがあるのだ。〈サラセン〉は、自分だけの光に見入っているトラスを放っておき、SUVの後部座席から必要なものを取り出した。それから彼の襟をつかんで、食肉加工場から出された遺棄物が山積みになったゴミ溜めへと引きずっていった。

葦(あし)や丈の低い茂みのあいだで四つ足の獣がうごめき、やがて漆黒の闇のなかから野犬の群れが近づいてきた。格好の餌場である食肉加工場の周囲は強い野犬の縄張りであり、彼らはいま、大きな動物の血と汗のにおいを嗅ぎつけ、その動物が重傷を負っている気配を感じていた。

〈サラセン〉は加工場のゴミ溜めでトラスの身体を起こした。彼はプラスチックの冷たい容器から死んだ目を取り出し、トラスの左右の眼窩に押しこむと、そのまわりにぼろ布を手際よく巻きつけた。まるで汚い目隠しのようだったが、その本当の目的は目を元の場所に押し戻すことだった。

燃えるように熱い身体に不意に冷たいものを押しつけられたトラスは、それまで見えていた万華鏡のような光を見失ったが、譫妄状態のなかで、敵が自分の傷の手当てをしてくれているものと思いこんだ。確かに彼は敵を憎んでいたが、いまは拷問に屈した多くの人々と同様、ほんの少しの親切にもあふれるような感謝の念を覚えた。「包帯をありがとう」彼はささやいた。

清潔な白い布をあてがわれたと妄想し、彼は安心したが、今度はおびただしく流れた自分の血や嘔吐物、排泄物のことを思い出した。秘密警察での経験から、彼は自分がいまどこにいるかよくわかっていた。牢獄の監房に引き戻されるところなのだ。すぐに誰かが来て、彼の衣服をはぎとり、ホースで水を身体にかけるだろう。看守が自ら囚人の糞便で汚れた服に手を触れることは決してなく、彼らは女性の囚人を二人ひと組でその作業に当たらせる。

たいがい看守は、女性囚たちにその作業を裸でやらせ、彼女らが拷問された囚人の身体に近づくと、その光景をあざ笑うのだ。トラスはそれを思い出し、心の準備をした。と、不意に鋭い金属音が聞こえた。彼はぎくりとした。なじみのある音だ。もしかしたら……？　熱のせいかと思い、彼は笑いだした。拳銃の撃鉄を起こす音だ。しかし、そんなことはばかげている。牢獄のなかで射殺された囚人はいない。後始末が面倒だからだ。それに処刑するつもりであれば、なぜ傷の手当てをするのか？　いや、これには何かあるにちがいない。

「そこに誰かいるのか？」彼は力強く、親しみをこめて言ったつもりだった。

そこにいたただ一人の人間は、クーラーボックスの隠しスペースから取り出したアフガン時代の拳銃の銃身を見下ろしながら、聞き取れない不明瞭な声でトラスが何やらつぶやいたのを聞いたが、取りあわなかった。〈サラセン〉は骨片や返り血を浴びないよう、六フィート離れて立ち、トラスの左目の目隠しに狙いをつけた。

やはり監房には誰かいる。そう思ったトラスは耳を澄まし、身体を静止した。〈サラセン〉には、いましかないことがわかった。ここで標的が静止してくれるとは、なんという幸運だろう。彼は引き金を引いた。

銃声が響いた。トラスは痛みを覚え、次の瞬間、何も感じなくなった。鮮血と骨片が飛び散り、脳漿が後頭部に流れ出す。そのとき〈サラセン〉は、何かがそそくさと逃げ出す気配を感じた。野犬の群れだ。

〈サラセン〉はもう一度狙いを定め、発砲した。今度は死体の目隠しの右側だ。両目が外科的に切除された証拠を隠滅するためだった。うまくいけば、捜査官はトラスが職場に忘れ物をして自ら引き返し、研究施設を二度目に出たあとで強盗に遭って誘拐されたと判断してくれるかもしれない。そう考えてくれれば、施設から何かが盗まれたという可能性は、彼らの脳裏をよぎることすらないはずだ。

彼らに与える判断材料は、少ないに越したことはない。その目的からすれば、野犬が戻ってきて暗がりをうろつき、証拠となる死体を食べてくれるのは大歓迎だった。そのあいだに、〈サラセン〉はキャデラックを自動車修理工場の裏手の暗い一角に駐めた。ちょっと見ただけでは、解体される順番を待っている廃車としか思われないだろう。彼はビニール手袋をはめたまま、SUVの後部から捜査の手がかりになりそうな物品をすべて持ち去った。

クーラーボックスや道具類を抱え、彼は荒れ地を突っ切った。銃を片手に持ったまま、足早に歩く。死体より生きた人間のほうを食べたがる野犬がいた場合の用心だ。

市営のゴミ集積場で、彼はクーラーボックスをたたき割り、ホームレスになりすましていたときの生活用品をゴミの山に捨てた。夜明けから二時間もすれば、くず拾いがこれらを回収し、無法状態の難民キャンプで再利用するだろう。

注射器、手荷物の引換券、小銭以外に、彼の持ち物といえば拳銃、父の形見のコーラン、六本のガラスの小瓶だけだった。しかし彼自身にとって、この小瓶は世界中の財宝にも匹敵するものだった。

22

〈サラセン〉は青白い星明かりだけを頼りに、何時間も歩きつづけた。ゴミ集積場を去ったあとは低木をかき分けて運河沿いを歩き、いまにも崩れそうな木造の橋の前に出た。

彼は橋を渡り、葦の原を何マイルも歩いて、ようやく探していたものを見つけた。古い四輪駆動車の錆びたシャーシが、泥臭い水に半ば浸かっている。

彼はプラスチックの容器に注射器、トラスの財布、その他の持ち物を入れ、小石を重しにして、運河のまんなかに投げこんだ。

拳銃を処分しなければならないのはつくづく残念で、彼は手を止めた。父からもらったコーランを別にすれば、最も長く使ってきた品物だったのだが、トラス殺害の動かぬ証拠である以上、ほかに選択肢はなかった。彼は銃を水面に投げこみ、拳銃は錆びついたシャーシの隣に沈んだ。捜索隊が運河で金属探知機を使ったとしても、車の一部としか思わないだろう。

足取りを速め、〈サラセン〉は遠くに見えるダマスカスの街明かりをめざして歩きだした。

四時間後、足に靴ずれを作り、垢じみた格好でバスターミナルに現われた彼は、手荷物預かり所で引換券を渡し、スーツケースと医療器具がはいった鞄を受け取った。ダイヤル錠がついたスーツケースの革ひもをはずし、札束を取り出して保管料を支払うと、係員に一ポンドの心付けを渡して狭いシャワー室を借りた。

レバノン国境、そしてベイルートへ向かうバスが出発するまでの二時間、彼は顎鬚を短く切り、皮がむけそうになるまでシャワーで身体を洗った。そしてスーツケースから安物の西洋風の背広、ワイシャツ、ネクタイを取り出して身につけ、研究施設から盗み出したガラスの小瓶のうち、二本のラベルをはがして医療器具の鞄に入れ、他の医薬品にまぎれこませた。パスポートと手荷物を携えてバス乗り場に現われた彼に、不審な点はまったくうかがえなかった。彼自身が申告しているとおり、難民キャンプでの医療活動を終えて帰国の途に就く、献身的なレバノン人の医者にしか見えなかった。

彼はパレスチナ難民になりすますためにわざと汚くした衣服をビニール袋に入れ、おんぼろのバスへ向かって歩く途中、ビニール袋を大きな寄付箱に投げ入れた。彼がほかに立ち止まったのは、ピタというパン、果物、茶の食事から出たゴミを捨てたときだけで、はたから見れば特に変わったところはなかったが、彼にとっては重要な意味があった。

午前四時すぎ、彼はバスの最後部に席をとった。トラスの二人の息子たちが、広がる一方の捜索範囲に手間取った末、野犬が争っている声に注意を引かれ、父親の死体を発見したのは、それから一時間ほどあとのことだった。

きわめて早い時間帯だったうえ、この日はイスラム教で最も重要な祭日のひとつだったが、彼らは秘密警察の一員だったことから、こうした場合の連絡先をわきまえていた。一報は政府の首脳部を駆けめぐり、すぐに秘話回線で電話やメールがひんぱんに行き交った。

しかし、エシュロンはすべてを傍受していた。

エシュロンは疲れを知らず、眠ることもない。空気も食料も休息もとらずに、広大な地域をパトロールし、各国の軍事基地に設置された巨大なゴルフボールのかたまりのような無数のレーダードームを使って、世界中の電話やメールなどの通信をひそかに収集している。端的に言えば、エシュロンは地球上のほぼすべての電子通信を監視している人工衛星とコンピュータの巨大なネットワークであり、冷戦期にこのシステムを構築した英語圏の五カ国は、現在でもその存在を公式に認めていない。

エシュロンが刻々と集めている膨大なデータは、アメリカのメリーランド州フォートミードにある国家安全保障局(NSA)のスーパーコンピュータにダウンロードされ、機密のソフトウェアによってキーワード、言葉遣いのパターン、それに複数の秘密文書によれば、音声認識まで分析されて、さらに調査する価値のある情報が選別される。

その日の夜には、ダマスカスから多くの情報が選別された。エシュロンが傍受した電話の音声で、悲しみに沈んだトラスの息子は姉に、これから父の殺害に関与したとみなされる反体制派や国家の敵に対する大規模な弾圧が始まると告げたのだ。「やつらとその家族は大変な目に遭うだろう」と彼は言っていた。

これらのデータを分析したアメリカ諜報機関のアナリストは、一様にこう結論づけた。トラスは残酷なことで悪名高い男だったので、彼が野犬の餌になったことには多くの人々が快哉をあげるだろう。この疲弊したアラブ国家に吹き荒れる復讐の弾圧は、アメリカの諜報機関が関与するところではない、と。こうして、この情報はすぐに破棄された。

しかし、これは重大な過ちだった。のみならず、シリアの保安機関もまた失策を犯した。週末の祭日の早朝だったことから彼らの初動は遅れ、国境をただちに封鎖しなかったのだ。

23

おんぼろのバスは咳きこむようなエンジン音で払暁の通りを走りだしたものの、シリアの国道一号線沿いではいたるところで道路工事をしていたため、減速を余儀なくされ、ようやく工事区間を抜けたと思ったら、今度は明け方の礼拝が始まり、完全に停まってしまった。

やっと到着した国境地帯では、無愛想な出入国審査官や税関の係官が〈サラセン〉のパスポートを改め、彼をじろじろと眺めたが、医師であることを知って初めて敬意らしき態度を見せた。しかし、仮に身体検査をしたとしても、〈サラセン〉が盗み出した四本のガラスの小瓶を見つけることは不可能だった。それらは彼らの手の届かないところに隠されていたからだ。すなわち、〈サラセン〉の体内を流れる血液のなかに。

ダマスカスのバスターミナルのシャワー室で、彼は医療器具の鞄から特殊なふた又の針を取り出し、それをガラス瓶の中身に浸して、自分の上腕部の皮膚を針で突き刺し、傷をつけてワクチンを接種し、皮膚から出血させた。ワクチンが通常の四倍なのはわかっていたが、可能なかぎり強い免疫を作りたかったのだ。それから自分の腕に包帯を巻き、ワイシャツを着て、空のガラス瓶を割って原形がわからなくなるほど細かく砕いた。そして、食事のゴミにガラスのかけらをまぎれこませて捨てた。

国境で出国審査を受けている時点で、彼は自ら予想したとおり、発熱し、ひどい発汗と刺すような頭痛を覚えた。できれば症状がひどくなる前に、ベイルートの安ホテルにチェックインしたかった。彼が感じていた症状は、二百年前にイギリスの小さな村である少年が感じていたものとほぼ同じであり、その少年は地元の医者エドワード・ジェンナーが考え出した方法を最初に体験した患者だった。ジェンナーは種痘の発明者である。

まさしく、これと同じことを〈サラセン〉も実践していた。彼は自らの命を危険にさらして兵器研究所に侵入し、一度も会ったことのない男を殺してまでワクチンを奪った。だがそこからが実に奇妙なところだった。シャワー室で彼が自らに注射したのは、もはや地上に存在せず、誰に対しても脅威を与えることのない、三十年以上前に地球から撲滅された病気のワクチンだったのだ。

しかしそれ以前には、この病気は人類に知られていたなかで最も猛威を振るった伝染病であり、戦争を含めた他のいかなる原因よりも多くの人命を奪ってきた。一九六〇年代までは、年間二百万人以上の人々がこの病で命を落としていたのだ。三年ごとにホロコーストが繰り返されるのと同じ数字である。この病気の学名は真正痘瘡(ヴァリオラ・ヴェラ)、一般には天然痘として知られている。

このウィルスが完全に撲滅されたため、ワクチンもごくかぎられた場所でしか手にはいらない。秘密兵器の研究所でもなければそもそも不要なのだ。それ以外にこのワクチンを必要とする人間がいるとすれば、〈サラセン〉のように、ウィルスの合成をくわだてている者ぐらいだろう。それはほとんど不可能と思われる事業であり、ほんのわずかなミスで感染し、命を落としかねない。まさにこの理由から、彼は最先端技術で造られたワクチンを探し求めていた。徹底的にテストされ、有効性が立証され、研究段階でやむを得ない失敗をしても命を守ってくれるワクチンを。

予防接種をされた人間が必ず〝感染〟するとはかぎらず、予防接種に対する身体の反応には個人差がある。〈サラセン〉は、自らの身体を必ず感染させ、前にも述べたように最大限の免疫をつけるため、ワクチンの投与量を四倍にしたのだ。彼の体調が悪くなっているのもなんら不思議ではなく、〈サラセン〉にとって、発熱しているのはむしろ朗報だった。それはとりもなおさず、彼の身体がウィルスの攻撃を受け、免疫システムが侵入者に対抗しようとしていることを意味するからだ。

出入国審査官が〈サラセン〉の前でコンピュータの画面を見、彼のパスポートを確認しているあいだに、隣の事務室で電話が鳴った。居あわせた者が応答し、国境封鎖の命令を伝達しているあいだに、審査官は〈サラセン〉に手を振って、レバノン国境を通過させてしまった。偽名だが真正なパスポートを持っていたこの男は、歴史上最も多くの死者を出してきた病原菌に対する免疫を体内に作ろうとしていた。

24

日が経つにしたがって、孤独感がわたしのなかで育っていたことは否定できない。わたしは決して運命論者ではないつもりだが、〈バトルボイ〉の部屋を出て、マンハッタンの夜の通りを歩いて自宅へ帰る途中、抗しがたいむなしさに襲われたのだ。

その絶えざる孤独感を抱えて自宅の狭いロフトにはいるや、わたしはパリから携えてきたバッグのなかを探しだした。〈バトルボイ〉に別れを告げてすぐ、自分の人生を脅かしている政府の告知に対処する唯一の方法は、ブラッドリー夫妻に彼らの調査結果を引き渡してもらうよう頼むことしかないと決断していた。率直に言って、ハッカーにもわたし自身にも、彼らが費やした労力を繰り返すだけの時間があるとは思えなかった。探していたものは、プラザ・アテネで二人と会った夜に着ていた上着のポケットにあった。マーシーから差し出され、わたしがあれほど渋った末に受け取った名刺だ。

その夜はもう遅かったので、翌日の夕方に電話してみた。応対したのはマーシーだった。

「ピーター・キャンベルという者だ」わたしは声をひそめて言った。「パリで会った」

「あら、ずいぶん早かったのね」彼女は驚きながらも言った。「電話してくれてうれしいわ。いまどちら？」

「しばらくニューヨークに滞在している」わたしは、さらに用心して言った。「電話をしたのは、あなたとご主人が、パリで話していたスコット・マードックについての調査資料をわたしに引き渡してくれるかどうか訊きたかったからだ」

「ベンはいま家にいないけど……いいわよ。断わるべき理由はないわ」

「ありがとう」わたしはほっとして言った。「いまからそちらへ行って、渡してもらってもいいだろうか？」

「今夜は無理ね――夫と映画館で待ちあわせしているの。それからあしたは、友人と会食の約束があるわ。金曜日の午後七時ではいかが？」

二日も待たされるのは耐えがたいほど長かったが、異議を唱えられる立場にはなかった。わたしは彼女に礼を言い、住所をメモして電話を切った。プロとしての高度な訓練を受け、諜報界でのスパイ技術に習熟し、以前に述べた表現を使えば、常人なら死んでしまうような状況で生き抜く方法を学んだわたしとしては、不意打ちを予測してもおかしくなかったところだ。しかし、わたしはそうしなかった。わたしはマーシーに騙されたとも知らず、彼らのアパートメントに足を踏み入れるまで、そんなことはつゆほども疑わなかった。

ほのかな照明のなか、ステレオからは『ヘイ・ジュード』が流れ、室内には手料理のにおいが満ちて、テーブルには三人分の食事が用意されていた。わたしは夕食に招かれていたのだ。ブラッドリーのセミナーの講師を引き受けるよう、ひと晩を費やして説得工作がなされるかもしれない。しかし、逃げ道はなかった。なにせ彼らは何カ月もかけてわたしの人生を調べ上げ、わたしはその彼らが作ったファイルを渡してほしいと懇願しているのだ。

「こんなにまでしてくれなくてもよかったのに」わたしは精一杯、笑みを繕って言った。

「ささやかなお詫びのつもりよ」マーシーは答えた。「わたしたちが、あなたのことをどれだけ困らせたかと思うと、とても足りないぐらいだわ」

帰宅してきたブラッドリーが手を差し出し、何を飲みたいか訊いた。しかし折悪しきことに、そのときのわたしは周期的な〝停止状態〟にあった。わたしは人生の再出発を図るのに、ニューヨークは最適な場所だと思っており、心機一転、生活を改めるチャンスだと考えていたのだ。地元の麻薬・アルコール依存者自助グループのスケジュールまで調べていた。過去のドラッグの経験から、自分が何事にも依存しやすい体質で、ほどほどにたしなむということができないのはわかっていた。そこでわたしは、思い切っていっさいのアルコールを断つことに決めていた。今晩は長い夜になりそうだ。

ブラッドリーはわたしにミネラルウォーターをとってきてくれた。マーシーが料理の出来を確かめているあいだ、ブラッドリーは酒を一杯やり、それからわたしを、パリで話していた〝世界の果ての白い部屋〟に案内した。だがその部屋はもう、部屋らしさを取り戻していた。キリムは床に敷かれ、壁には写真や絵も掛けられて、かつての絶望的な日々を偲ばせるのは、部屋の片隅に置かれた理学療法の道具だけだった。

その隣に、十あまりのファイルボックスが並んでいる。ブラッドリーがそれらを指さし、笑みを浮かべた。「これがきみの人生だ、ミスター・マードック」

かがみこんで中身を見ていくにつれ、わたしは彼らの徹底ぶりに改めて舌を巻いた。ファイルボックスにはコンピュータの検索結果のプリントアウト、データディスク、コールフィールド・アカデミーの卒業アルバムから国連機関の年次報告書に至るまでの印刷物がぎっしり詰まっている。わたしがたまたま手に取ったフォルダーには、自分がこれまで使ってきた偽名がすべて記録されていた。それらの名前から、さまざまな記憶がいちどきに押し寄せてきた。

ブラッドリーはわたしがページを繰るのを眺めていた。「マーシーとわたしで話していたんだが」彼は言った。「きみのことをスコットと呼んでも差し支えないだろうか？」

「ピーター・キャンベルではいけないのか？」わたしは訊いた。

「ふと思ったんだが……少なくともわれわれのあいだでは、本名で呼んだほうがいいんじゃないかな？　われわれはきみのことを、いつもスコットと思ってきた」

わたしは彼を見た。「ベン、問題なのは、スコット・マードックもわたしの本名じゃないことだ」

ブラッドリーは面食らってわたしを見、どういうことなのか考えた。わたしが嘘をついているのか、彼らがたゆまず追いかけてきた真実をごまかそうと最後の策略を仕掛けているのか、それとも苦しまぎれのジョークのつもりなのか、と。

わたしは偽名のリストを示して言った。「ここにある名前と同じだ。いくつもある偽の身元のひとつだよ。時間や場所によって、使い分けてきた名前の」肩をすくめる。「それがわたしの人生だったのさ」

「しかし……きみがスコット・マードックを名乗っていたのは高校時代で……まだ少年だったじゃないか……それは諜報員になるよりずっと前だった」彼はますます疑念に駆られて訊いた。

「いかにも。好きでこんな生きかたを選んだわけじゃない。だが、気づいてみたらこうするしかなかったんだ」

わたしは、思考をめぐらせる捜査官の表情を見つめた。少年時代の名前がすでに本名ではなかったこと、わたしが父母の葬儀に参列していなかったこと、わたしがマードック家の遺産を相続したようには見えないこと。彼はわたしを凝視し、はたと気づいた。わたしは養子であり、ビルとグレースの実の子ではなかったことに。

わたしは彼に向かって笑みを浮かべた。少しも愉快そうではない笑みを。「あんたが、スコット・マードック以前にさかのぼって調べようとしないでいてくれればうれしい。グレニッチ以前の出来事はすべて、わたし一人の胸にしまっておきたいんだ、ベン。誰にも見せたくないようなことだから」

それが警告なのは彼にもはっきり伝わった。エイト・マイル・ロード沿いの治安が悪い地区で、母と暮らした三室きりのアパートメント、年とともに薄れていくその女性の顔、彼女が与えてくれたわたしの本当の名前――それらはみな、わたしという人間の核をなすものであり、わたしが自分のものと断言できる唯一の証なのだ。

「名前なんて、なんだっていいじゃないか?」ブラッドリーは沈黙を破り、笑みを浮かべた。「ピートと呼ぶことにしよう」

われわれはマーシーに食卓に就くよう促され、思いがけないほど楽しい夕べを過ごした。まず彼女は料理の名人であり、あれほどすばらしいご馳走を食べてむっつりしつづけている人間がいるとしたら、そいつははなはだしい無礼を働いていることになるだろう。それにくわえて、ブラッドリー夫妻はセミナーの話をおくびにも出さなかった。どうやら彼らは、わたしが参加するとは夢にも思っていないらしい。気分はしだいにほぐれてきた。考えてみれば、彼らはわたしの経歴をこれほど詳細に知っているのだから、少なくとも彼らにとって、わたしと会うのは古い友人と会食しているようなものかもしれない。

ブラッドリーはわたしの著書とそこで扱われた事件についておびただしい質問を投げか

け、マーシーは、頭脳明晰な夫が事件の細部についてわたしを問いただすのを見てうれしそうだった。しかしわたしは、細部について話すことを政府に禁じられていたのだから、どうしようもなかった。ある事件をめぐってとりわけ話が熱を帯びたときには、マーシーは大笑いし、いままでの人生で夫がこれだけ怒ったところは見たことがないと言った。わたしは彼女の楽しそうな様子につりこまれ、いっしょになって笑った。

わたしは彼らに笑わされ、自宅に招かれて心からのもてなしを受けたばかりか、わたしの命を救うかもしれない、おびただしいファイルボックス入りの資料まで受けとった。彼らは、それらの資料を通りに下ろしてタクシーに積みこむのを手伝ってくれた。夜のマンハッタンでわたしが帰る先はノーホーの冷え切ったアパートメントしかなく、母国に帰ってきたというのに孤独をかこち、先の見通しはあまりなく、自分に輝かしい未来はないだろうという逃れられない感覚に捕らわれる。そんなときに笑顔で握手され、来てくれてありがとうという感謝の言葉とともに、こちらから連絡する方法がないと言われたら、連絡先を教えないわけにはいかないものだ。

わたしは一瞬躊躇した。これまで培ってきた諜報技術と経験は、嘘の電話番号を教えて、渡してくれた資料を持ってタクシーで走り去るべきだと告げている。もはや、彼らから必要なものはすべて受け取ったのだ。しかし、彼らの温かい心遣いや、ブラッドリーがこの夕食のために選んでくれた音楽の趣味を思い出すと、そんなことはできなかった。わたしは携帯電話を取り出し、自分の番号をスクリーンに表示すると、マーシーにそれを書き写してもらった。

その翌週から、彼らはわたしを映画館やクラブに誘ってくれるようになった。ブラッドリーが好きな老ブルースマンのジャム・セッションを聴きに行ったこともある。メンバーはいつもわれわれ三人だけだった。ありがたかったことに、彼らはわたしを決して束縛しようとせず、ブラッドリーのセミナーの話を持ち出すこともなかった。

そのあいだにブラッドリーは、一連の体力テストと心理テストを受け、幸いなことに合格して、復職を果たした。まだ少し足を引きずっていたので、通常より軽い勤務に就くことが多かった。しかしたまには——たいてい深夜だったが——わたしの興味を引きそうだと思うような事件に出くわすと、わたしに電話をかけて現場へ来ないかと訊いてきた。彼が留守番電話にメッセージを残したその晩、わたしは依存者の回復プログラムに出席していた。このころわたしは、麻薬依存者からアルコール依存者の自助グループに鞍替えしていた。トルストイが生きていたら、薬物依存者はみな似通っているが、アルコール依存者はそれぞれちがっている、とでも言ったかもしれない。アルコール依存者の自助グループの会合は大変興味深く、どうせ出るならこちらのほうがよほど面白いのではないか、と思えてきたのだ。

この日の会合はアッパー・ウエストサイドの朽ちた教会で行なわれた。会合が終わり、わたしは入口のあたりで当てもなくうろうろしている仲間たちと別れた。東へ向かい、季節はずれに暖かい夜を楽しみながら歩く。しかしそれも、ゴシック様式の屋根が特徴的なダコタ・ハウスのあたりまでだった。不意に思い立って、携帯電話の留守番電話をチェックしてみたわたしは、ブラッドリーの番号を見て、今度はロックのコンサートにでも誘うつもりだろうかと思ったが、メッセージを聞いて驚いた。出会ってから初めて、彼がわたしに助けを求めている。

「とても奇妙な殺人事件に遭遇した」彼はメッセージでそう言っていた。若い女性にかかわる事件としか電話では言わず、彼は現場になったみすぼらしいホテルの住所を告げていた。

そのホテルの名前は、イーストサイド・インだった。

25

八九号室の女は、わたしの知識、経験、頭脳を使って殺人を犯した。少なくともわたしの見るところ、わたしは共犯にされたことになる。

わたしは犯人の好き勝手を許すつもりはなかったので、検視官の助手がエリナーの遺体を袋に入れると、長年感じたことがないほどの憤りを覚えながら階段へ向かった。

探していたのは支配人室の扉で、それはフロントの近くの奥まった場所にあった。アルバレスか、あるいはほかの若い警官が部屋を出るときに鍵をかけていたので、わたしは一歩下がり、ドアノブの真下の木を靴底で強く蹴った。

木っ端が砕ける音で、制服を着た警官が駆けつけた。「ブラッドリーの許可を受けている」わたしは精一杯の威厳を装って言った。警官は肩をすくめ、わたしは扉を何度か蹴って壊すと、逃亡したごろつきのねぐらへ踏みこんだ。体臭とタバコの饐えたにおいがする。

汚らしい部屋のわきに、背の高い金属製の書類棚が動かされた跡があり、床の隠しスペースが見えていた。そのなかには堅牢そうな金庫があった。このホテルに投宿していた窃盗犯はさすがにプロで、どこを探せばいいのかよくわかっていたようだ。彼はすでにダイヤル錠の番号を解読し、金庫を開けていた。

現金や書類に混じって見つかったのは、コンピュータから印刷されたホテルの請求書、安物の拳銃、それに小さな色つきの袋だった。わたしはかがみこみ、袋を光にかざしてみた。緑の袋にはコカインがはいっている。クラック（高純度のコカイン）は黒い袋、覚醒剤（ティナ）は淡青色の袋にはいっているようだ。ほかにも薬物がはいっているとおぼしき色とりどりの袋がある。どうやら、この支配人は職業をまちがえたらしい。麻薬のディスカウント・ストアでもひらけばよかったのだ。

隠し場所を見ていたわたしが、誘惑を感じなかったと言えば嘘になる。とりわけ、黄色の袋にはいったペルコダン（カフェインなどを含有する鎮痛剤）には興味を引かれた。わたしは手を伸ばし、いくつはいっているのか確かめようとした——もちろん、単なる好奇心だ。しかし不思議にも、袋に触れる前にわたしは手を止め、ゆっくりとわきにやった。回復プログラムを受けた甲斐があったのだろう。

わたしはコンピュータのプリントアウトやほかの書類を金庫から出し、くたびれた机の前に座った。三十分後、ブラッドリーがわたしを捜しに来た。

「何をしているんだ?」彼は戸口にもたれて訊いた。疲れ切った表情は、皺くちゃになったベッドのようだ。

「手伝っているのさ」

彼は驚いて背筋を伸ばした。「引退したんじゃなかったのか？」

「確かにそのとおりだ。だが犯人は、わたしが書いた本を使って若い女を殺した。古くさい考えかもしれないが、わたしはそのことに怒っている」

彼は部屋にはいり、そろそろと椅子に腰を下ろした。わたしに言っていたところによると、足の傷にはこの先ずっと悩まされるらしい。とりわけ、疲れているときには。

「家に帰って、少し休んだほうがいい」わたしは言った。「あんたのチームは、もう現場検証を終えたのか？」

「あと三十分ほどだ。いま荷造りをしている。何かめぼしいものは見つかったか？」彼は、机に散乱した書類を指して訊いた。

「ああ」わたしはフォルダーを彼のほうに押しやった。「八九号室のファイルだ。あんたの部下の見立てどおりだった。犯人の女は一年以上前にここへ来て、前金で宿泊料を支払っている。だが、明細はまったくのでたらめで、日付さえもちがっていた。たぶんこれは意図的なものだ。それは――」

「税務調査をごまかすためか？」ブラッドリーが割ってはいった。

「まさにそのとおりだ。それでわたしは、麻薬を保管していた隠し金庫を調べてみた。そのなかから、本当の会計を記録したコンピュータのプリントアウトが出てきたよ。こいつはまちがいない帳簿だ。照らしあわせたら、ぴったり計算が合った。

それも当然だ。この帳簿は、ここの安宿を所有しているギャングに見せるためのもので、支配人がそいつらの目をごまかそうとしたらどんな目に遭うか、想像はつくだろう」

わたしは印をつけておいた項目を示した。「ここを見てほしい。犯人がここに来たのは、九月十一日だった」

皺くちゃなベッドのような顔が、さらなる驚きに波打った。彼は顔を近づけ、その項目に見入った。「まちがいないか？」

「もちろんだ。タイムスタンプによると、女がチェックインした時間は午後五時ごろ、ツインタワーが崩壊してから約六時間後だ。

ベン、あんたはまだ手術室にいたにちがいない。しかしたぶん、わたしと同じように、そのときの報道は読んだだろう。この一帯は大混乱に陥り、灰が雨のように降り注いで、人々は命からがら逃げまどい、誰もがさらなる事態の悪化を予想していた。

女がチェックインする数時間前、このあたりには煙がもうもうと立ちこめて、まるで夜のように暗く、車は道に放り出され、サイレンの音が聞こえる以外は、静けさに包まれていた。

わたしがどこかで読んだ記憶では、牧師が通りを歩き、人々に最後の告解を呼びかけていたそうだ。それこそ世界の終わりのようなありさまだったことは、ここのコンピュータのプリントアウトを見てもわかる。このイーストサイド・インに出入りしていた、ポン引きや売春婦さえも逃げ出してしまったんだ。前の晩は九十部屋が埋まっていた。それが十一日の夜は、わずか六部屋だ。この売春宿ごと、そっくり消えてしまったも同然だ。ところが、われらが犯人はその晩にここへ来た。徒歩で、瓦礫をかき分けてきたにちがいない。想像してみてほしい、ベン。降りかかる埃で見分けがつかなくなるほど汚れ、靴は熱い灰で焼け焦げ、たぶん顔にはバンダナを巻いて、悪臭のする煙を防いでいただろう。

女はやっとのことで正面の扉を開け、バンダナをほどいた。翌朝までは変装もしなかっただろうから、逃亡した支配人は女の本当の顔を知っている唯一の目撃者ということになる。もっとも、そいつが覚えていればの話だが。それにいまは、支配人を発見できるかどうかもわからない。

女は支配人に、ひと部屋をとりたいと言った。かねてからここに出入りしていたような人間ではなかっただろうが、この時点で女は、ここに逗留することに決めていた。プリントアウトから、女が二カ月分、前金で払っているのがわかる」

わたしは帳簿をよけた。「なぜだろうか、ベン？」わたしは訊いた。「なぜこの女は、わざわざそんなことをしたんだろう？　ほかに泊まるところがなく、ニューヨークでホテルはここ一軒しかなかったのか？　この女はわざわざ好きこのんで、熱い石炭のような灰の上を歩いたんだろうか？」

ブラッドリーは机上に放置してあった紙パックからキャメルを一本取り出した。ときおり、自分を落ち着かせるために手に取るのだ。わたしはそのうち、禁煙プログラムの効用を教えてやろうかと思った。

「きみはそれだけのことを、ここに羅列されている数字から突き止めたのか？」彼は驚いた様子で訊いた。わたしは何も言わなかった。

「なぜ彼女がそうしたのか、わたしにはわからん」しばらく考え、彼は口をひらいた。「かいもく見当もつかない」

「わたしもだ」わたしは答えた。「しかし、何かがあったにちがいない。その日に起こった出来事が、彼女のすべてを変えたんだ」

彼は肩をすくめた。「だろうとも。その出来事のせいで、大勢の人々の人生が変わったんだからな」

「ああ。しかし、彼女以外の誰一人として、イーストサイド・インにチェックインした人間はいない。彼女は潜伏し、世間の目から逃れることに決めたんだ。わたしの考えでは、彼女はその日に決心をした――誰かを殺そうと。イーストサイド・インにチェックインすることは、その計画の手始めだった」

目の前の刑事は暗い目でわたしを見た。それが悪い予兆だとわかっているのだ。それだけの時間をかけて周到に準備された犯罪なら、犯人がミスを犯す可能性はきわめて低い。

彼はがっくりと肩を落とし、この先に待ち受ける長い捜査の道のりを思い、それは足の痛みとあいまって、いまにも皺くちゃのベッドに倒れこみそうに見えた。

わたしが顔を上げたちょうどそのとき、若い刑事がドアの前を通りかかった。「ピーターセン！」わたしは叫んだ。「車を一台よこせるか？」

「もちろんできます」彼は言った。

「きみのボスに肩を貸してやってくれ」わたしは言った。「家まで送り届けるんだ」

ブラッドリーは反駁しかけたが、わたしはさえぎった。「あんたは自分で、部下が荷造りしていると言っていたじゃないか。きょうじゅうに解決できる人間はまずいない」

ピーターセンは、ブラッドリーから引き揚げの指示をまったく聞いていなかったが、喜びを隠しきれなかった。彼はわたしの指示に従うように上司に肩を貸そうとしたが、ブラッドリーは彼を押しのけ、治安の悪い区域のパトロールをやらせるぞと言って脅した。

ピーターセンはわたしに笑いかけた。「あなたはどうします――乗っていきませんか？」

「大丈夫だ。自分で家に帰れる」わたしは言った。だが、それは本当ではなかった。帰宅するつもりなどなかったのだ。わたしは、犯人の女があの恐ろしい日に彼女の旅を始めたにちがいない場所を訪れるつもりだった。グラウンド・ゼロを。

26

わたしはこれまで多くの聖地を訪れてきたが、面積十六エーカーに及ぶグラウンド・ゼロほど奇妙な場所はなかった。そこは工事現場だった。ツインタワーへの攻撃とイーストサイド・インでの殺害とのあいだに流れた時間で、この一帯はいわば巨大な採石場のようになり、約二百万トンにものぼる瓦礫が撤去されて、再建の準備が進められていた。

最終的には新たな超高層ビル群が廃墟のなかから立ち上がり、犠牲者の名前が刻まれたプレートが掲げられるのだろうが、われわれの大半が考えているより早く、再建は急ピッチで進められ、ここが聖なる場所であることは忘れ去られようとしているようだ。

だが、この静かな日曜日に見たむき出しの広い土地は、これまでに見たなかで最も魂を揺り動かした眺めのひとつだった。この場所の荒涼としたありさま自体が、いかなる記念碑よりも、失われたものの大きさを雄弁に物語っている。一帯を見わたすと、あの攻撃がわれわれの心に残した爪痕が改めて思い起こされ、この建設現場全体がわれわれ自身の最悪の記憶を映し出す空虚なキャンバスであり、まっさらなスクリーンのように見えてきた。

悲しみに満ちた心で、わたしはあの朝の青く澄みきった空、燃えさかる超高層ビル、傷だらけの窓から、決して来ない助けを求めて手を振る人々をふたたび思い出した。負傷した人々が煙や埃に満ちた通りを逃げまどい、ビルが世にも恐ろしい轟音とともに崩壊し、救出に赴く人々が、瓦礫の下敷きになったときに備えて自分たちの腕に名前を書いている。わたしにはそのときのにおいがわかるような気がし、この場所で不慮の死を遂げた二千七百人の魂に、心のなかで追悼の言葉をかけようとした。二千七百人とされる犠牲者のうち、千人以上の遺体は発見できなかった。

発見された遺体があったほうが驚きだ。約八百度の熱で、人間の骨は三時間で灰になる。世界貿易センターで上がった火の手は約一千度に達し、実に百日間にわたって消火されなかったのだ。

『コーラン』の一節には、一人の命を奪うのはひとつの社会を滅ぼすに等しいと謳われているが、わたしの目の前にその何よりの証拠がある。あの日の午前中だけで、二千七百の社会が滅ぼされたのだ。家族、子ども、友人からなる社会が。

日が昇り、明るくなってきたが、寒さはほとんど変わらなかった。わたしは歩きはじめた。自分でも、何を探しにここへ来たのかわからない。たぶん、直感的にここへ足が向いたのだろうが、犯人がイーストサイド・インまで来たときに、この道のすぐ近くを通ったことをわたしは確信していた。

ホテルへ行くには、ここを通るしかないのだ。最初の旅客機が衝突した直後、港湾委員会はマンハッタンに通じるすべての橋とトンネルを閉鎖した。マンハッタンを往来するバス、地下鉄、道路も運行を停止したか麻痺した。その百分後には、市長がカナル・ストリート以南の全区域への立ち入りを禁止した。したがってあのホテルへ行くには、彼女は立ち入り禁止地区の域内にいなければならなかったのだ。

わたしは歩きながら、彼女があの火曜日の午前九時ごろ、このあたりで何をしていたのか想像してみた。出勤していたのか、南棟の展望デッキに向かう途中の観光客だったのか、配送トラックの運転手だったのか、それとも法律事務所で弁護士との面会を控えていた犯罪者だったのか？　なぜ彼女はこの近辺にいたのか？　わたしは自問しつづけた。答えが見つかったら、きっと帰宅する気になるだろう。

しかしこの時点では、自分で何を探しているかもわかっておらず、これから目にすることになるものへの心の準備もできていなかった。

当日の犯人の動きを考えることに没頭していたので、道の両脇に小さな祭壇が並んでいることに、すぐには気づかなかった。愛する者の遺体がついに見つからなかった何千という人たちにとって、グラウンド・ゼロはいわば墓地なのだ。あの攻撃の数週間後から、彼らはここに来て、無言で立ちつくすようになった。静かにあの出来事について考え、思い出し、理解しようとするために。月日が経つにつれ、遺族たちが記念日や誕生日、感謝祭のような祝日にここを訪れ、花を手向けたり、カードや思い出の品を置いたりするようになったのは当然のことだった。こうした祭壇が、フェンスや道に沿って点々と連なっていた。

わたしのかたわらに、小さなおもちゃがいくつか置かれていた。三人の幼い子どもたちが、亡くなった父に置いていったのだ。フェンスの金網には家族の写真が留められ、わたしは立ち止まってそれを眺めた。いちばん大きい子は七歳ぐらいにちがいない。写真のなかで子どもたちは風船を放し、手書きの字で、天国のお父さんが受け止めてくれますように、と書かれていた。

道を進むと、年老いた両親が亡くした子を偲んで設けた祭壇があり、失意に沈む男たちの手で書かれた詩や、怒りを抑えきれない女たちの手で作られた写真のコラージュがあった。

しかし奇妙にも、押し寄せる悲しみのなかで、わたしは絶望してはいなかった。あるいはまちがっているかもしれないが、わたしにはひと筋の光が見えたような気がしたのだ。それは人間の精神が放つ光だった。愛する者を失った家族は悲しみを耐え忍ぶことを誓い、命をかけて見知らぬ人々を助けようとした男女がおり、殉職した消防士の写真が数えきれないほど並んでいた。

グラウンド・ゼロの中心でわたしは立ち止まり、おびただしい人々の手で作られた小さな記念碑に囲まれて、頭を垂(こうべ)れた。祈りを捧げたのではない。わたしは宗教的な人間ではなく、聖書に忠実な人間でもない。それに、大勢の人々が死んだ場所を訪れたことも一度ならずある。アウシュヴィッツやナッツヴァイラーの収容所、ヴェルダンの戦い（第一次世界大戦でフランスとドイツが激戦を展開し、七十万人以上の死傷者を出した）の納骨堂などだ。したがって、数十万、数百万単位の人々の死は目新しい出来事ではなかった。しかし、この場所で多くの人々が示した勇気を前にすると、自分が卑小な存在に思えてならなかった。わたしが彼らの立場だったら、同じことができていたかどうかはきわめて疑わしい。

わたしは幼いころから、痛みや苦しみを心に刻みつけられていた。子どものころ、母が殺されたときにわたしもアパートメントにいたのだ。誤解しないでほしいが、死ぬのが怖いわけではない。しかしそのときが来たら、すみやかに、苦しまずに死にたいのだ。わたしはいつも、母のような死にかただけはしたくないと思ってきた。母は苦痛を自分の手で止めることができず、ひどく傷つけられて死んだのだ。街灯がないところに出ると、わたしはそのことを人知れず恐れてきた。

この場所で勇気をたたえられているごくふつうの人々に比べて、自分がいかに臆病で欠陥を抱えた人間かを痛感させられ、わたしは家に帰ろうとした。そのときだった——道のカーブに半ば隠れていた、針金で吊るされたホワイトボードが日の光に反射して見えたのは。その下に置かれていた花束がほかより多かったのも、わたしの目を引いた。

ホワイトボードに丁寧な手書きの字で、八人の男女の名前が書かれ、写真が添えられている。説明文によると、彼らは崩れ落ちる北棟から、一人の男の手で救出されたらしい――ニューヨーク市警の警官によって。母親を救われた十代の少女が、一人の男の勇気に感謝してこの祭壇を設けた。少女は、その警官が救った人々のことを綴っていた。スーツ姿の女性弁護士、絵に描いたようなすばらしい家族の父親にして有能なトレーダー、車椅子に乗った男……。

「く、車椅子だって?」わたしは思わずつぶやいた。ホワイトボードを探しまわり、彼ら全員を救出したという警官の写真を見つけ出す。もちろん彼だ――ベン・ブラッドリー。まさかこんなことを目にするとは、夢想だにしていなかった。

パリで、世界貿易センターの北棟で事故に遭遇したという話を聞いたとき、わたしは彼が所用でここを訪れていたものとばかり思っていたが、それは誤りだった。十代の少女が真相を明らかにしてくれていた。彼女の文章によると、旅客機が激突したときに彼はフルトン・ストリートにおり、タワーが大きく破壊されて、破片が大きな花のように空中に飛び散り、巨大な傷口ができたのを目の当たりにしたという。

瓦礫が雨のように降り注ぎ、誰もが逃げ出すなか、彼は警官の徽章をシャツの襟に着け、上着を放り出してタワーに駆けつけた。ニューヨークの街そのものと同じく、この日はブラッドリーの最悪のときにして、最も輝いた瞬間でもあった。

彼は実に五回もビルに出入りし、そのたびに殺到する人々をかき分けて非常階段を上がった。それはただ、誰かを助けたい一心だった。三十階のエレベーター乗り場にいたとき、煙と火に耐えかねた人々が次々と飛び降りを始めた。その数は二百人にものぼったという。ブラッドリーは呼吸するため、シャツを脱いで口を覆った。そのときに警官の徽章を失い、彼は身元を証明するものをなくしてしまった。

最悪の事態を覚悟した彼は、無人のオフィスに駆けこんで油性のマジックを見つけ、腕に自分の名前とマーシーの電話番号を書いた。窓の外を見て、彼は目を疑った。わずか百二十フィート離れたところで、南棟が崩落したのだ。そのときまで彼は、南棟にも旅客機が激突していたことを知らなかった。

ブラッドリーは非常階段Aに向かって走り、そのときに上階で車椅子の男が救助を待っていると誰かが話しているのを聞いた。十代の少女の記録のおかげで、わたしはようやく知った。有志を募って車椅子の男を助けた中年の男というのは、ブラッドリー自身だった。彼こそが、三人の人々を率いて助けを待つ男を発見し、脱出用椅子を六十七階から運び下ろしたのだ。

彼女の文章はさらに続いた。それによると、四人の男たちは中二階から出口を見つけ、奇跡的に脱出用椅子とそこに座る男を外に連れ出した。ビルの崩壊を恐れ、彼らは安全な場所へ逃げようとした。救出した一人――大柄で若い保険会社のセールスマンだ――が、他のメンバーがみな疲れ切っているのに気づき、わざと椅子を落として、半身不随の男を自分の肩にかついだ。そのセールスマンはブラッドリーと他の二人――警備員と外国為替ディーラー――に向かって、逃げろと叫んだ。

二分後、世界が崩れ落ちてきた。北棟が、最上階から皮をむかれるように雪崩を打って崩壊したのだ。この瞬間は何もかもが混乱し、生死の分かれ目になったのは紙一重の差だった。保険会社のセールスマンと半身不随の男は戸口の陰で身を守ろうとし、それはなんの助けにもならなかったにもかかわらず、結果的に落ちてくる瓦礫から免れて無事だった。そこから十フィートの場所にいた警備員は、瓦礫の直撃を受けて即死した。ブラッドリーと外国為替のディーラーは消防車の陰に逃れ、消防車ごとコンクリートの山の下敷きになった。

消防車とコンクリートの隙間で、三十二歳にして億万長者だった外国為替のディーラーは、ブラッドリーに抱えられて、家族への遺言を彼に託して息を引き取った。

五時間後、警察犬を連れた消防士たちがブラッドリーを救出し、腕に書かれた電話番号を見てマーシーを呼び出すと、すぐに集中治療室へ搬送した。

わたしは長いこと、黙ってその場に立ちつくしていた。これはいままでわたしが遭遇したなかで、最も勇気に満ちた物語だ。あした、わたしはブラッドリーに、自分に貢献できる唯一のものを提供しよう。最後にもう一度だけ隠れ蓑を作り、ろくでもないセミナーに参加してやると言おう。

わたしは踵を返し、世界の一流の捜査官たちを前に何を話したらいいのだろうと考えはじめていた。わたしはピーター・キャンベルを名乗ることにしよう。ヘッジファンドの経営者に転職した、元医師ということにするのだ。最初にジュード・ガレットと出会ったのは医者だったころで、当時捜査中だった殺人事件のことで相談を受けた。それがきっかけで友人になり、彼はあらゆる事件や捜査技術を語ってくれた。実は彼の死後、この本の原稿を見つけたのはわたしであり、出版社に持ちこんだのもわたしなのだ。聴衆にはそう説明すればいい。ブラッドリーが提案したように、わたしはワトソン博士で、ジュード・ガレットがシャーロック・ホームズのようなものだと思わせよう。

完璧なプランとはいえないが、それでもなんとかなる。キャンベルの学歴をはじめ、わたしの隠れ蓑の大半は事実にもとづいているのだから、どんな質問でも切り抜ける自信はあった。〈バトルボイ〉の助けも当てにできるだろう。

ピーター・キャンベルの正当性についてはこれでいいとして、どんな話をしようか？ 居並ぶエリート捜査官たちに、未解決事件のことを話すことは可能だろうか？ 斬新な手口でなされた、きわめて奇妙な事件のことを。言いかえれば、イーストサイド・インで起こった殺人事件を議論の糸口にすることはできるだろうか？

この事件が研究の素材として理想的な要素を備えているのはまちがいない。毎日外見を変えていた女、業務用殺菌スプレーでくまなく消毒されたホテルの客室、歯がすべて抜かれた遺体、ジュード・ガレットの著書を教科書に使った犯人。聴衆の関心を引きつけること請けあいだ。

しかし、これだけでは単なる事実の羅列にすぎず、聴衆は満足しないかもしれない。「そこからどんな仮説が導き出せるのか、教えてください」と彼らは言うのではないか。「何が言いたいんですか？　なぜ九月十一日だったんですか？　ジュード・ガレットのように優秀な人間なら、まさにそうした疑問を抱くのではないでしょうか？」

もちろん彼らの言うとおりだ。なぜ、よりによってその日だったのか？　もし、わたしがガレットだったらどう考えるだろう？　幸い、ガレットの正体はわたしなのだ。では、わたしだったら――。

そのとき、はっとするような考えが浮かんだ。セミナーの話が想像力を刺激したのか、わたしにはひとつの仮説が思い浮かんだのだ。誰もが逃げ惑うなか、なぜ彼女が身をひそめる場所を探していたのか。

たとえば、彼女が誰かを殺したいと思っていたが、逮捕されずに実行する方法がわからなかったとしよう。そして彼女はツインタワーに勤務していたが、あの日の朝はたまたま遅刻したとする。彼女が職場へ向かっている途中、目の前でビルが燃えさかって崩壊した。

彼女の同僚が全員死亡したとしたら、彼女が生き残ったことは誰も知らない。

そうすれば、彼女は身を隠せばいい。そのためには、誰にも気づかれないような場所に逗留すればいいのだ。あとは、好きなときに殺人を実行すればよい。

死んでいるということ以上に強力なアリバイが、この世にあるだろうか？

27

翌日、わたしはブラッドリー夫妻と夕食をともにしたが、新たに考えついた仮説のことは何も言わなかった。複雑な建築の模型のように、きちんと組みあわせることができるかどうか再検討してから示したかったのだ。

マーシーの心づくしの料理への感謝をこめ、わたしは夫妻を人気日本料理店の〈NOBU〉に招待し、小エビの天ぷらとブリが出てくるあいだに、心変わりしたと切り出した。喜んでセミナーに参加させてもらいたい、と。

二人ともにわかには言葉が出ず、わたしを見つめた。最初に答えたのはマーシーだった。

「急にどうしちゃったのよ?」

わたしは笑みを浮かべたが、やはり、本当のことを言うわけにはいかなかった。グラウンド・ゼロの祭壇で知ったことや、ブラッドリーの勇敢な働きを読んだときに覚えた感情を話したら、お互い気詰まりになるだけだ。

「たぶん、母国に帰ってきたからじゃないかな。社会のために何か還元すべきときが来たと思っているんだ」

日本酒を飲んでいたブラッドリーはむせそうになり、マーシーと視線を交わした。「それはいいことだ」彼は言った。「だったら、自警団にでもはいってみたらどうだ？　単なる好奇心だが……本当の理由を教えてもらうわけにはいかないだろうか？」

「たいしたことじゃない」わたしは微笑みながら答え、彼が六十七階から車椅子の男を運び下ろしたことや、写真で見るかぎり、その男が肉づきのいい身体つきだったことに、静かに思いを馳せた。

沈黙が流れ、マーシーはようやく、わたしにそれ以上説明するつもりがないことに気づいて話題を変えた。「あなた、少年時代を過ごした家に戻ってみようと思ったことはない？」彼女は訊いた。

今度は、わたしが驚く番だった。わたしは正気を疑う目で彼女を見た。「グレニッチの家ということかい？　どうやってはいる？　インターホンを押して、企業乗っ取り屋の家主に、なかを見せてほしいと頼むのか？」

「それも一案だけど、実際にあの家主に会った印象ではいい方法とは思えないわ」彼女は言った。「ニューヨークのコミュニティ誌をあなたも読んだかもしれないと思っていたんだけど」

わたしは水のグラスを置き、彼女に目で訊いた。

「地元の園芸協会が、慈善事業の募金集めの会をあの家でひらくらしいの」彼女は説明した。「もし興味があったら、ベンもわたしも喜んでごいっしょするわよ」

グレニッチに帰る？　わたしは心が動きかけたが、間髪を容れずに答えた。「そのつもりはないが、教えてくれてありがとう。あそこは単なる家だ、マーシー。わたしにとって、それ以上の意味はない。何もかも、昔の話だ」

しかし、夕食が終わって二人と別れるや、わたしはマーシーが言っていた雑誌を買い求め、その翌日、コネティカット州園芸協会に電話してチケットを購入した。

ビルならきっと面白がるだろう。「木を見るのに二百ドルも払うのか？　セントラルパークに行けば、無料で見られるじゃないか？」

気持ちのよい土曜日の朝だった。雲ひとつない空に昇る太陽の下、わたしの乗ったタクシーはコネティカットの落ち葉を踏みしめ、曲がりくねった道を走った。私道を突っ切って家の前まで運んでもらってもよかったのだが、わたしは歩くことにした。少しは記憶を甦らせてもいいのではないかと思ったのだ。いかつい錬鉄製の門はひらいており、わたしはバラ形の飾りをつけた老女にチケットを手渡して、過去へと足を踏み入れた。

二十年もの歳月が流れたのに、ほとんど何も変わっていないのは驚きだった。豆粒大の砂利を敷きつめた私道の上にプラタナスの並木が天蓋を作り、ヨーロッパブナの林が丘陵まで続いて、林間の空き地にはシャクナゲがかつてと変わらず鮮やかに咲き誇っている。

私道を半分ほど進んだところで林がとぎれる場所があり、訪問客はここで初めて屋敷を垣間見ることになる。客を驚かせるためにこのように設計したのだとしたら、その試みは成功しているといえるだろう。

わたしは立ち止まり、イギリスの伝説の島にちなんでアヴァロンと名づけられた屋敷をふたたび目にした。遠くにそびえるその館は、鑑賞用に造られた湖の水鏡に映っている。一九二〇年代、ビルの祖父がイギリスへ行ったとき、アスター家が所有していたクリブデン・マナーハウスに滞在して、テムズ川を見下ろすその豪奢なイタリア風の館に魅了された。彼はその外観や内装を多くの写真に収め、建築家に見せて、「こういう建物を造ってほしい。ただし、これよりも美しくすること」と言ったそうだ。

屋敷は一九二九年の大恐慌の半年前に落成した。フロリダ州パーム・ビーチにマージョリー・メリウェザー・ポスト（アメリカ屈指の富豪といわれた社交界の著名人）が造ったマール・ア・ラーゴと並んで、二十世紀のアメリカを代表する大邸宅だ。

わたしの目は、朝の陽射しに照り輝くインディアナ石灰石の外壁を伝い、北側の端にある三つの高い窓を見つけた。そこはかつてのわたしの寝室であり、このような部屋が、デトロイトで恐ろしい体験を経てきた子どもにとって居心地がよかったかどうかは、想像がつくだろう。湖に目を移すと、かつてのつらかった日々の記憶が甦ってくるようだった。少年時代のわたしはどれほどの時間、この湖のほとりを一人で歩いたことだろうか。

アメリカナラの並木の下に、草で覆われた崖が見える。わたしが引き取られて何年も経ってから、その崖の下でビルからヨットの操船術を教えられた。少年時代の夏をニューポートで過ごした彼は、アメリカズカップでレースに使われる十二メートル級ヨットをこよなく愛していた。ある日彼は、これまで進水したなかで最高のヨットといわれる〈オーストラリアII〉と〈星条旗(スターズ・アンド・ストライプス)〉の縮尺模型を家に持ち帰ってきた。どちらも全長五フィート以上あり、帆(セール)と舵(ラダー)はリモコンで操作され、風の力と操縦者の技量だけで進んだ。値段がどれほどだったのかはいまもってわからない。

いまでも、模型のヨットレースにわれを忘れたビルの姿が目に浮かぶようだ。彼は湖畔を走り、自分のヨットのセールを巧みに動かしながら、わたしのヨットに風が当たるのを邪魔し、どの浮標(ブイ)も先にまわってわたしを負かした。わたしが彼に三回続けて勝てるようになって初めて、彼はわたしをロングアイランド海峡に連れていき、二人乗りのディンギーで本物の操船を教えた。

自慢するつもりではないが、わたしにはヨットを操る天賦の才があったと言っても過言ではないだろう——人を騙す才能もさることながら。ヨットの才能はビルも認めていたので、ある土曜日、ひっくり返した船腹に座って、彼はわたしにオリンピックをめざさないかと言った。

わたしが人を遠ざける性質だったのを知っていた彼は、賢明にも一人乗りのレーザー級を提案し、週末は必ずわたしとともにトレーニングに明け暮れた。しかし、結局のところは徒労に終わった。十六歳のころ、人生の方向を見失い、生きることへの怒りに駆られ、それでいて何に反抗していいのかわからなかったわたしは、ヨットをやめてしまったのだ。わたしはビルに、もう二度とヨットには乗らないと言い、愚かで残酷にも、彼の失望の表情を見て、ある種の勝利感を覚えたのだ。その後、何度自分の宣言を撤回したいと思ったかわからないが、当時のわたしには、謝ることは強さの表われであり、弱さの表われではないということがわかっていなかった。こうして、その夏とともにヨットにふたたび乗る機会は過ぎ去ってしまった。

長い年月を経てふたたび私道に立ったわたしは、湖を見つめながら、なぜここへ戻ってきたのかに気づいた。もうこの世にはいないが、わたしはビルと話をしたくなったのだ。

わたしは古い屋敷へと向かった。芝生には昼食会のためにテントが設置され、屋敷の扉には立ち入り禁止のロープが張ってある。園芸協会の役員と来賓だけが、警備員に通行証を見せて家に出入りできるようだった。高度な訓練を受けた諜報員でも、警備をかいくぐるのは難しいだろうが、少年時代をここで過ごした人間にとっては造作もなかった。

使用人の宿舎の裏手に、庭師の更衣室がある。そこの鍵がかかっていなかったので、わたしはすばやくなかにはいり、そこから洞穴のようになった車庫へ足を踏み入れた。

わたしは壁際にある作業用の棚に手を伸ばし、コンセントの列の下の隠しボタンを押した。棚の一部が音をたててひらく。母屋に通じる地下通路の入口だ。ビルの父親がこの通路を設けたのは、表向きは厳寒期に外へ出ることなく車庫へ出入りするためだったが、実際の目的はまったくちがっていた。

年老いた家政婦によると、第七軍でヨーロッパを征服してきた〝中佐〟は復員後、今度は家のメイドたちの征服作戦を展開した。彼は書斎の寝椅子に作戦本部を設け、そこからは私道がずっと遠くまで見わたせたので、〝中佐〟の妻が正面玄関に着くまでに、その週の攻略目標となったメイドが服を着て、通路から車庫へ脱出することができたという。家政婦はいつも、ご主人様の作戦計画は完璧だったので、きっと将軍になれただろうと言った。

わたしは通路で立ち止まり、書斎から物音がしないかどうか耳を澄ました。音はしない。そこでわたしはハンドルをひねり、古風な羽目板に隠された扉から書斎へはいった。

グレースが見たら、心臓発作を起こしたにちがいない。彼女が集めた、値段のつけられないほど高価なイギリスの骨董品や、ヴェルサイユ宮殿の寄せ木細工はなくなり、格子縞のソファやタータンチェックの絨毯に置き換わっている。どこかの城館から購入した古い暖炉の上にはかつて、カナレットが描いた十八世紀ヴェネツィアの風景画がかかっていた。彼女が最も大切にしていた絵画だ。しかし、それがいまは、現在の家主とその一家の肖像画になり、彼らはまるで新大陸でも発見したように、どこか遠くの一点を見つめている。

人物の背景を黒いビロードにしてくれれば、多少は見るに堪えるかもしれない。

わたしは彼らの英雄気取りの視線をよけ、書斎の扉を開けて、玄関の広間へ出た。話し声が聞こえてきた。各界の名士や来賓はみな、格式張った応接室に集まっている。だが、この家の現在の主の夫妻は玄関の扉に立って、その類人猿のような背中をこちらに向けており、階段へ向かうわたしの姿を見咎めることはなかった。彼らは来賓への対応に忙殺されていた。

この屋敷の簒奪者(さんだつしゃ)たちは、二階の装飾にはほとんど手をつけていなかったため、わたしは瞬く間に少年時代に戻ったような気がした。美しい廊下を歩くにつけ、やはりここは、わたしが知っているなかで最も静かな家だと思う。そしてわたしは、かつて自分の部屋だった北側の端の扉を開けた。

室内の様子はまったく変わっておらず、あのころに手を触れることができそうな気さえした。広い居間、浴室、衣装室、鬱蒼とした木立を見下ろす寝室。この屋敷には同じような造りの続き部屋が十以上あるが、簒奪者の家族がこの部屋を使っていないのは明らかだった。

わたしは数分間、じっとその場にたたずみ、追憶にふけっていた。それからベッドに座り、張り出し窓のそばにしつらえられた椅子を眺めた。ビルがわたしと話しに部屋に来たときには、彼は必ずここに座り、眼下に広がるムラサキブナを背にしていたものだ。視界がゆっくりとぼやけはじめ、わたしの目に彼の姿が浮かんだ。

　心のなかで、わたしは生前の彼に決して言えなかったことを語りかけた。わたしはこう言った。あなたはなんの義務も血縁もなく、友人の子でもなかったのに、わたしをわが子として育ててくれた。もし天国があるのなら、そこでは子どものためにそのようなことをした人のための場所がつねにあるにちがいない。わたしのなかのよきものはみな、あなたがもたらしてくれたのであり、際限なく広がる暗い部分はわたしが本来持っていたものだ。あなたは永遠にわたしの心に生きつづけ、わたしはこれまでずっと、ふたたびヨットを操って、あなたに誇らしい思いをしてほしいと願っていたのだ。わたしは彼に、彼があれほど望んでいたよき息子になれなかったことへの許しを求め、しばらくそのまま座っていた。

　このとき、仮に誰かが部屋にはいってきて頭を垂れているわたしの姿を見たら、祈っていると思っただろう。わたしはいつまでもそうしていたかったが、バイオリンの音色に静けさが破られた。二百ドルのチケットには昼食会だけでなく、弦楽四重奏団の費用も含まれていたようだ。きっと全員がテントに向かっていることだろう。わたしは立ち上がり、過去に最後の一瞥を投げかけて、扉へ向かった。

28

階段を下り、ロビーに出て、あと二十フィート歩けば玄関から脱出できるというところで、女の声に呼び止められた。「スコット……？　スコット・マードック？　あなたなの？」

誰かはわかっていたが、そちらに顔を向けるわけにはいかなかった。わたしは歩きつづけた。家から出るまであと五、六歩だ。戸外に出たら、出口付近の人だかりにまぎれこめる。あと四歩、三歩……。

女の手が伸びてわたしの肘をつかまえ、強引に止めた。「スコット——聞こえないの？」

わたしは振り返り、声の主を見た。園芸協会の役員であることを示す紫の花飾りをつけている。考えてみれば、彼女がここへ来ることは当然予想しておくべきだった。いつも庭園をこよなく愛していたからだ。それはグレースと共通の趣味であり、二人が友人づきあいしていた理由でもあった。

「やあ、こんにちは、ミセス・コーコラン」わたしは笑みを繕って言った。コールフィールド・アカデミー時代にスカッシュ・チームにいた、デクスターといういけ好かない生徒の母親だ。わたしは当時、チームの親睦会で彼女の家に何度も呼ばれたが、いい思い出ではなかった。

「あなたが来ているなんて、信じられないわ。ここで何をしているの？」彼女は言った。

「その……ちょっと見に来たくなったんですよ……懐かしくなりましてね」わたしは答えた。彼女はわたしの上着に目を走らせ、関係者であることを示すネームプレートのたぐいがないので、明らかに不審そうだった。わたしがどうやって警備をくぐり抜けてきたのか、彼女は訊きたくてたまらない様子だったが、口には出さなかった。

「昼食会場までわたしをエスコートして」彼女は言い、わたしと腕を組んだ。「いままでのことを聞かせてちょうだい。それから、あなたをここのご主人に紹介してあげるわ。楽しい人よ」秘密めかして声をひそめる。「株式市場のことは、なんでも知っているわ」

しかしわたしは動こうとせず、とげのある声で言った。「そろそろ帰ります、ミセス・コーコラン。もう見たいものは見ましたから」

彼女はわたしの表情を見た。たぶん彼女は直感的に、わたしが自分自身にとって大事な用件でここに来たということを悟ったのだと思う。

彼女は笑みを浮かべた。「わかったわ。わたしもうっかりしていたわ。ここの主人のことは忘れて。本当はとても嫌な人なの。奥方ときたら、さらにひどいわ。自称インテリア・デザイナーらしいんだけど」ガラスが割れるような耳障りな笑い声は、昔からまったく変わっていない。

彼女は一歩下がり、わたしを上から下まで見まわした。「元気そうね、スコット。すっかり立派になって」

「とんでもない」わたしはさも驚いたようにかぶりを振った。「おばさまこそ、ちっとも変わっていませんね」よくもそんなことを言えたものだと思うが、彼女はうれしそうにうなずいた。社交界でお世辞を言われつづけ、自己欺瞞に浸っているようだ。

われわれは互いを見つづけたが、話の接ぎ穂がなくなり、気詰まりな空気が漂った。

「デクスターは元気ですか？」わたしはそう言って気まずさをまぎらわせようとした。

しかし彼女は戸惑い、そのたるみ除去手術を受けたとおぼしき、ぴんと張っている顔に暗い陰がよぎった。「おかしいわね。グレースはあなたに知らせたと言っていたのに」

なんのことだか、わたしにはさっぱりわからなかった。「グレースとは、何年も連絡を取っていなかったんです。わたしに何を知らせたと言ったんですか？」

「グレースらしいわ」彼女は言い、どうにか笑おうとした。「自分に関係のないことには興味がないのね。デクスターは死んだのよ、スコット」

しばらく、わたしはぽかんとしていた。彼は屈強な男で、弱々しい同級生をばかにしていたほどだ。その彼が、死んだ？　にわかには信じがたかった。高校時代、わたしは自ら人を遠ざけ、誰とも口を利かなかったが、彼は誰からも忌み嫌われており、スカッシュ・チームのほかのメンバーは、彼とわたしを似合いのコンビだと考えていた。そのためわたしは、彼のラケットを投げつける癖や罵詈雑言を耐え忍ばなければならなかった。

　彼の母親はわたしの表情を見、わたしは演技をしなくてもすむことをありがたく思った。わたしは本当に衝撃を覚えていたのだ。彼女は涙をこらえていた。形成外科医に何度も美容整形手術をされたようなので、涙をこらえるのは決して簡単ではなかっただろう。

「あなたに知らせるようグレースに言ったんだけど。あなたと息子はとても仲が良かったから」彼女は言った。「あの子はいつも、あなたから相談を受けていたと言っていたわ。スカッシュのコートのなかだけじゃなく」

　デクスターがなんと言っていたって？　あの男に相談するぐらいなら、バート・シンプソン（アメリカの人気アニメ『ザ・シンプソンズ』の登場人物。いたずら好きな少年）にでも相談したほうがましだ。冗談ではない。

「率直に言うわ、スコット。あなたはクラスメートと打ち解けていなかったんでしょう？　だからデクスターはいつも、自分から名乗り出てあなたとペアを組んだと言っていたのよ。あなたに、チームで仲間はずれにされていると思わせたくなかったんですって。そういうところには、とても気がつく子だったわ」

　わたしは黙ってうなずいた。「ええ。みんな気づいていませんでしたが、デクスターには確かにそういうところがありました」わたしは言った。そうとしか言いようがなかった。彼女にとってはただ一人のわが子だったのだ。「何があったんですか?」

「海で溺れたのよ。一人きりで海辺の家に行って、ある晩、泳ぎに出たの」

その海岸はわたしも知っている。日中でさえ泳ぐのは危険とされている場所だ。およそ正気な人間なら、夜に泳ごうとは思わないだろう。彼について耳にした、断片的な噂が脳裏に甦ってくる。ロースクールを退学処分になった、酒癖が悪く数々の不行跡をしでかした、ユタ州の更生施設にはいっていた、などといった噂だ。

「もちろん、いろいろ悪意のある噂をささやかれたわ」彼の母は言った。「みんな口さがないことを言うのよ。でも検視官も警察も、あれは事故だったという見解で一致したわ」

確か、デクスターの祖父は著名な法律家で、最高裁判所の裁判官にまで登りつめたはずだ。おそらく、誰かが手をまわしたのだろう。海辺の家から遺書が発見されたとしても、それはひそかに両親の手に渡り、破棄されたのではないか。

わたしは、この年代の人間にしては多すぎるほどの死を見てきたが、それはなんの緩衝材にもならなかった。同級生のなかでいちばん最初に死ぬのはわたしだと思っていたのに、なんと、あのならず者のデクスター・コーコランだったとは。わたしは顔から血の気が引くのを覚えた。

「あなた、顔色が悪いわ」ミセス・コーコランがわたしの腕に触れ、慰めようとした。

「こんなあからさまな言いかたをすべきじゃなかったかもしれないわね、スコット。でもわたし、ほかにどんな――」

彼女は言葉を詰まらせた。泣きだすのではないかと思ったが、ありがたいことに、そうはならなかった。彼女はかえって明るく振る舞おうとした。「それで、あなたはどうなの？　まだ、美術関係のお仕事をしているの？」

悲しみに暮れていても、彼女の記憶力は確かだった。わたしは〈機関〉にはいったとき、友人や家族向けにそのような隠れ蓑を作ったのだ。公式にはこの組織は存在しないことになっているため、わたしは何カ月もかけて念入りに隠れ蓑をこしらえ、ようやく長官の承認を得られた。

ある日曜日、予告なしにアヴァロンの屋敷に戻ったわたしは、グレースやビルと昼食をとりながら、ランド社も研究活動も心理学そのものも嫌になったと告げた。そして、養父母から与えられた最大の財産は芸術への興味だと言い、したがって、わたしはランド社を辞め、二十世紀初期のヨーロッパ絵画を扱う画商として、ベルリンを拠点に活動を始めたいと言った。

われながら、なかなかよくできた隠れ蓑だった。これなら、実際の任務でヨーロッパのどこへ行っても不自然に思われることはなく、同時に以前の知りあいと音信不通になってもしかたがないと思われ、やがてそのまま忘れ去られるだろう。現に、これだけの年数が経ってもなお、ビルとグレースの友人だった女性がこうして訊いてくるのだから、画商の隠れ蓑は額面どおり受け取られていたにちがいない。

わたしはにこりとして言った。「ええ、いまだにキャンバスを追いかけていますよ、ミセス・コーコラン。生活はかつかつですがね」

彼女はわたしのカシミアのセーター、高価なローファーをねめつけ、わたしはしまったと思った。ビルの思い出に敬意を払おうと、めかしこんできたのだった。

「かつかつにはあまり見えないわね」彼女は疑惑に目を細めて言った。

わたしは彼女に、表向きの商売があまり成功していると思われたくなかった。成功していると思われたら、なぜその方面でわたしの名前が聞こえてこないのか、不思議に思われるからだ。それでわたしは思いきって、真実を告げることにした。「幸運に恵まれましてね」わたしは言った。「ご存じかもしれませんが——グレースがわたしにいくらか財産を遺してくれたんです」

彼女は一瞬、沈黙したあと、ささやき声で言った。「まさか、嘘でしょう」

「驚くのも無理からぬことです。彼女があれだけよそよそしかったことを思えば」わたしは答えた。「けれどもきっと、心の底ではグレースは何かを感じていたにちがいありません」

「それはきっと、義務感でしょうね」彼女は辛辣に言った。「二人ともいまはこの世にいないから、もうあなたに教えてもいいでしょう――グレースはあなたを求めていなかったのよ、スコット。それも最初から」

確かにわたしは養母にわだかまりを覚えていたが、こんなひどい言われようをするとは思ってもみなかった。ミセス・コーコランは誇張しているのだろうか？　わたしの表情には疑念がよぎったにちがいない。

「そんな目で見ないで。わたしはこの耳で聞いたのよ。あなたがデトロイトから着いて、一週間後にね。わたしたちはそこでコーヒーを飲んでいたわ」彼女は湖を望む芝生を指さした。「あのとき、ビル、グレース、わたしの三人であなたを見ていたの。子守りがあなたを水辺に連れていき、白鳥を見せていたはずだわ」

わたしはまだ幼かったが、そのときのことははっきり覚えている。それまで白鳥を見たことがなく、世界にこれほど美しいものがあったのかと思ったのだ。

「ビルはあなたから片時も目を離そうとしなかったわ」ミセス・コーコランは続けた。「正直に言って、わたしはそれまで、あれほど子供に夢中になっている男の人を見たことがなかった。グレースもそのことには気づいていたわ。彼女は彼をじっと見て、それから声をひそめて言ったの。『わたし、気が変わったわ、ビル。子どもはわたしたちには合わないわよ』

ビルは彼女を見て、言ったわ。『きみはまちがっている。わたしたちには、まさしく子どもが必要なんだ。この場所に活気をもたらしてくれるのは、子どもたちだ』

彼は反論を受けつけない口調だったけど、グレースにも引き下がる気配はなく、自分の考えを押しとおすかまえに見えたわ。どうやらあなたを引き取るかどうか、斡旋機関に通知する期限が迫っていたみたいね」

ミセス・コーコランは言葉を止め、わたしの反応をうかがった。彼女は何を期待しているのだろう？　両親に愛されることを望まない子どもがこの世にいるだろうか？

「なるほど、買い物の達人だったグレースらしいですね」わたしは言った。「彼女はあらゆるものを、気に入らなかったら返品するという条件で買っていましたから」

老女は声をあげて笑った。「あなたのそういうところがいつも好きだったわ、スコット。あなたは誰にも、自分を傷つけることを許さなかった」

わたしは無言でうなずいた。

「とにかく、二人の口論は激しくなり、ついにグレースが癇癪を爆発させたの。『ビル、どうしてあなたは厄介事を背負いこむの？』彼女は言ったわ。『あなたはポーターみたいだわ。重荷を背負った人を見ると、いつもかついであげようとするのよ』

彼女はビルに、あなたをその日のうちに返すよう言って、昼食ができているか見てくるという口実で、席を立って家にはいったわ。でもその日は、それっきり誰の前にも姿を現わさなかった。ビルは長いこと黙って座り、あなたのことをじっと眺めていた。そして、こう言ったの。『スコットは大学に進学するまで、このアヴァロンにとどまる。本人が望めば、それ以降も。ポーターであるわたしがそう言う以上、彼はここにとどまるのだ。グレースにも、そのことは受け入れてもらわなければならない』

わたしには、なんと言うべきかわからなかったわ。彼があれだけ頑固になったのを、わたしは初めて見た。あれほど断固とした意志を発揮できる人は、そうはいないわ。それから彼はわたしのほうを向いて、とても不思議なことを言ったの。

あなたもきっと知っているでしょうけど、ビルは宗教的な人間ではないわ。少なくともわたしは、彼が神について語るのを聞いたことがない。でも彼は、毎晩あなたが眠ってから、あなたのベッドのかたわらに座っていると言ったの。『スコットは、わたしたちに遣わされたんだと思う』彼はわたしに言ったわ。『そして、わたしは彼を守るために選ばれたような気がするんだ。どうしてなのか自分でもわからないが、きっと彼は、いつかとても大事なことをすると思う』」

長い歳月を経た古い屋敷にたたずみ、ミセス・コーコランはわたしに笑いかけた。「そうなの、スコット？　ビルは正しかったのかしら？　あなたはとても大事なことをしたの？」

わたしは笑みを返し、首を振った。「数枚ばかりのキャンバスの行方を追うのが大事なことかどうかはわかりません。けれどもビルはすばらしい人間でしたね。そんなふうに考えてくれていたなんて」

戸外の芝生から、誰かがミセス・コーコランの名前を呼ぶのが聞こえてきた。きっとスピーチをすることになっているのだろう。彼女はわたしの肩をたたき、行きかけた。「まだわからないわよ」彼女は言った。「あなたはまだ若いんだし、時間はあるわ。そうじゃなくて？　じゃあね、スコット」

しかし、時間はもうなかった。確かにわたしはまだ三十代だったが、自分の競争はすでに終わっていたのだ。まだ何事かをなしうると思えるのは、愚か者だけだろう。それなら、せいぜいがんばれとその愚か者に伝えておこうか。このときのことを思い出すたびに、わたしは当時の自分にそう言いたくなる。

29

アフガニスタンに到着したばかりの〈サラセン〉は、人里離れた渓谷地帯をたどって、東へと急いでいた。十代のころ、この地でムジャヒディンとして戦ってからほぼ十五年が経とうとしていたが、いまだに旧ソ連との戦争の痕跡が見られた。打ち捨てられた銃座、錆びついた武器の破片、爆撃の犠牲になったとおぼしき山羊飼いの小屋。

谷底に沿って小川が流れており、川沿いを行けば安全だ。水流に沿った肥沃な土地には一種類の作物しか植えられていない――大麻だ。この背が高く、水分を多く含んだ植物の陰にいれば、アメリカの偵察衛星の熱画像にも映りにくい。

しかし、目的地に向かうためには渓谷地帯から離れざるを得ず、彼はやがて人を寄せつけないヒンドゥクシュ山脈を登った。急峻な森のなかで、樵（きこり）が切りひらいた道をたどり、監視用の無人機が彼の荷馬の群れを見て、木材を違法に伐採している樵の一人だと思いこんでくれることを祈った。だが樹木限界を越えると、高度が増すため呼吸が苦しくなり、そのうえ身を隠すものがなくなることから、より早く移動しなければならなかった。

ある日の午後遅く、遠くに岩山が見えた。そこは彼が初めて戦闘ヘリ〝ハインド〟を撃ち落とした場所のように思えたが、なにぶん昔のことであり、定かではなかった。苦心してさらに山を登って狭い尾根を渡ると、かなり最近のものと思われる薬莢やロケット弾ポッドを見かけた。

彼がムジャヒディンだった当時から、アフガニスタンは絶えざる戦乱に見舞われてきた。ロシア軍が引き揚げたあとは、軍閥が勢力を拡大した。続いて、ムッラー・オマルの率いるタリバンが軍閥を打倒し、ウサマ・ビン・ラディンを追うアメリカがタリバンを駆逐した。その後は軍閥が戻り、いまはアメリカを中心とする多国籍軍がタリバンの復権を食い止めようと戦っている。

使用済みの弾薬は、彼がクナル州に近づいていることを物語っていた。アメリカ軍が〝敵の本丸〟と目してきた土地だ。そして彼はその晩、眼下の渓谷を舞うアパッチ攻撃ヘリの編隊と、AC-130攻撃機の音を確かに聞いた。噂によると、この攻撃機から放たれる弾丸はコカ・コーラの瓶ぐらいの大きさだという。

その翌日から、彼はひんぱんに呼び止められるようになった。ほとんどはアメリカ軍や北大西洋条約機構（NATO）軍のパトロールだったが、二回ほど、自称〝非同盟の民兵〟に声をかけられた。しかし〈サラセン〉は、この荒くれ者たちがタリバンの扮装であることを知っていた。彼は、誰に対しても同じ返事をした。すなわち、自分は敬虔なレバノン人の医者であり、母国のモスクや個人からの献金で、慈善医療活動を行なっている、と。表向きの彼の目的は、遠隔の地のムスリムを救うことであり、打ちつづく戦争に疲弊してインフラが破壊され、病院も医者もいなくなってしまったこの地で奉仕することだった。

彼はさらに、医療用品をベイルートからカラチまで船便で送り、自分は空路移動して、カラチでトラックを買い、パキスタンを経由してアフガニスタンに入国、世界最大のアヘン市場であるシャドル・バザールでトラックとポニーを交換した、と説明した。実際そのとおりであり、彼は安物のデジタルカメラで、荒廃した村で病気の子どもたちを診察したり、予防接種したりする自分の姿まで写していた。

そのことにくわえ、彼の荷馬を探すと実際にさまざまな医療用品が見つかるので、双方の陣営が警戒を解いた。彼らが疑問を抱いた物品があったとすれば、一枚の強化ガラスと数袋の生石灰ぐらいだった。ガラスの用途を訊かれた彼は、薬を調剤するときにそれを台にして使うと衛生的だからだと答えた。では生石灰は？　それは壊疽（えそ）からはしかに至る、あらゆる病気の治療に使った綿棒や衣服を処分するのに、最適の方法だからだと説明した。

誰一人、小さな鞍嚢（あんのう）のなかにはいった、衣服や予備の靴まで改めようとする者はいなかった。それらの奥には、顔の部分に透明のプラスチックの覆いがついたヘルメット、R−700D使い捨てマスク、黒いつなぎの防護服、ゴム製のブーツ、ケブラー繊維の裏地がついた手袋、ヘルメットからブーツに至るまでのすべての開口部を覆う特別製のテープがはいっていた。こうした用具が見つかったら、彼はこう言っただろう。山羊や駱駝を含め、あらゆる有蹄類には自然に炭疽菌が発生する。自分は仕事のために死ぬつもりはない、と。さらなる証拠に、携帯している抗生物質のガラス瓶を見せてもよかった。彼が勤務しているレバノンの病院から盗み出したもので、どれも一般的な薬品だ。だが、彼を調べたのは兵士やゲリラであり、彼らの関心は武器や爆発物にしかなかったので、そんなことまで訊く者はいなかった。

唯一、彼がついた明白な嘘は目的地だった。それを訊かれたら、彼は肩をすくめ、地図さえ持っていないと答えた。

「わたしは神から命じられた場所なら、どこへでも行きます」しかし実際には、彼は頭のなかの地図で現在位置を把握しており、明確な目的地があった。

彼を取り調べたNATOの兵士たちは、ポニーに荷物を積むのを三回も手伝った。最も骨が折れたのは、最後尾の四頭にトラック用の強力なバッテリーを積むときだった。バッテリーは小型の冷蔵庫の電力であり、兵士たちはこの医者の創意に笑みを浮かべた。冷蔵庫に納まっている無数の小さなガラス瓶は、大勢の子どもたちの命を救うだろう。ポリオワクチンのほか、ジフテリアや百日咳のワクチンだ。しかしそのなかで、〈サラセン〉が製造番号の末尾に〇を付け加えた二本の瓶には、彼以外には見分けがつかないものの、まったくちがう物質が含まれていた。

当時、天然痘のウィルスは地球上で二カ所にしか存在していないはずだった。それらは研究用に保存されているもので、一カ所はアトランタの米国疾病管理予防センター、もう一カ所はシベリアの〝ヴェクター〟と呼ばれるロシアの警戒厳重な研究施設だ。しかし実は、もう一カ所にも存在した。〈サラセン〉以外は誰も知らないのだが、それはヒンドゥクシュの山奥で、彼の強靭な荷馬の背中にくくりつけられた冷蔵庫の二本の瓶にはいっていたのだ。

彼はこのウィルスを盗み出したのではない。また、体制に不満を抱いたロシア人科学者から購入したわけでもなく、国際社会の承認を得ることなく独自に危険な研究をしている、北朝鮮のような破綻国家から与えられたのでもなかった。驚くべきことに、〈サラセン〉は自らウィルスを合成したのだ。

それも、彼の車庫で。

30

〈サラセン〉にそんなことができたのは、インターネットの恩恵によるものだった。この男の捜索が絶望的になりかけたころ、わたしはようやく、彼が医学部を卒業して数年後にレバノン北部のエル・ミーナーという古い町で職を得たことを知った。

彼はその町の病院で緊急治療室の夜勤に就いていた。設備も人員も欠乏し、肉体的にも精神的にも負担の大きい仕事だった。つねに疲労困憊しながらも、彼は寸暇を惜しんでひそかに〝ライフワーク〟と自認するものを追求していた。〝遠くの敵〟へのジハードである。

彼以外のアッラーの兵士たちがパキスタンの秘密訓練キャンプで時間を空費したり、アメリカのビザを取得しようと徒労を続けたりするなか、彼は大量破壊兵器に関するあらゆる情報を収集していた。そして、誰も聞いたことがないようなこの町の古ぼけた病院の医者に、世界の生物兵器に関する最新の研究成果を入手する手段を与えたのは、インターネットだけだった。

これは、予見し得ないが致命的な結果であり、ＣＩＡの用語では〝ブローバック〟（外交政策などが原因となり、自国に負の結果がもたらされること）といわれるものだ。ワールドワイドウェブが恐ろしい可能性を秘めたパンドラの箱を開けてしまったのである。

〈サラセン〉は西洋諸国の子どもたちとちがい、コンピュータにさほど詳しくはなかったが、それでも充分にインターネットを使いこなせた。良好な接続環境さえあれば、彼は人に知られることなくいくらでも検索を進められたのだ。

何カ月ものあいだ、医薬品や生物に関する知識をもとに、彼は最も入手しやすい生物兵器と思われる細菌の研究に集中した。リシン、炭疽菌、ペスト菌、サリン、タブン、ソーマン。いずれも多くの人々を殺害し、パニックを引き起こすことが可能だ。しかし同時に、そのどれにも大きな弱点があった。これらの大半は感染性ではなく、空中から散布した場合に最大の効果を発揮するのだ。

研究の進展に行き詰まりを感じ、絶望感と闘いながら、彼は炭疽菌の研究に乗り出した。少なくとも、兵器の原料となる生の菌は入手可能らしい。炭疽菌はレバノンを含む中東の広範囲にわたって存在しているが、まだ〝兵器化〟する途上だということだ。しかしそこで、彼はこれまでの常識を覆すような記述を読んだ。

そのことに関心を払う者は、まだほとんどいなかった。

決して売れ筋の雑誌ではないが、月刊『ウィルス学紀要』のオンライン・ページで、ニューヨーク北部の研究所で行なわれた実験結果についての記事があった。歴史上初めて、どこでも手にはいる化学物質だけを使ってある生物が合成されたというのだ。しかも、化学物質の調達にかかった費用はわずか数百ドルだった。その記事を見つけた午後遅く、〈サラセン〉は興奮のあまり、日没（マグリブ）の礼拝を忘れてしまった。彼は信じられない思いで、化学者がゼロからポリオ・ウィルスの合成に成功したという記述を読みふけった。

その記事によると、研究の目的はアメリカ政府に、テロリスト・グループが自然界に存在するウィルスを入手しなくても、生物兵器を合成できると警告することだった。すばらしい着想だ——当のテロリストでさえ、彼らの研究を読むまでそのことに気づかなかったのだから。さらに目を見張るのは、この研究に三十万ドルの予算を拠出した組織の名前だった。もっとも、皮肉な見方をすれば、さほど驚きに値しないのかもしれないが。その組織とは、国防総省（ペンタゴン）だった。

しかし〈サラセン〉は、この思いがけない発見は、国防総省ともニューヨークの研究者とも関係がないことを確信した。彼らは媒介者にすぎない。これはアッラーの導きによるものなのだ。誰かがウィルスの合成に成功し、彼に門戸を開け放ってくれた。その向こう側には、あらゆる生物兵器で最強の威力を誇り、呼吸をするだけで感染してしまう可能性がある、人類の歴史で最も恐ろしい破壊力をふるった病がある——天然痘だ。

それ以降の数週間で〈サラセン〉は知った。研究者たちは一般に入手可能なポリオの遺伝子地図を使い、バイオテクノロジー産業に原材料を販売している企業から、〝核酸塩基対〟を購入していたのだ。これらの塩基対は気前のよいことにわずか十セント単位から販売され、生物学に詳しい人々が集まるインターネットの掲示板によると、電子メールで注文できるという。さらに、販売している企業のオンライン・システムは自動化されているので、本人確認を求められることも、注文した素材の用途を質問されることもないらしい。

こうして、ニューヨークの研究所は肉眼では見えない材料を入手し、研究者たちは一年がかりでそれらを正しい順序に配列して、つなぎあわせた。もちろんそれには専門的な技術が必要だが、方法自体は一般に公開されているものだ。医師にして分子生物学の専門知識を持っていた〈サラセン〉は、その方法をたちどころに理解し、ニューヨーク北部の研究所で可能だったのなら、エル・ミーナーの車庫でも再現できるのではないかと思った。もし彼があるものを突き止めることができれば。

彼はそれをどこかで読んだ記憶があった。オンラインで検索を始めた彼は、二時間でそれを見つけた。天然痘のゲノム（生物の遺伝情報）に関する記述だ。厳重に秘匿されたはずの情報であるにもかかわらず、このウィルスの完全な化学式と遺伝子地図は、インターネットによる爆発的な情報の広がりの波にさらわれてしまった。インターネットの世界に門番はおらず、悪用されれば災厄を招きかねない情報がつねに流出している。〈サラセン〉がこのゲノムの情報に行き着くまでには二時間を要したが、ウェブ検索の経験をもっと積んでいれば、その半分以下の時間で生物学研究関係のサイトをいくつも渡り歩き、突き止めただろう。わたしにそれがわかるのは、実際に自分でやってみたからだ。〈サラセン〉は『ウィルス学紀要』の記事から、ポリオ・ウィルスのゲノムには七千七百四十一の塩基対、すなわち文字があることを知った。それに対し、天然痘のウィルスのゲノムには十八万五千五百七十八の文字があり、当然、合成するのもはるかに難しい。しかしそのときの彼は、湧き上がる昂揚感から、たかが十七万八千字程度増えたからといって、できないはずはないと思った。

彼はまず、自分自身を守ることが先決だと判断した。天然痘は恐ろしい病原体であり、それを合成する複雑かつ不安定な過程で、一度も失敗しないでやり遂げるのはほぼ不可能だ。いや、場合によっては何度も失敗するだろう。感染したことに最初に気づくのは、発熱したときだ。それからほどなく、水疱(すいほう)が全身に現われる。その時点ではもう手遅れだ。天然痘の治療薬はいまだに見つかっていない。

そのため、彼はワクチンを探し当てなければならず、それこそが六週間の休暇をとった真の目的だった。ベイルートへ向かい、そこから空路カイロに移動して友人を訪ねると病院の院長には言っていたが、実際には早朝のバスでダマスカスへ向かったのだ。そこで彼はトラスを殺害し、ワクチンを奪って、ふた又の針を使って自分に接種し、国境を越えてレバノンへ戻った。

　彼は五日間、ホテルの客室に閉じこもり、自分に投与した多量のワクチンによる高熱と闘った。熱が引き、ワクチンの効力を物語るかさぶたが腕にできたところで、エル・ミーナーに帰った。表向きは何も変わっていなかったが、彼の生活は完全に新たな段階にはいった。〈サラセン〉は、歴史を創る旅に出る準備を整えたのだ。

31

〈サラセン〉が最初にとりかかったのは、小さな自宅アパートメントの下の車庫を封鎖し、そこを即製の生物兵器研究室に改装することだった。

この作業を行なううえで、彼にはひとつ有利な点があった。身近に格好の実例があったのだ。エル・ミーナーの病院は概してひどい設備だったが、ベッド二床の隔離病棟と研究室は整っていた。この地域には炭疽菌が蔓延していたため、彼の勤務している病院には、この病気と闘う国々を支援するための資金が世界保健機関から補助されていたからだ。病院には人命を救うための最も基本的な医療器具さえ不足していたにもかかわらず、ジュネーブに本部をかまえる国際機関は、一流の隔離病棟を建設するために相当な資金を拠出した。

〈サラセン〉が知っているかぎり、この病棟が使われたことは十年間で一度しかなく、いまや倉庫代わりにされているありさまだった。それでもなお、隔離病棟は彼の研究室にはこのうえない参考例であり、彼が必要としていたものの半分はここから入手できた。培養器、顕微鏡、培養皿、ピペット、滅菌器といった器具だ。病院の誰一人として、これらが紛失したことにさえ気づかなかった。

ものの数週間で、彼はインターネットで情報収集しながら研究室の設備を整えると同時に、世界各国の六十以上の企業をリストアップした。七十文字以下のDNA材料を、本人確認や用途の説明を求めずに売ってくれる企業だ。

それから相当な時間を経て、初めてその話を聞いたとき、わたしは耳を疑った。残念ながら、わたし自身がオンラインで試した結果、生物兵器の材料が簡単に購入できることがわかった。

しかし、〈サラセン〉はDNA材料を注文する以前に、必要不可欠な機材を二台調達しなければならなかった。遺伝子合成機という、コンピュータの大型プリンターぐらいの大きさの機械だ。これらの注文にはわずか一時間ほどしかかからなかった。バイオテクノロジー産業の進歩は日進月歩であり、最高のスピードや性能を求めなければ、このような機材は驚くほどの安値で出まわっているのだ。

彼はきわめて状態のよい合成機を二台、いずれもインターネットのオークション・サイトで見つけた。価格は合計で五千ドルを下まわり、〈サラセン〉は医師が高給取りであることと、彼自身はきわめて質素な生活を送ってきたことに感謝した。その程度の費用なら、貯金から楽に出せた。より重要なのは、購入者が誰であろうと、売り手は気にしていないことだった。彼らが気にしているのは、クレジットカードの番号が本物かどうかだけだ。それに、事実上匿名で使える海外送金サービスもあった。

二台目の合成機が到着した翌日から、彼は研究に着手した。その晩、彼はネットサーフィンをしながら、すでに膨大になっていたウィルス学や生物学に関する資料をさらに充実させ、名声高い『サイエンス』誌の最新オンライン版にも目を通した。見出しに載っていた記事によると、ある研究者が三十万文字以上に及ぶ有機体の合成に成功したらしい。〈サラセン〉がいまの方針を実行することを決意してから、まだ日も浅いというのに、十八万五千文字の合成は前人未到の事業ではなくなっているのだ。遺伝子工学の進歩がいかにめざましいかわかろうというものである。

この記事を読んだ彼は、天然痘ウィルスの合成が自分一人で可能であることを確信し、運命の日が見えてきた。彼は夜遅くまで祈りを捧げた。自分の双肩にのしかかる重圧を感じ、アッラーにこの研究をやり遂げる力を与えてくれるよう祈った。

半年後、一人で研究室にこもり、粘り強く作業を続け、修正を重ね、調査と研究を繰り返した結果、自らの専門知識とネットで安価に購入した実験設備を駆使して、彼はついにやり遂げた。

持てる能力のすべてを傾け、根気強く分子の合成を続けて、彼は天然痘ウィルスの再生に成功したのだ。可能なテストをすべて行なった結果、それは自然界に存在したものと同一であることが検証された。

このウィルスがほかの生命体から人間に伝播して以来、数千年を経て、二種類の天然痘の存在が明らかになっている。小痘瘡は死に至ることがまれだが、その兄貴分である大痘瘡は、人類が大規模な部族社会を作るようになって以来、人間社会に何度も壊滅的な影響をもたらしてきた。〈サラセン〉が合成したのは、まさにこの致死率三十パーセントにも及ぶウィルスだったのだ。しかし、この大痘瘡にはさらにいくつかの変種があり、なかにはとりわけ致命的な威力を発揮するものもあった。

それを承知していたので、彼はこのウィルスをさらに吟味して鍛えようとし、すでに確立された方法に従い突然変異を促して、微生物学者のスラングを借りれば〝フライドチキンのようにこんがりと揚げる〟ことで、すでに最強の病原体であるものを、それ以上の力を持つ変種にしようとした。

可能なかぎり最も強力な変種の設計図を作った彼は、それにもとづき、いよいよ遺伝子構造の組み換えに乗り出した。それは全工程のうちで最も簡単だが、同時に最も危険な段階だった。しかし、そうすることが不可欠なのだ。

自然界から発生した天然痘が地球上から撲滅されたことで、世界保健機関が保持していたワクチンは大量に余ることになった。それから数年が経ち、ウィルスがもうふたたび発生しないという確信が得られると、保管されていたワクチンは処分された。このため、それまでは西洋諸国の子どもたちを中心として、膨大な数の人々が天然痘ワクチンの接種、すなわち種痘を受けていたが、〈サラセン〉も承知していたように、ワクチンの効力は五年ほどで失われはじめるので、現在の地球上で免疫を持っている人間は事実上、存在しないことになる。

この状況は彼の目的には理想的だったが、ひとつだけ問題があった。彼の攻撃目標であるアメリカ合衆国は、二〇〇一年九月十一日の同時多発テロ以降、バイオテロを警戒するようになり、三億人分以上の天然痘ワクチンを生産、備蓄することを決定した。ほぼ全国民に行きわたる量である。〈サラセン〉はその記事を読み、意気消沈した。だが種痘に関する情報を一晩中調べた結果、人口の二割以上は種痘を受けられないことがわかった。ワクチンを受けつけない体質の人間にくわえ、妊娠中の女性、新生児、高齢者や、免疫系が損なわれている人々には接種できないのだ。

だとしても、ワクチンの備蓄の存在は彼に大きな衝撃を与え、その長い夜が明けようとするころ、彼はこの計画を放棄し、別の兵器を探そうかとまで考えた。しかし、ここでふたたび、科学知識の爆発的な普及、あるいはアッラーが、助けの手を差し伸べたのだった。

あらゆる文献を徹底して探しまわった彼は、オーストラリアの科学者グループによる研究報告書を見つけた。首都キャンベラの研究所に勤務していた彼らは、ネズミの繁殖周期を制御できる方法がないかどうか探ろうとしていたのだ。その過程でマウス痘という、天然痘にきわめて近い病気について研究し、彼らはIL－4という免疫系から取り出した遺伝子をマウス痘ウィルスに組みこんだ。その結果は驚くべきものだった。そのウィルスに感染したネズミは、どんなワクチンを投与されても治らなかったのだ。

たったひとつの遺伝子をくわえたことで、そのウィルスはあらゆるワクチンを無効にした。

ふたたび希望が湧いてきた〈サラセン〉は、手探りの状態で研究を続行した。訪れる者のまばらなネットの片隅で、研究者の掲示板で触れられているおぼろげな手がかりを追いかけるうちに、彼は世界中の研究者が、オーストラリアの研究者グループによって得られた結果を再現しようと、成功の度合いに差はあれ、さまざまな試みをしていたことを知った。

車庫の外ではとっくに夜が明けていたことにすら気づかず、彼は検索に没頭し、牛痘(ぎゅうとう)の研究をしていたオランダの農学者による新たな投稿記事に出くわした。彼らは牛痘のウィルスに、オーストラリアの例とはわずかに異なる遺伝子を組みこみ、そのウィルスはワクチンに打ち勝っただけでなく、何度も同じ結果を得ることに成功したという。

〈サラセン〉は、その記事で使われていたのと同じ遺伝子が、彼が核酸塩基対を購入した会社で販売されていることを知った。彼はすぐにそれを注文した。二日後に小さな包みが届き、それを開封した彼は、とうとういままで誰も研究したことのない、未知の領域へ乗り出した。

仮にどんなワクチンも太刀打ちできない天然痘ウィルスの合成に成功したら、自分に投与した多量のワクチンは無効になる。彼はそのことを承知していた。感染源のまっただなかで丸裸同然になるのだ。結局、彼は感染から自分の身を守るため、病院から防護服一式を盗み出し、海岸へ車を走らせた。海沿いの道を徐行し、ダイビング・ショップの前で停める。その店で、彼は現金払いでスキューバ・ダイビング用の酸素ボンベ四本と空気調整器一台を購入し、車の後部座席に積みこんで、車庫を改造した研究室へ戻った。

ワクチンの効かないウィルス合成に取り組むたびに、病院からくすねてきた防護服を着用し、特別製の呼吸装置を取りつけるだけで二十分を要したが、科学的な作業としては単純なものだった。彼がこれまでに集積してきた専門知識により、新しく付け加える遺伝子が三百文字程度しかないこともあって、一カ月足らずで天然痘ウィルスに遺伝子を組みこむ作業が完了した。

彼が製造番号の末尾に○を付け加えた二本のガラス瓶にはいっていたのは、まさにこの恐ろしい破壊力を秘めたウィルスであり、だからこそ、〈サラセン〉はこれらをアフガニスタンへ携えていかなければならなかったのだ。彼が合成過程のどこかでまちがいを犯し、ウィルスが期待どおりの働きをしなかったら、これまでの努力は徒労に終わってしまう。

彼は、天然痘が人間にしか感染しないことをよく知っていた。人間にいちばん近いチンパンジーや猿でさえ、この病気には感染しない。つまり、このウィルスが遺伝子を組みこむ以前と同じく致死性の威力を持ち、しかもワクチンを打ち負かせることを確かめるには、人体実験する以外に方法はないのだ。

彼がこのおぞましい実験の場所に選んだのはヒンドゥクシュの山奥で、そこで三人の実験台を探す計画だった。

アメリカ軍のパトロール兵がうようよしているクナル州を遠く離れると、彼は干上がった川床を見つけた。インフラが損なわれたこの国では、そこが道路の役目を果たしている。彼は何日もかけてその川床を歩き、トラックやトヨタの四輪駆動車とすれちがうたびに砂塵にまみれたが、焼けつくように暑いある朝、ようやく目的地に近づいたことがわかった。行く手には、馬にまたがってＡＫ－47を携えた四人の歩哨が見える。〈サラセン〉は自分の小さな隊商を進め、川の湾曲した部分を曲がったところで、中世以来ほとんど変わっていないと思われる、泥と石でできた町を目にした。町の対岸には山道があり、その先の崖の上に、要塞の建物群がそびえている。

十九世紀にイギリス軍の要塞として築かれたが、彼らが撤退して以降は、そのときどきの地元の権力者たちがここを本拠地としてきた。〈サラセン〉は橋の残骸の下を通り、川床の道から穴だらけのアスファルトを登り、要塞をめざした。途中までかつての幹線道路だったところをたどり、それから巨石のあいだを縫うように歩いていると、馬に乗った二人の歩哨に行く手を阻まれた。

彼らは道を睥睨し、慣れた手つきで〈サラセン〉の胸元に銃を突きつけた。簡単に引き金を引く連中だ。

「誰だ？」上質の金の装飾を施した銃を持って、二人のうち年かさの男が訊いた。

〈サラセン〉は答えかけたが、途中でやめた。パスポートに記されている偽名を告げたところで意味はない。彼は要塞を指さして言った。

「彼に伝言をお願いしたい。ブローパイプの若者が戻ってきた、と伝えてほしいんだ」

32

最初に〈サラセン〉と会ってから長い歳月を経て、アブドゥル・ムハンマド・ハーン知事は軍閥の首領というより、中世の人物画のような雰囲気をまとっていた。年季がはいった革のような肌。最高級の生地で作られたチャパンというアフガニスタンの伝統的なローブ。権威の象徴である金の短剣。よく手入れされた子牛革のブーツ。残念なことに、その雰囲気は派手な金のロレックスで損なわれていた。

歳月は、彼にとって決して穏やかではなかった。アフガニスタンに生きる人間に、穏やかな歳月を過ごした者はまずいない。しかし少なくともひとつ、同年代の人々に自慢できる点があった――彼はまだ生きていたのだ。六十代後半にしてなお、彼は一族の戦士にして父親であり、配下の兵士たちも客人たちも、彼が足を引きずって要塞の石畳を歩くときには、心からの敬意を払ってかたわらに立つのだった。彼らはみな、城門にいましがた到着した筋骨たくましい男が誰なのかわからず、ハーンがこれほど急いでいるのはなぜなのか不思議に思った。

誰かの話では、彼はかつての同志にして、ムジャヒディンの英雄であり、別の誰かの話では、ハーンの恐ろしい病気を治療しに来た医者ということだった。この見知らぬ男がどのような背景の持ち主であれ、彼はそこにいるどの兵士も、客人もあずかることのできなかった栄誉に浴した。偉大なるハーンは、その男と肩を組み、じきじきに豪華な謁見室へ案内したのだ。

その部屋はかつて、イギリス軍の北西戦線司令官の執務室だった。したがって天井は高く、暖炉はイギリス製で、ひときわ高い壇にはかつて司令官の机が置かれていた。いまは博物館で目にしそうなくらい貴重な絨毯で覆われ、イランや中国の宮殿から持ちこまれたシルクのクッションが置かれている。片隅の金の火鉢には香がたかれ、暖炉には茶を淹れるのに必要な道具がそろっているが、この異国情緒が漂う美しい謁見室で、客人の目をくぎづけにするのは暖炉の向かいの壁だった。

ハーンは頭巾の下から、〈サラセン〉の目が大きなコンクリートのブロックに引きつけられるのをうかがった。客人が見ているのは、ハーンを裏切った二人の男たちがもがき、悲鳴をあげている姿の浮き彫りだった。二人はここで永遠の苦しみに捕らわれ、死の瞬間を刻まれているのだ。どういうわけか〈サラセン〉はいつも、この男たちはまだ少年といっていいほどの若者だと思っていたが、こうして見ると充分に成熟した兵士で、背が高く、武装を整えていた。それがよけいに、彼らの味わった恐怖に真実味を持たせていた。

〈サラセン〉は浮き彫りに近寄った。年月と香の煙で、ブロックの表面は蜂蜜色に輝き、彼はその光沢がブロンズ像に似ていると思った。ハーン知事は彼のかたわらに立った。

「わたしの彫刻が気に入ったか？　こいつらの名前は知っているかな？」

〈サラセン〉は首を振った。この浮き彫りにまつわる話は何度も聞かされているが、名前のくだりは初耳だった。

「間抜け（ダム）ともっと間抜け（ダマー）だ」軍閥の首領は言い、哄笑した。「数年前にここを訪れたＣＩＡの局員がそう言った。それから、誰もがそう呼ぶようになったんだ」

〈サラセン〉はわずかに身をこわばらせた。「ＣＩＡの人間はよくここに来るのですか？」

「数年に一度だ」ハーン知事は肩をすくめた。「あいつらはいかなる勢力の肩を持とうが、わたしの支持は必ずとりつけておきたいのさ」暖炉のほうへ歩く。「あいつらの金を受け取ったことは一度もないが、ユーモアのセンスは悪くないと思っている」

　暗がりに座り、目を白内障で濁らせた老人が手を伸ばして、主人と客人のために茶を淹れようとした。ハーン知事は彼を止め、〈サラセン〉のほうを向いて、その老人や謁見室に居並ぶ護衛の兵士たちを指して言った。「この者たちには出てもらおうか？」

〈サラセン〉はうなずいた。内密を要する話なのだ。

　ハーンはにやりとした。「そうだろうと思った。ただの挨拶にアフガニスタンまで来る人間はいない」

部下たちが出て行くと、彼は自らポットに茶葉を入れはじめた。「この前、わたしがきみに茶を淹れたときのことは覚えているかな？」

「戦いが終わったときです」〈サラセン〉は答えた。「われわれは引き揚げるところでした。あなたとわたしは食堂で、タバコを吸っていました」

ハーン知事の表情がやわらいだ。あのころはいい時代だった。連帯感と勇気に満ちあふれていた当時のことを、彼は思い返すのが好きだった。「わたしは故郷へ戻り、きみははるかに長い道を歩きだした」

〈サラセン〉は無言のまま、棚から繊細な二脚のカップを手に取り、暖炉のそばに置いて温めた。

「わたしが知っているかぎり」ハーン知事は静かに続けた。「サウード家はいまだに王宮に住み、権力を保っている」

「それがいつまで続くでしょうか？」〈サラセン〉もまた、柔和な口調で尋ねた。「もしかしたら、われわれは近いうちに知るかもしれません。遠くの敵の助けが得られなくなっても、彼らが生き残れるかどうかを」

二人の男は互いを見つめた。「きみは旅する医者になったという噂を聞いた」ハーン知事は言った。「年月とともに丸くなり、変わったのかと思っていたが……」彼は間をおいた。「ではきみは、いまでも神の御業を果たそうとしているのだな？」

「もちろんです。アブドゥル・ムハンマド・ハーン、わたしには三人の人間が必要です。いなくてもかまわない、三人の人間が。もし助けていただけるのであれば、これは神の意志にかなうことだと申し上げましょう」

「どういうことかな――いなくてもかまわない、とは？」

〈サラセン〉は答えなかった。彼はただ、向きを変えてダムとダマーのほうを見た。

「ああ、なるほど」ハーン知事は言った。「そういうことか」彼は考える時間を稼ぐため、バルコニーに出て要塞の敷地を見下ろし、集まってきた兵士たちに命令を下しはじめた。

しかし彼はすぐに、いかなるリスクを負うにせよ、選択肢はほとんどないことに気づいた。〈サラセン〉はかつて、ハーンとその配下の人々のために命を投げ出して戦った。それは、どんなことをしても返礼しきれないほどの借りなのだ。彼は室内に戻り、茶を注いだ。

「どんな人間を捕まえてほしい？」彼は訊いた。

「ユダヤ人であれば、申し分ありません」〈サラセン〉は言った。

ハーン知事はそのジョークに高笑いした。「わかった」彼は答えた。「近くのシナゴーグを見てこよう」

〈サラセン〉は笑顔で応えた。二人とも、アフガニスタンにはもうずいぶん前からユダヤ人がいないことを知っていたのだ。かつてはこの国にもユダヤ人の共同体が栄えていたのだが、彼らは命がけで逃げることを余儀なくされた。

「まじめに話しましょう」〈サラセン〉は続けた。「若く、健康で――ムスリムではない人間にしてください」

「アメリカ人もまずい」ハーン知事は付け加えた。「あいつらを一人でも誘拐したら、ひどい報復をされかねない」

〈サラセン〉はうなずいた。「ムスリムを除外すれば、残るのは外国人だけです。アメリカ人以外であっても、かなり大変なはずです」

いや、充分に可能だ、とハーン知事は思った。アフガニスタンには標的になりうる外国人がうようよしている。ヨーロッパ人の援助関係者、キリスト教宣教師、英語圏の建設作業員、国際ジャーナリスト。

ハーンは何も言わなかったが、彼は以前から、身代金目当ての誘拐を生業としている男たちを知っていた。彼らはかつて、ハーンの指揮下で戦った同じ血族の者たちで、いまは国境地帯のイラン側で暮らしている。さらに、彼らはいざとなれば、アブドゥル・ムハンマド・ハーンに一命をなげうって忠誠を尽くすだろう。ハーンは彼らの母親を救ったことがあったのだ。

「最後に、もうひとつだけ」〈サラセン〉は言った。「捕まえるのは、男でなくても結構です」

その言葉で、ハーン知事はさらに意を強くした。女でもよければ、話はずっと簡単になる。男より誘拐しにくいが、従わせるのも顔を隠すのも容易だ。黒いベールと全身を覆うローブを着せておけば、わざわざベールを上げて素顔を見ようとする外国人兵士はまずいない。

「三週間、時間をくれるだろうか？」ハーンは訊いた。〈サラセン〉は信じられなかった。必要なら、三カ月でも待つつもりだったのだ。どんな言葉でも感謝の念を表わしきれないような気がした彼は、腕を伸ばし、歴戦の勇士を温かく抱擁した。

こうして二人は話をつけ、ハーン知事は呼び鈴のひもを引いて、配下の者たちを部屋に呼びもどした。彼は何も言わなかったが、〈サラセン〉と二人きりになる時間が短いほど、この先起こることについて、かかわりを否定するのもたやすくなると思ったのだ。

「ところで、きみはどうなんだ、わが友よ？」扉がひらき、護衛がはいってくると、ハーンは訊いた。「妻には恵まれたのかな？」

ハーン知事は部下たちの手前、なにげない世間話を切り出したつもりだったが、客人の顔に差した暗い陰を見て、この質問はすべきではなかったということがわかった。

「ええ、恵まれました」〈サラセン〉は穏やかな口調で言った。「大学を卒業して医者になるとすぐ、わたしはガザのジャバリア難民キャンプに向かいました。最も助けを必要としている場所はそこだと知っていたからです」

居あわせた護衛や部下が互いに目くばせした。ガザに行くというのは、相当な覚悟がなければできないことだ。地球上でアフガニスタンより危険な唯一の場所だろう。

「ベイルートで医学を学んでいたころ、ある女性の講演を聞きました。その女性はわたしに、遠くの敵という考えかたを教えてくれました」〈サラセン〉は続けた。

「ガザに赴いたわたしは、そこで彼女と再会しました。その二年後、わたしたちは結婚したのですが――」彼は拳を握りしめ、肩をすくめた。そのしぐさだけで、彼の喪失感が伝わってきた。

「奥さんはどうして亡くなったんだ？」ハーン知事は訊いた。部屋にいた全員の目が、客人に注がれている。

「イスラエル軍のミサイルの犠牲になりました。乗っていた車が攻撃されたのです」

長い沈黙が垂れこめた。誰にも、かけるべき言葉が見つからなかった。イスラエルに対して彼らが抱く感情は、とっくの昔に言いつくされていた。

「彼女が標的だったのか？」ハーン知事がようやく訊いた。

「連中はそのことを否定しています。巻き添えによる犠牲者だった、と。しかし、シオニストどもがやすやすと嘘をつくことはご存じでしょう」

ハーンはうなずき、うやうやしく言った。「彼女の魂に平安あれ。名前はなんというのだ？　彼女のために祈りたい」

「ほとんどの人間には、アミーナという名前で通っています。アミーナ・エバーディァです」〈サラセン〉は言った。「わたしの妻にして、一人きりの子どもの母です」

33

その夜、〈サラセン〉は客用の離れのベランダに臨時診療所を設けた。二日後、彼が脚を骨折した子どもの診察をしているときに、ハーン知事とその護衛たちが馬に乗って要塞を出発していく姿が見えた。

要塞と麓の町で広められた噂によると、この軍閥の首領は遠方に散在している五人の弟たちの墓参りに行くことにしたということだった。彼らはみな、別々の戦いで命を落としたのだ。しかし実際には、彼はイランとの国境地帯をめざして馬を疾駆させていた。

三週間後、彼は要塞に戻り、疲労困憊して左腕の痛みをしきりに訴えた。もちろんそれは、客人の医者をたたき起こすための口実だ。二人きりで客用の離れで茶を飲みながら、〈サラセン〉はハーン知事の話を一心に聞き、明け方の礼拝のあと出発する準備を整えた。

アメリカ軍が作成した地図で道順を示しながら、ハーンは〈サラセン〉に、これから険しい道のりを四百マイルにわたって旅しなければならないと告げた。村を避け、かつてのムジャヒディンの補給路をたどって、〈サラセン〉は一人きりで世界有数の苛酷な気候の、人が寄りつかない土地へ行かなければならないのだ。標高八千フィート、名前さえなく、番号しかない山の中腹で、彼はかつてソ連軍が築いた監視所の跡地を見つけなければならない。そこはもう何年も前から廃墟になっていた。

そこで彼は男たちの一団と合流することになっている。険しい山に一人きりで、いかなる文明からも遠ざかったところで、彼の祈りはかなえられるのだ。

「お願いした三人は捕まりましたか？」〈サラセン〉の心臓が早鐘を打った。

「今夜、捕まった。下見して選ばせたんだ。男二人に、女一人。女は妊娠している」

34

〈サラセン〉は、約束した〝品物〟を運んできた八人の部族民の顔は見なかった。夜だったうえ、彼らは物音をたてずに監視所の廃墟にやってきた。馬の蹄までぼろ布で覆い、足音をくぐもらせていた。

この奇妙な一行を見なかったのは〈サラセン〉だけではなかった。その前の週、誰一人として見なかったのだ。七日間にわたって部族民たちは夜明け前にキャンプを設け、日中は眠って、夜間に馬を飛ばしてきた。

わたしがそのことを知っているのは、それから長い月日が経ち、このおぞましい出来事があった夏が過ぎたあとで、特殊部隊の隊員たちとCIAの諜報員たちがひそかに国境を越えてイランにはいり、部族民たちの要塞化された村を急襲して、情け容赦ない方法で尋問したからだ。その八人の誰一人として、傷が完全に回復した者はいなかったにちがいない。

もちろん部族民たちでさえ、七九二号峰で〈サラセン〉が何をしていたのかはほとんど見ていない。しかしわたしは、秘密の証拠をすべて目にした。そして前にも述べたように、この世界で〈サラセン〉のことを最もよく知るのはわたしだと自負しているので、この険しい山々で起こったことを推測してもいいだろう。〈サラセン〉がいかに敬虔な人間であっても、この土地で働いた、〝神をも恐れぬ〟という表現にまったく新しい意味を加えたにちがいない悪魔的な所業を。

部族民たちは蹄の音をたてないように気を配っていたが、〈サラセン〉は彼らの到着に気づいた。四日前に監視所の廃墟に着いていた彼は、岩の奥に築かれた宿営地の跡に寝泊まりし、洞穴のなかで不意に目覚めたのだ。戦場で培われた勘によるものだったのか、彼の連れてきた馬たちがせわしなく動いていたためかはともかく、彼はこの山に一人きりではないことを知った。

彼はじっと動かず、誘拐した男たちが月の見えない深夜の時間帯を選び、ポニーの蹄の音にまで気を配っていることから、自分にさえも姿を見られたくないのだと判断し、出迎えるのはやめにした。

三十分後、彼は手綱をたたく音を耳にした。山を駆け下りるよう馬を急がせているのだろうが、確信は持てなかった。さらに二十分待ってから、彼は広い岩棚へ走り出た。

部族民たちは山を下りるところで一度止まり、ポニーに水を飲ませた。そのときに振り返り、遠くにカンテラの小さな光を見た。それが、彼らが見たこの男の唯一の姿であり、その男はほどなく、世界中のお尋ね者になる。

誘拐した男たちは三人の虜囚を置いていった。彼らはかつて通信アンテナを固定していた環つきボルトに鎖でつながれている。〈サラセン〉はそこで初めて彼らの姿を見た。手足を拘束され、猿轡をされ、女は黒いローブで半ば覆われていた。険しい山道を移動するあいだ、彼女の姿はそれで隠されていたようだ。

三人が身動きできないのを確認した〈サラセン〉は彼らに近づき、女のローブを持ちあげて彼女の姿をよく見ようとした。その下で彼は、女の綿シャツがぼろぼろに裂け、ジーンズの前ボタンが取れているのに気づいた。移動中、彼女の身に何があったのか、彼は思いをめぐらせた。彼女を誘拐した連中は、無法者とはいえ神を敬うムスリムのはずだが、彼らもやはり男なのだ。

彼女のずたずたになったシャツから、腹部はほとんど露出し、医師としての〈サラセン〉の目からは、彼女が妊娠四ヵ月ぐらいに見えた。彼ほど宗教的な使命感の持ち主ではなく、より人間的な男であれば、そのことに心を動かされただろう。しかし〈サラセン〉はちがった。この虜囚たちは彼にとって人間ではなく、神からの贈り物なのだ。

周囲を見ると、かつてソ連軍の哨兵の定位置だった台に袋が吊るしてあった。そのなかには三人を拘束している手錠の鍵だけではなく、パスポートと財布もはいっていた。猿轡をされた三人が見守る前で、彼はパスポートをひらき、女がイタリア人であることを知った。二十八歳、未婚で、国際援助団体ワールドビジョンの支援スタッフだ。彼女はおそらく支援現場で、助けの手を差し伸べようとしていた人々に裏切られたのだろう。

パスポートの裏表紙をめくり、女の写真を見た。目の前の垢じみた姿からは想像もつかないが、彼女は美人のようだ。長く黒っぽい髪に、人好きのする笑顔、深い緑色の瞳。その目は〈サラセン〉の顔を捕らえ、意思を伝え、懇願しようとしていたが、彼は女を無視し、男たちに注意を向けた。

若いほうの男は日本人だった。二十代半ば、これ見よがしに髪を立たせて固め、たくましい上腕に鉄条網の柄の刺青をしている。レバノンのポップカルチャーを知っていた〈サラセン〉は、こういう男がクールで流行の最先端に見えるのだろうと思った。彼はすぐにこの男が嫌いになった。パスポートによると、フリーランスの音響技術者らしい。アフガニスタンの危険な情勢と、二十四時間ニュースの旺盛な需要から考えると、きっとひと財産築いたのだろう。財布には四千ドルあり、裏側に小さなコカインの包みがふた袋隠されている。

その傍らで手足を枷で留められている、三人のうちで最も年長かつ沈着な男は、オランダ人技術者だった。パスポートによると四十六歳、財布にはいっていた写真から、十代の子どもたちが三人いることがわかった。ビザは、彼が幾多の危険な地域で仕事をしてきたことを物語っている。ナイジェリア、イラク、ボスニア、クウェート。彼はこれらの国から生還してきた。しかし、今度はそうはいかないだろう。神の意志(インシャラー)があれば。〈サラセン〉は思った。

ふたたび三人を眺めた。表情には出さなかったが、彼は喜んでいた。全員、頑健な肉体の持ち主であり、医師としての彼の見立てでは、健康状態も良好だ。自分の手製のウィルスがこの三人を死に至らしめることができれば、どんな人間でも死ぬだろう。

もうひとつ、幸いなことがあった。彼らがこれほど悲惨な状況なのに比較的冷静なのは、部族民たちから、金目当ての誘拐だと告げられていたからだと思われる点だ。アヘンや大麻の取引を別にすれば、身代金目的の誘拐はアフガニスタンで唯一の成長産業と化していた。無法者たちはこの三人に、彼らがおとなしく振る舞い、雇い主たちがルールを理解していれば、危害を加えられる心配はないと告げたのだろう。二週間も我慢すれば、彼らはきっとエアコンの利いた宿舎に帰れる。雇い主の会社は数十万ドルの損失をこうむるかもしれないが、水道もなく援助も届かない村々は、その金で十年ほど暮らせるというわけだ。

〈サラセン〉は彼らの口から猿轡をはずし、水のはいった瓶を三本放り投げた。三人は彼と意思疎通を図ろうとする余裕もなく、水をほとんど飲みほした。三人の虜囚に共通の言語は英語しかなかったので、彼らは最初に英語を試してみた。〈サラセン〉は肩をすくめ、彼らが何を言っているのかわからないふりをした。次に女は、片言のウルドゥー語で話しかけた。パキスタンの公用語で、そこで活動していたときにいくつか覚えたのだ。それもだめだったので、その次はダリー語にした。アフガニスタンで最も通用範囲の広い言語だ。しかし三人の発音はひどく、語彙も乏しかったため、彼ら自身、仮に答えが返ってきても話ができないのは明らかだった。

〈サラセン〉は返事の代わりに、早口でアラビア語をまくしたて、今度は三人が困惑する番だった。意思疎通ができる可能性はないように思われ、〈サラセン〉は踵を返して宿営地に向かった。彼が馬を出すころには、三人の虜囚たちは英語でそっと話しはじめ、その内容は〈サラセン〉の予想どおりだった。彼らは自分たちが身代金目的に誘拐されたと思いこんでいたのだ。流行に敏感な日本人は、できるかぎりの手段を使ってアメリカの偵察機の注意を引こうとさえ言いだす始末だった。

オランダ人の技術者は〈サラセン〉を観察し、この男が下っ端の護送役ではないと確信した。無駄のない動き、張りつめた空気を見て、オランダ人はこの男を出し抜こうとするのは危険だと考えた。彼はどこか、コソボの戦場で鍛えられたゲリラに似ていた。このオランダ人が知っている、最も強靭な男たちだ。

「交渉人（ネゴシエーター）にまかせたほうがいい」彼は忠告した。「オランダにはこんな言いまわしがある——首まで肥溜めに浸かったときには、もがいてはいけない」

そこまで話したところで、〈サラセン〉が彼らに向かって叫んだ。言葉はわからなくても、身振りで口を閉じろと言っているのがわかった。彼は沈黙を求めているのだ。鞍嚢（あんのう）から礼拝用のマットを取り出すのを見て、三人にはその理由がわかった。夜明け前は、最初の礼拝の時間なのだ。

礼拝をすませると、〈サラセン〉はＡＫ－47をかまえて安全装置を解除し、全自動にして、三人の足枷をはずした。手錠をはめたまま、一人ずつ馬の背中に乗せる。日本人を乗せるときに、負傷した腕を強く突いた。部族民に抵抗したときに怪我したのだ。〈サラセン〉はわざと、日本人にはとりわけ乱暴に振る舞った。これで、誰も自分を出し抜こうとは思わなくなるだろう。

初日の移動が最も楽だったが、夜になるころには三人の虜囚は疲れ、鞍ずれができていた。〈サラセン〉は彼らに馬を下りるよう命じ、地面に鉄製の大釘を打ちこんで、そこにくくりつけた長い鎖に三人をつないだ。そして、彼らが石の上で用便を足しているあいだに火を熾した。

虜囚たちに背を向け、彼は強い鎮静剤をごまかすために黒く甘い茶を沸かして、三人のカップに注いだ。日中はひどく暑かったが、彼は虜囚たちの身振りでの懇願に耳を貸さず、頑として飲料水の缶を渡さなかった。そのため、三人とも茶を全部飲んで渇きを癒した。〈サラセン〉が火のそばの地面に敷き布を放り投げて一時間も経たないうちに、捕らわれた男女は手錠と足枷をされたまま、薬の効果でぐっすり眠りこんだ。

〈サラセン〉はあおむけに横たわり、片膝を曲げ、脚をひらいて眠っている女に近づき、そのかたわらにひざまずいた。男たちは二人とも寝入っているので、誰にも邪魔されることはない。彼は手を伸ばし、ボタンの取れたジーンズを下げて、短い白のパンティを露わにした。

彼はしばらくそれを眺めてから、彼女の大腿部に手を触れ、ゆっくりと内側に滑らせた。最後の瞬間になって初めて、彼は自分が神の使命を帯びた男であり、医師であることを思い出して、自制した。彼は女から顔をそむけ、荒い息づかいで満天の星空を見上げた。許しを求める祈りをつぶやき、しばらく心を落ち着けてから、先ほど荷馬から取り出しておいた、医療用品がはいった小さな包みを開ける。中身は局所麻酔用のクリーム、ふた又の針、シリアの研究施設から奪い取った天然痘ワクチンのガラス瓶の最後の二本だ。〈サラセン〉はその日の長い移動時間のあいだに、ウィルスがワクチンに勝てるかどうか試すには、彼女が最適の実験台だと決めていた。そうするのなら、早いうちに彼女に免疫をつけておかなければならない。しかし、腕にワクチンを接種するのは論外だった。傷跡を見れば、彼女は不審の念を抱くにちがいない。結局彼は臀部の合わせ目が最適だと判断した。自分では見ることができず、仮に気づいたとしても、鞍ずれだと思いこむはずだ。

誘惑に駆られることを別にすれば、種痘そのものは滞りなく終わった。翌朝女は、発熱、ひどい頭痛、臀部の腫れと痛みを感じて目覚めた。〈サラセン〉が聞いていると、男たちは夜のあいだに虫に刺されたのではないかと推測していた。それから二人は彼のほうを振り向き、女は具合が悪く馬に乗れないと身振りで示した。〈サラセン〉は身振りで、鞍ずれのせいだと答え、三人に飲料水の缶を渡すと、女の鞍に敷き布をあてがってクッションにした。彼は女が馬に乗るのを手伝いさえした。

続く六日間は夜を日に継いで移動しつづけた。〈サラセン〉は自分が疲れたとき以外は休息をとらず、列の最後尾に馬をつけ、前の馬や人間たちをつないだロープを使って彼らを起こし、旅を続けた。

種痘から二十四時間で女の熱は引きはじめ、ジーンズを脱がせて傷跡ができているかどうか確かめるわけにはいかなかったものの、ワクチンが女の体内に吸収されたことを彼は確信した。

山道をさらに登り、集落を避けて、一行はヒンドゥクシュ山脈でも最も荒涼とした一帯の奥深くにはいっていた。疲労はとっくに限界を越えていたが、虜囚たちは〈サラセン〉のペースに驚いてはいなかった。アフガニスタンでは誰もが、誘拐する側もされる側も、このビジネスのルールは一度拉致したらつねに人質を移動させることだと承知していたのだ。

それでも、理由がわかっているからといって移動が楽になるわけではない。〈サラセン〉が最終目的地に到着するころには、虜囚たちは疲れ切って意識朦朧（もうろう）としていた。午前零時を過ぎたころ、舟を漕いでいた彼らがふと気づくと、目の前には見捨てられた村落が広がっていた。これだけ奥地だと、山の牧夫でも見つけるのに難儀するだろう。

しかし〈サラセン〉にとってはちがった。彼はここをよく知っていたのだ。

（『ピルグリム〔2〕ダーク・ウィンター』に続く）

冒険小説

シブミ　上下
トレヴェニアン／菊池　光訳
日本の心〈シブミ〉を会得した世界屈指の暗殺者ニコライ・ヘルと巨大組織の壮絶な闘い

サトリ　上下
ドン・ウィンズロウ／黒原敏行訳
孤高の暗殺者ニコライ・ヘルの若き日の壮絶な闘い。人気・実力No.1作家が放つ大注目作

シャドー81
ルシアン・ネイハム／中野圭二訳
戦闘機に乗る謎の男が旅客機をハイジャックした！　冒険小説の新たな地平を拓いた傑作

A-10奪還チーム　出動せよ
スティーヴン・L・トンプスン／高見　浩訳
最新鋭攻撃機の機密を守るため、マックス・モス軍曹が闘う。緊迫のカーチェイスが展開

高い砦
デズモンド・バグリイ／矢野　徹訳
不時着機の生存者を襲う謎の一団――アンデス山中に繰り広げられる究極のサバイバル。

冒険小説

パーフェクト・ハンター 上下
トム・ウッド／熊谷千寿訳
ロシアの軍事機密を握るプロの暗殺者ヴィクターが強力な敵たちと繰り広げる凄絶な闘い

ファイナル・ターゲット 上下
トム・ウッド／熊谷千寿訳
CIAに借りを返すためヴィクターは暗殺を続ける。だがその裏では大がかりな陰謀が！

暗殺者グレイマン
マーク・グリーニー／伏見威蕃訳
〝グレイマン（人目につかない男）〟と呼ばれる暗殺者が世界12カ国の殺人チームに挑む

暗殺者の正義
マーク・グリーニー／伏見威蕃訳
悪名高いスーダンの大統領を拉致しようとするグレイマンに、次々と苦難が襲いかかる。

暗殺者の鎮魂
マーク・グリーニー／伏見威蕃訳
命の恩人が眠るメキシコの地で、グレイマンは強大な麻薬カルテルと死闘を繰り広げる。

話題作

レッド・ドラゴン〔決定版〕上下
トマス・ハリス／小倉多加志訳
満月の夜に起こる一家惨殺の殺人鬼と元FBI捜査官グレアムの、人知をつくした対決！

ゴッドファーザー上下
マリオ・プーヅォ／一ノ瀬直二訳
陽光のイタリアからアメリカへ逃れた男達が生んだマフィア。その血縁と暴力を描く大作

リアル・スティール
リチャード・マシスン／尾之上浩司編
映画化された表題作をはじめ、SF、ホラーからユーモアまでを網羅した、巨匠の傑作集

黒衣の女 ある亡霊の物語〔新装版〕
スーザン・ヒル／河野一郎訳
英国ゴースト・ストーリーの代表作。映画化名「ウーマン・イン・ブラック 亡霊の館」

ジャッキー・コーガン
ジョージ・V・ヒギンズ／真崎義博訳
強盗事件の黒幕を暴く凄腕の殺し屋。ブラッド・ピット主演で映画化された傑作ノワール

話題作

テンプル騎士団の古文書 上下
レイモンド・クーリー／澁谷正子訳
中世ヨーロッパで栄華を誇ったテンプル騎士団。その秘宝を記した古文書をめぐる争奪戦

テンプル騎士団の聖戦 上下
レイモンド・クーリー／澁谷正子訳
テンプル騎士団が守り抜いた重大な秘密。それを利用して謎の男が企む邪悪な陰謀とは？

ウロボロスの古写本 上下
レイモンド・クーリー／澁谷正子訳
表紙に蛇の図が刻印された古い写本。写本の内容が解明された時、人類の未来が変わる！

神の球体 上下
レイモンド・クーリー／澁谷正子訳
世界各地で、空中に浮かぶ巨大な謎の球体が出現。その裏で、恐るべき陰謀が進行する。

メディチ家の暗号
マイケル・ホワイト／横山啓明訳
ミイラから発見された石板。そこに刻まれた暗号が導くメディチ家の驚くべき遺産とは？

クリス・ライアン

襲撃待機
伏見威蕃訳

爆弾テロで死んだ妻の仇を討つため、SAS軍曹シャープは秘密任務を帯びて密林の奥へ

暗殺工作員ウォッチマン
伏見威蕃訳

上司を次々と暗殺するMI5工作員とSAS大尉テンプルが展開する秘術を尽くした戦闘

テロ資金根絶作戦
伏見威蕃訳

MI5の依頼でアルカイダの資金を奪った元SAS隊員たちに、強力な敵が襲いかかる。

抹殺部隊インクレメント
伏見威蕃訳

SISの任務を受けた元SAS隊員は陰謀に巻き込まれ、SAS最強の暗殺部隊の標的に

逃亡のSAS特務員
伏見威蕃訳

記憶を失ったSAS隊員のジョシュに迫る追跡者の群れ。背後に潜む恐るべき陰謀とは？

冒険小説

反撃のレスキュー・ミッション
クリス・ライアン／伏見威蕃訳

誘拐された女性記者を救い出せ！　元SAS隊員は再起を賭け、壮絶な闘いを繰り広げる

ファイアファイト偽装作戦
クリス・ライアン／伏見威蕃訳

CIA最高のスパイが裏切り、テロを計画。彼に妻子を殺された元SAS隊員が阻止に！

レッドライト・ランナー抹殺任務
クリス・ライアン／伏見威蕃訳

SAS隊員のサムが命じられた暗殺。その標的の中に失踪した元SAS隊員の兄がいた！

ファイアフォックス
クレイグ・トーマス／広瀬順弘訳

ソ連の最新鋭戦闘機を奪取すべく、米空軍のパイロットはただ一人モスクワに潜入した！

キラー・エリート
ラヌルフ・ファインズ／横山啓明訳

凄腕の殺し屋たちが、オマーンの族長の息子を殺した者たちの抹殺に向かう。同名映画化

話題作

時の地図 上下
フェリクス・J・パルマ／宮﨑真紀訳
19世紀末のロンドンを舞台に、作家H・G・ウエルズが活躍する仕掛けに満ちた驚愕の小説

宙（そら）の地図 上下
フェリクス・J・パルマ／宮﨑真紀訳
ウエルズの目の前で火星人の戦闘マシンがロンドンを襲う。予測不能の展開で描く巨篇。

尋問請負人
マーク・アレン・スミス／山中朝晶訳
その男の手にかかれば、口を割らぬ者はいない。尋問のプロフェッショナル、衝撃の登場

ツーリスト―沈みゆく帝国のスパイ― 上下
オレン・スタインハウアー／村上博基訳
21世紀の不確かな世界秩序の下で策動する諜報機関員の苦悩を描く、スパイ・スリラー。

卵をめぐる祖父の戦争
デイヴィッド・ベニオフ／田口俊樹訳
ドイツ軍包囲下のレニングラードで、サバイバルに奮闘する二人の青年を描く傑作長篇。

スパイ小説

アメリカ探偵作家クラブ賞、英国推理作家協会賞受賞
寒い国から帰ってきたスパイ
ジョン・ル・カレ／宇野利泰訳
ベルリンの壁を挟んで展開する、英国と東ドイツの息詰まる暗闘。スパイ小説の金字塔。

ティンカー、テイラー、ソルジャー、スパイ〔新訳版〕
ジョン・ル・カレ／村上博基訳
ソ連の二重スパイを探せ。引退生活から呼び戻されたスマイリーの苦闘。三部作の第一弾

英国推理作家協会賞受賞
スクールボーイ閣下 上下
ジョン・ル・カレ／村上博基訳
英国に壊滅的な打撃を与えたソ連情報部の大物カーラにスマイリーが反撃。三部作第二弾

スマイリーと仲間たち
ジョン・ル・カレ／村上博基訳
老亡命者の暗殺を機に、スマイリーはカーラとの積年の対決に決着をつける。三部作完結

ケンブリッジ・シックス
チャールズ・カミング／熊谷千寿訳
キム・フィルビーら五人の他にソ連のスパイが同時期にいた？　調査を始めた男に罠が！

話題作

英国推理作家協会賞受賞
ゴーリキー・パーク 上下
マーティン・クルーズ・スミス／中野圭二訳
モスクワの公園で発見された三人の死体。謎を追う民警の捜査官はソ連の暗部に踏み込む

KGBから来た男
デイヴィッド・ダフィ／山中朝晶訳
ニューヨークで活躍する元KGBの調査員ターボは、誘拐事件を探り、奥深い謎の中に。

エニグマ奇襲指令
マイケル・バー＝ゾウハー／田村義進訳
ナチの極秘暗号機を奪取せよ――英国情報部から密命を受けた男は単身、敵地に潜入する

パンドラ抹殺文書
マイケル・バー＝ゾウハー／広瀬順弘訳
KGB内部に潜むCIAの大物スパイ。その正体を暴く古文書をめぐって展開する謀略。

ベルリン・コンスピラシー
マイケル・バー＝ゾウハー／横山啓明訳
ネオ・ナチが台頭するドイツで密かに進行する驚くべき国際的陰謀。ひねりの効いた傑作

フランク・シェッツィング

深海のYrr（イール） 上中下
北川和代訳
海難事故が続発し、海の生物が牙をむく。異常現象の衝撃の真相を描くベストセラー大作

黒のトイフェル 上下
北川和代訳
13世紀半ばのドイツ、ケルン。殺人を目撃した若者は殺し屋に追われ、巨大な陰謀の中へ

砂漠のゲシュペンスト 上下
北川和代訳
自分を砂漠に置き去りにした傭兵仲間に復讐を開始した男。女性探偵が強敵に立ち向かう

LIMIT（リミット） 全四巻
北川和代訳
二〇二五年の月と地球を舞台に展開する巨大な陰謀。最新情報を駆使して描いた超大作。

沈黙への三日間 上下
北川和代訳
暗殺の標的は、世界一厳重に警備されている人物だった。テロリズムの真実に迫る巨篇。

訳者略歴　1970年北海道生，東京外国語大学外国語学部卒，英米文学翻訳家　訳書『尋問請負人』スミス，『ＫＧＢから来た男』ダフィ，『レッド・スパロー』マシューズ（以上早川書房刊）他

HM=Hayakawa Mystery
SF=Science Fiction
JA=Japanese Author
NV=Novel
NF=Nonfiction
FT=Fantasy

ピルグリム〔1〕
名前のない男たち

〈NV1311〉

二〇一四年八月二十日　印刷
二〇一四年八月二十五日　発行
（定価はカバーに表示してあります）

著者　テリー・ヘイズ
訳者　山中朝晶
発行者　早川浩
発行所　株式会社　早川書房
郵便番号　一〇一 - 〇〇四六
東京都千代田区神田多町二ノ二
電話　〇三 - 三二五二 - 三一一一（大代表）
振替　〇〇一六〇 - 三 - 四七七九九
http://www.hayakawa-online.co.jp

乱丁・落丁本は小社制作部宛お送り下さい。
送料小社負担にてお取りかえいたします。

印刷・三松堂株式会社　製本・株式会社フォーネット社
Printed and bound in Japan
ISBN978-4-15-041311-8 C0197

本書は活字が大きく読みやすい〈トールサイズ〉です。